KB053919

김동리 단편선
무녀도

책임 편집 · 이동하

서울대학교 법학과와 국어국문학과 졸업. 같은 학교 대학원 국어국문학과 졸업.

현재 서울시립대학교 국어국문학과 교수.

저서로는『문학의 길, 삶의 길』『현대소설의 정신사적 연구』『김동리』『한국소설과 기독교』

등이 있음.

**한국문학전집 07**

무녀도

김동리 단편선

초판  1쇄 발행  2004년 12월  3일

초판 19쇄 발행  2021년 11월 30일

지 은 이   김동리

책임 편집   이동하

펴 낸 이   이광호

펴 낸 곳   ㈜**문학과지성사**

등록번호   제1993-000098호

주    소   04034 서울 마포구 잔다리로7길 18(서교동 377-20)

전    화   02)338-7224

팩    스   02)323-4180(편집) 02)338-7221(영업)

전자우편   moonji@moonji.com

홈페이지   www.moonji.com

ISBN  89-320-1559-7 04810

ISBN  89-320-1552-X(세트)

김동리 단편선
# 무녀도

이동하 책임 편집

문학과지성사 한국문학전집 07

1. 이 책에 실린 작품은 김동리가 1935년부터 1949년까지 발표한 작품 중에서 선정한 12편의 단편소설이다. 김동리는 작품들 중 상당수를 개작한 바 있으므로, 이 책에서는 원칙적으로 해당 작품이 창작집에 처음 수록된 것을 텍스트로 삼았다. 단 「무녀도」와 「황토기」의 경우만 예외인데, 그 이유에 대해서는 해당 작품의 주에 설명을 붙였다. 각 작품의 정확한 출처는 주에 명기되어 있다.

2. 이 책의 맞춤법은 1988년 1월 19일 문교부 교시 '한글 맞춤법'에 따르는 것을 원칙으로 하였다. 단 작품의 분위기에 영향을 준다고 판단되는 방언이나 구어체 표현, 의성어·의태어 등은 그대로 두었다.

   예) 숙부님께서나 <u>가슈</u>.

   　　이분이 김선생 조카 되시는 <u>분이구랴</u>.

3. 원본의 한자는 가급적 한글로 바꾸었으며, 작품 이해에 도움이 될 만한 한자는 그대로 두고 괄호 안에 넣었다(예 ①). 반복적으로 등장하는 한자어는 최초에만 괄호 안에 한자를 병기하고 후에는 한글로만 표기하였다. 또 책임 편집자가 독자들의 이해를 위해 필요하다고 판단되어 부가적으로 병기한 한자는 중괄호([ ])를 사용하여 표기하였다(예 ②).

   예) ① 花郎의 後裔→화랑의 후예(後裔)

   　　② 차마→차마〔車馬〕

4. 대화를 표시하는 『 』 혹은 「 」은 모두 " "로 바꾸었고, 대화가 아닌 강조의 경우에는 ' '로 바꾸었다. 또 책 제목은 『 』로, 영화·단편소설 등의 제목은 「 」로 표시했다. 말줄임표 '··' '...' '......' 등은 모두 '······'로 통일시켰다.

5. 외래어 표기는 1986년 1월 7일 문교부 교시 '외래어 표기법'에 따라 바꾸었다(예 ①). 단 작품의 제목이나 중요한 어휘로 등장하는 경우에는 원본을 그대로 살렸다(예 ②).

   예) ① 쩌어날리스트→저널리스트

   　　② 조선의 심볼(현 외래어 표기법으로는 '심벌')

6. 과도하게 사용된 생략 부호나 이음 부호는 읽기에 편하도록 조절하였다.

7. 책임 편집자가 부가적인 설명이나 단어 풀이가 필요하다고 판단한 경우에는 본문에 중괄호([ ])로 표시해놓거나 책의 뒤쪽에 미주로 설명을 붙여놓았다.

# 화랑花郎의 후예後裔

## 1

황진사(黃進士)를 처음 알게 된 것은 지난해 가을이었다.

아침을 먹고 등산을 할 양으로 신발을 신노라니 윗방에서 숙부님이 부르셨다.

"오늘 너 날 따라 가볼래?"

숙부님은 방문을 열고 툇마루에 나오시며 이렇게 물었다.

"어디요?"

"저 지리산에서 도인이 나와 사주와 관상을 보는데 아주 재미난단다."

"싫어요, 숙부님께서나 가슈."

나는 단번에 거절하였다.

"왜, 싫긴?"

"난 등산할 참인데……"

"것두 좋긴 하지만…… 오늘은 특별히 한번 따라와봐…… 무슨 사주 관상 보이는 게 재미나단 말이 아니라, 그런 데서도 배울게 있느니…… 더구나 거기 뫼드는 인물들이란 그대로 조선의 심볼들이야."

"조선의 심볼이요?"

나는 반쯤 웃는 얼굴로 이렇게 물은즉, 숙부님도 따라 웃으며,

"그렇지, 심볼이지."

하였다.

이리하여 '조선의 심볼'이란 말에 마음이 솔깃해진 나는 등산하려던 신발을 끄르기 시작하였다.

파고다 공원에서 뒷문으로 빠지면 서울 중앙 지점치고는 의외로 번거롭지도 않은 넓은 거리가 두 갈래로 갈려져 있고, 바로 그 두 갈래로 갈려지는 길목에 '중앙여관'이란 간판을 걸고 동남쪽으로 대문이 난 여관이 있고, 이 여관에 소란한 차마[1] 소리와, 사람의 아우성과, 입김과 먼지와, 기계의 비명이 주야로 쉬지 않는 도시의 심장 속에 ─ 접신(接神) 통령(通靈)의 간판을 내걸고 손님을 기다리고 있는 '도인'이 있다.

방 안에는 많은 사람이 있었다. 술이 묻고 때가 전 옷을 입고 눈에 핏줄들을 세우고 볼에 살이 빠져 광대뼈들이 불거진 불우한 정객 불평 지사들이며, 문학가, 철학가, 실업가, 저널리스트, 은행원, 회사원 들이 무수히 출입하고 금광쟁이, 기미꾼[2] 들이 방구석에 뒹굴고 있었다.

나는 무슨 아편굴 속에나 들어온 것처럼 기분이 불쾌했다. 내가 얼굴을 붉히며 숙부님을 향해 얼른 다녀 나가자는 눈짓을 했을 때, 그러나 숙부님은 나의 눈짓에 응한다기보다는 분명히 묵살을 하고 나를 좌중에 소개를 시키셨다. 바로 그때,

"아, 이분이 김선생 조카 되시는 분이구랴."

하고, 거무추레한 두루마기에 얼굴이 누르퉁퉁한, 나이 한 육십 가량 된 영감 하나가 방구석에서 육효³를 뽑다 말고 얼굴을 돌리며 어눌한 음성으로 이렇게 물었다. 그는, 하도 살아갈 지모(智謀)가 나지 않아 육효를 뽑아보았노라 하면서 반가운 듯이 삼촌 곁으로 다가앉았다. 그의 까닭 없이 벗겨진 이마 밑의 두 눈엔 불그스름한 핏물 같은 것이 돌고 있었다. 내가 자리를 고치고 머리를 굽히려니까,

"괘, 괜찮우, 거, 거 자리에 앉우."

하고, 손을 내저으며,

"나 황일재(黃逸齋)우, 이 와, 완장 선생과는 참 마, 막역지간이 유."

하는 것이었다.

좌중의 시선이 모두 나에게 집중된 듯하였다. 바로 그때였다. 나와 바로 마주 앉은 접신 통령의 도인은 그 손톱자국과도 같이 생긴 조그마한 새빨간 눈으로 몇 번 나의 얼굴을 흘낏흘낏 보고 나더니,

"부모와는 일찍이 이별할 상이야."

불쑥 이렇게 외쳤다.

"형제도 많지 않고, 초년은 퍽 고독해야."

하고, 또 인당⁴이 명윤하고 미목이 수려하니 학문에 이름이 있으리라 하고, 준두⁵와 관골⁶이 방정해서 중정에 왕운이 있으리라 하고 끝으로 비록 부모가 없더라도 부모에 못하지 않는 삼촌이 계셔서 나의 입신출세에 큰 도움이 되리라 하였다.

나는 어쩐지 쑥스럽고 거북해져서 얼굴을 붉히며 그만 자리에서 일어나버렸다. 내 뒤를 이어 숙부님이 일어나시고 숙부님을 따라 황일재 황진사가 밖으로 나왔다.

파고다 공원 뒤에서 황진사는 때 묻은 헝겊 조각 같은 모자를 벗어 쥐고 그저 몇 번이나 절을 하고 나서 공원으로 들어가버렸다.

"어디루 가우?"

숙부님이 물으신즉,

"나 여기 공원에서 친구 좀 만나구……"

했다.

해는 오정에 가까웠다. 구름 한 점 없이 갠 하늘엔 북한산이 멀리 솟아 있었다. 안타까움에 내 몸은 봄날같이 피곤하였다.


2


나뭇잎이 다 지고 그해 가을도 깊어졌을 때다. 삼촌은 금광에 분주하시느라고 외처에 계시고 없는 어느 날 아침 막 밥상을 받고 있으려니까, 문밖에서 '에헴' '에헴' 연달아 헛기침 소리가 나

더니,

"일 오너라—"

하고, 부르는 소리가 났다. 밥숟가락을 놓고 문밖으로 나가 보니, 어느 날 관상소에서 육효를 뽑고 있던 그 황진사였다. 이날은 처음부터 그 '조선의 심볼'이란 생각을 머릿속에 가지지 않은 탓인지, 처음 보았을 때처럼 그렇게 불쾌하거나 우울하지도 않고, 그보다도 다시 보게 된 것이 나는 오히려 반갑기도 하였다.

"웬일로 이 추운 아침에 이렇게……"

인사를 한즉,

"괘, 괜찮우, 거 완장 어른 안 계슈?"

하는 소리는 전날보다도 더 어눌하였다. 그 푸르죽죽하고 거무추레한 고약 때 오른 당목 두루마기 깃 밖으로 누런 털실이 내다뵈는 것으로 보면 전날보다 재킷 한 벌은 더 입은 모양인데도 그렇게 몹시 추운 기색이었다.

"네, 숙부님 마침 출타하셨어요."

한즉,

"어디 출타하신 곳 몰우, 예서 얼마나 머, 멀리 나갔엤우?"

"네."

"언제쯤 도, 돌아오실 예, 예정……"

"글쎄올시다, 아마 수일 후라야……"

한즉, 갑자기 그는 실망한 듯이,

"아아 이."

하는 소리가 저 목구멍 속에서 육중한 신음과도 같이 들려왔다.

"어쩐 일로 오셨다가…… 춘데 잠깐 들오시죠."

한즉, 그는 두루마기 속에 찌르고 있던 손을 빼어 모자를 쥐려다 말고 한참 동안 무엇을 망설거리며 내 눈치를 보곤 하더니, 모자를 잡으려던 손으로 콧물을 닦으며 왼편 손은 사뭇 두루마기 속에서 무엇을 더듬어 찾고 있었다.

"이거 대, 대, 댁에 잘 간수해두."

하며 종잇조각에 싼 것을 주는데 받아서 보니 이건 흙에다 겨 가루를 섞은 것 같아 보였다.

"……?"

내가 잠자코 의아한 낯빛으로 그를, 쳐다보려니까, 그는 어느덧 오연(傲然)한 태도를 가지며 위엄 있는 음성으로,

"거 쇠똥 위에 개똥 눈 겐데 아주 며, 며 명약이유."

한다. 나는 그의 말뜻을 바로 이해할 수 없어 어리둥절해 있으려니까,

"허어, 어떻게 귀중한 약인데 그랴!"

하며 그 물이 도는 두 눈에 독기를 띠고 나를 노려보았다. 내가 민망해서,

"대개 어떤 병에 쓰는 게죠?"

하고, 물은즉,

"아, 거야 만병에 좋은걸 뭐."

하며, 나를 흘겨보고 나서,

"거 어떻게 소중한 약이라구…… 필요할 때는 대, 대갓집에서 두 못 구해서들 쩔쩔매는 겐데, 괜히……"

그는 목을 내두르며 무척 억울한 듯한 시늉을 하였다. 나는, 왜 그가 이렇게 공연히 분개하고 억울해 구는지를 알 수 없어, 한순간 내 자신을 좀 반성해보고 있으려니까 그도 실쭉해서 잠자코 있더니, 갑자기

"괘엔히 모르고들 그랴."

또 한번 고함을 질렀다.

내가 막 아침 밥상을 받았다 두고 나간 것을 언짢이 생각하고 몇 번이나 힐끔힐끔 밖을 내다보시고는 하던 숙모님이, 기다리다 못해,

"애, 무얼 밖에서 그러니?"

하고, 어지간하거든 손님을 모시고 안으로 들어오라는 듯이 '밖에서'란 말에 힘을 주어 주의를 시킨다. 바로 그때였다.

"거, 아침밥 자시고 남았거든 좀……"

하며 입가에 비굴한 웃음을 띠고 고개질을 하고 하는 양은 조금 전에 흙가루를 내어놓고 호령할 때와는 딴판이었다.

나는 그를 방에 안내한 뒤 나의 점심밥을 차려 내오게 하였더니 그는 밥상을 받으며 진정 만족한 얼굴로,

"이거 미안하게 됐소구랴."

하였다.

그는 밥을 한입에 삼킬 듯이 불이 나게 퍼먹고 찌개 그릇을 긁고 하더니, 숟가락을 놓기가 바쁘게 곧 모자를 쥐며 자리에서 일어났다. 몇 번이나 절을 하곤 했으나, 아까 하던 약 말은 아주 잊어버린 듯이 다시는 아무런 말도 없었다.

그후 사흘째 되던 날 아침에 또 황진사가 찾아왔다. 이번에는 그의 친구라면서 그보다 키는 더 크고 흰 두루마기는 입었으되 그에 지지 않게 눈과 코와 입이 실룩거리는 위인이었다. 이 흰 두루마기 친구는 어깨에 먼지투성이 된 자그만 책상 하나를 메고 왔다. 황진사는

"이거 댁에 사두."

하고 거의 명령하듯이 이렇게 말했다.

"글쎄올시다, 별루……"

"아아이, 값이 아주 염하니 염려 말구 사두."

"그래두 별루 소용이 없는걸……"

"아아이, 값이 아주 염하대두 그래."

"……"

"자 오십 전 인 주."

　황진사는 그 누르퉁퉁하고 때가 묻은 손바닥을 내 앞에 펴 보였다.

"글쎄, 온, 소용이……"

"그럼, 제에길, 이십 전만 내구 맡아두."

"……"

"것두 싫우?"

"……"

"그럼 꼭 십 전만 빌려주."

　황진사는 어느덧 콧구멍을 벌름거리며 애걸을 하였다.

"나 그날 댁에서 그렇게 포식한 이래, 여태 굶었우다. 여북 시

장해서 이 친구를 찾아갔겠우. 아 그랬더니 이 친구도 사정이 딱했던지 사무 보는 이 책상을 내주는구랴."

그는 손으로 콧물을 닦아가며 한참 신이 나서 떠들어댔다. 그의 친구란 사람은 연방 입을 실룩거리며 외면을 하고 서 있었다.

한 오 분 뒤, 내가 안에 들어가 돈 이십 전을 주선해 나와 그들에게 주었을 때, 그들 두 사람은 무수히 절을 하고 나서 책상을 도로 메고 가버렸다.

3

길바닥이 얼어붙고 먼 산에 눈이 치고 그해는 이른 겨울부터 몹시 추웠다. 그동안 숙부님은 몇 번이나 집에 다녀가시고 관상소 출입도 더러 있는 듯하였다. 그러나 황진사의 얼굴은 그뒤로 뵈지 않았다. 다만 삼촌을 통해서 그의 시골이 충청도 어디란 것과, 그의 문벌이 놀라운 양반이란 것과, 그의 조상에는 정승 판서 따위가 많이 났다는 것과, 그 자신도 현재 진사 구실을 한다는 것과, 그의 머릿속은 자기 가벌에 대한 자존심으로 가득 차 있다는 것 들이었다.

그런데 그 가운데 한 가지 우스운 것은 그가 곧장 진사 노릇을 한다는 것이다. 그것도 처음 관상소에서 어느 장난꾼이 농담 삼아 그에게 서전과 춘추를 외게 하여 강급제를 주고 진사라 부르기 시작한 것인데 그후로 만나는 사람마다 반조롱으로 '황진사'

'황진사' 부르게 되니, 그러나 '황진사' 자신은 조금도 어색해하지 않고 오히려 그럴싸하게 여겨 이즘 와서는 아주 뽐내고 진사 행세를 한다는 것이다.

어느 몹시 추운 날이었다. 아궁에 불을 넣고 방구석에 숯불을 피우고 나는 온종일 책상에서 일을 하고 있었다. 낮이 짐짓했을 때다. 밖에서,

"일 오너라—"

하는 소리가 마치 '사람 살리우' 하는 소리같이 바람결에 싸여 들어왔다. 나가 보니 황진사가 연방 손으로 콧물을 닦고 서 있는 것이다. 나는 대체 얼어 죽지나 않았나 하고 궁금해하던 차라 이렇게 다시 보게 된 것이 진정 반가웠다.

나는 곧 그를 나의 방에 안내한 뒤,

"그런데, 그동안 어떻게 지냈어요?"

한즉,

"거야 친구 집에서 지냈지유, 뭐. 흐흐……"

하며, 재미난 듯이 웃었다.

"아, 참, 완장 선생은 여태 안 왔이유."

"수차 다녀가셨지요."

"아, 그렁 거루 난 여태 한번두 못 뵈었으니 이거 죄송해서 흐흐……"

그는 숯불을 안고 앉아 또 히히거리고 웃었다.

흰떡을 사다 숯불에 구워서 그에게 대접을 하고 나는 아까 하다 둔 일을 마저 해치울 양으로 잠깐 책상에 앉아 있으려니까, 그는

언 것 구운 것도 가리지 않고 한참 부지런히 집어 먹더니 그동안
흥이 났는지 아주 목청을 뽑아서,

"관관저구는 재하지주로다 요조숙녀는 군자호구로다."[7]
하는 대문을 외곤 하였다.

나는 그동안 책상에 앉아 있느라고 모른 체하고 있으니까,

"아, 성인께서도 실수가 있단 말야!"

그는 나를 바라보며 이렇게 소리를 질렀다.

"아, 공자님께서 시전에 음문[8]을 두셨거든!"

그는 무슨 큰 문제나 발견한 듯이 나 있는 쪽을 곁눈질로 흘겨
보며 마구 기를 뽑아 이렇게 외쳤다.

그래도 내가 모른 체하고 있으려니까 그는 화로 곁에서 일어서
더니, 두루마기 자락을 뒤로 젖히고 저고리 섶을 위로 쳐들고 손
을 넣어 무엇을 꺼내는 시늉을 하였다. 나는 속으로 옷의 이를 잡
아내어 숯불에 넣으려는 겐가 하고 있는데 그는 또 한번 나 있는
쪽을 흘겨보고 나서 배에 두르고 있던 때 묻은 전대 하나를 꺼내
었다. 전대 속에서는 네 귀가 다 이지러지고 종잇빛까지 우중충
하게 묵은 모필 사책 한 권과, 백지로 싸서 노끈으로 챙챙 감아
맨 솔잎 한줌과, 휴지 조각 몇 장이 나왔다.

"거 무슨 책이유."

내가 이렇게 물은즉,

"아, 주역 책이지 그랴."
하고 된소리를 질렀다. 과연 그 이지러진 네 귀마다 넓적넓적한
괘가 그려져 있는 것으로 보아 주역 책임이 틀림은 없는 모양이

었다. 그런데 주역 책을 왜 하필 전대에 넣어서 두르고 다니느냐고 물은즉,

"아, 공자님께서도 역은 삼천독을 하셨다는데 그랴."

하고, 된소리를 질러놓고 나서, 다시 조용히 음성을 낮추어,

"아, 여북해 지략의 조종이요, 조화의 근본 아니오."

하였다. 나는 처음 관상소에서 그를 보았을 때부터 '하도 지모가 나지 않아 육효를 뽑아보았노라' 한 것을 들은 일이 있어서 그가 평소 얼마나 이 '지략'과 '조화'를 부려보고 싶어하는 위인인지를 짐작은 할 수 있었지만, 이와 같이 언제나 몸에 지닌 솔잎 한 줌과 네 귀 모지라진 주역 속에서 우러난 음양오행의 지모 조화가 겨우 '쇠똥 위에 개똥 눈' 흙가루 약과, 친구의 책상을 들고 다니는 것쯤인가 하고 생각할 때 나 자신도 모르게 한숨이 새어 나왔다.

저녁때가 되어 그는 전대를 다시 배에 두르고 돌아갔다. 종종 오라고 한즉, 매양 신세를 끼쳐서 미안하다고 하며 절을 몇 번이나 하였다.

그해 겨울 그는 내가 성이 가시도록 자주 나를, 아니 내 삼촌을 찾아왔다. 그는 언제나 나를 볼 때마다 오랫동안 삼촌께 못 뵈어 죄송하다고 하였다.

그는 나에게 한시를 지어달라면서 사오차(四五次)나 운자를 가지고 왔다. 어디 쓰느냐고 물으면 친구의 환갑 잔치에 내놓으려고 한다. 친구가 누구냐고 물으면, 이참봉 윤승지 무슨 참판 어디 남작 하고 모조리 서울에서도 유수한 대가와 부자들의 이름만 꼽

지만 거리에서 그가 어울려 다니는 것을 보나 가끔 친구라고 데리고 오는 것을 보면 그의 말과는 딴판으로 황진사 자신보다 별로 유여(有餘)한 축들도 아니었다.

좋은 규수가 있으니 장가를 들지 않겠느냐고, 그는 여러 차례 나를 졸랐다. '좋은 규수'가 어디 있느냐고 물으면, 단번에 친구의 딸이라 하고, 어떤 친구냐고 하면 무슨 승지, 무슨 자작 하는 예의 대갓집 따위를 꼽았다. 색시 얼굴이 어떻게 생겼더냐고 하면 매양 자기의 누르퉁퉁하게 부은 얼굴을 가리키며 이렇게 아주 유복스레 생겼다고 한다. 내가 웃으며, 색시가 일재 선생 같아서야 좀 재미적다고 하면

"아, 일등 규수라는데 그랴."

하고, 화를 내었다.

"그렇지만 너무 육중해서야."

하면,

"아, 거기 식록'이 들었는걸 그랴, 아, 여북해 일등 규수라는데 그래도 못 믿어서 그랴."

하고 기를 쓰곤 하였다.


4


눈에 고인 물이 눈물이라면 황진사의 두 눈에는 언제나 눈물이 있었다. 그는 가끔 나에게 그가 혈육 없는 것을 한탄하였다. '친

구' 집 회갑 잔치 같은 데서 떡국 그릇이나 배불리 얻어먹고 술기 라도 얼근해서 돌아오는 날은,

"아, 명가 종손으로 혈육 한 점이 없다니, 천도가 무심하지 그 랴."

대개 이런 말을 했다.

"혼담은 사방 있지만, 어디 천량[10]이 있어야지."

이런 말도 하였다.

언젠가 숙모님이, 그의 맘에 제일 드는 규수의 나이와 이름을 물었더니, 하나는 열아홉 살이고 하나는 갓 스물인데 열아홉짜리 는 성이 오씨고 갓 스물짜리는 윤씨라 하였다.

"열아홉 살?"

듣던 사람이 놀라니,

"아, 자식을 봐야지유."

하였다.

숙모님이,

"좀 나이 짐짓해두 넉넉할걸 뭐."

하니,

"그야 그렇지유, 허지만 암만하면 젊은 규수를 당할라고."

하는 것이, 아무래도 그 열아홉 살인가 갓 스물인가 난 규수에게 마음이 많은 모양이었다.

이런 일이 있은 지 며칠 뒤, 숙모님이 황진사의 중매를 들게 되 었다. 그즈음 황진사는 거의 날마다 우리 집에 들르게 되어 그의 딱한 형편을 은근히 걱정하고 있던 숙모님은, 그때 마침 집에 돌

아와 계시던 숙부님과 의논하고, 그를 건넛집 젊은 과부에게 장가를 들게 해주자고 하였다. 나는 물론 그리되기를 원했다. 숙부님도 웃는 얼굴로,

"몰라, 허기야 저도 과부지만 그렇게 늙은 사람과 잘 살라구 할는지."

하셨다. 그러나 숙모님이

"젊고 예쁜 홀아비가 어딨어요. 딸린 자식 없구 한 것만 해두……"

하고 자신 있게 말하는 것을 듣고 나도 적이 안심이 되었다.

그날 저녁때 황진사가 온 것을 보고,

숙부님이,

"일재, 여기 젊고 돈 있는 색시가 있는데 장가 안 들라우?"

하고 물어본즉,

"아, 들면야 좋지만 선생도 아시다시피 천량이 있어야지."

하는 그의 얼굴에는 완연히 희색이 넘쳤다.

그의 얼굴에 희색이 넘침을 보신 숙모님은, 돈이 없어도 장가를 들 수 있다는 것과, 장가만 들게 되면 깨끗한 의복에 좋은 음식도 먹을 수 있으리라 하는 것을 일러주신즉,

"아 그럼야 여북 좋갔우, 규수 나인 몇 살이구…… 집안도 이름 있구……"

그는 연방 입이 벌어져 침을 흘리며 두 눈에 난데없는 광채를 띠고 숙모님께로 달려드는 판이었다.

"과부래야 이름 아깝지 뭐. 이제 나이 삼십 다 못 된걸……"

숙모님도 신명이 나는 모양으로 이렇게 자랑 삼아 말한즉, 황진사는 갑자기 낯빛이 홱 변해지며,

"아 규, 규수가, 시방 말씀한 그 규수가, 과, 과, 과부란 말씀유?"

이렇게 물었다.

"왜 그류."

한순간 침묵이 흘렀다. 황진사의 닫힌 입가에 미미한 경련이 일어나며, 힘없이 두 무르팍 위에 놓인 그의 두 손은 불불불 떨리고 있었다. 벽에 걸린 시계 소리가 '뚝딱 뚝딱' 하고 들렸다. 그는 조용히 고개질부터 좌우로 돌렸다.

"당찮은 말씀유…… 흥, 과, 과부라니 당하지 않은 말씀을……"

그는 곧 호령이라도 내릴 듯이 누렇게 부은 두 볼이 꿈적꿈적하며 노기 띤 눈을 부라리곤 하더니, 엄숙한 목소리로,

"황후암(黃厚庵) 육대 종손이유."

하고, 다시,

"황후암 육대 손이 그래 남의 가문에 출가했던 여자한테 장갈들다니 당하기나 한 소리요…… 선생도 너무나 과도한 말씀이유."

그는 분함을 누르느라고 목소리에 강한 굴곡이 울렸고 낯에는 비통한 오뇌의 경련이 일어나 있었다.

"내일이래두 그럼 어린 규수 골라 혼인하시지요, 뭐……"

하고, 숙모님도 무안해서 일어났다.

숙부님도 딱했던지,

"일재, 일재 염려 말우, 농담했우, 그럼 일재 되구야 한번 타문에 출가했던 사람과 혼인을 하다니 될 말이유? 내가 어디 황후암을 몰우, 황익당을 몰우?"

한즉, 그때야 그도,

"아아무렴 그랴, 그렇지 거 어디라구, 함부루 어림없이들…… 황후암이 누구며 황익당이 누군데 그랴?"

얼굴을 펴고 이렇게 높은 소리로 외쳤다.


5


해가 바뀌고 새해가 되었다.

숙부님은 사뭇 금광에 계시느라고 새해 맞임까지도 숙모님과 나와 단둘이서 쓸쓸히 하게 되었다. 섣달 중순 즈음에서 한 보름 동안 일절 얼굴을 뵈지 않던 황진사가 정월 초하룻날 아침에 대문 밖에서

"일 오너라."

하고, 언제보다도 호기 있게 불렀다. 그 고약 때가 전 두루마기를 빨아 입은 위에 어이한 색안경까지 시커먼 걸로 하나 쓰고는, 숙부님께 새해 인사를 드리러 왔노라고 하였다. 숙부님이 안 계신다고 하니 그러면 숙모님이나 뵙고 가겠다고 하였다.

숙모님은 마침 있는 음식에 반가워 구시며, 떡과 술상을 차려

내주셨다. 그는 몇 번이나 완장 선생을 못 뵈어 죄송스럽다고 유
감의 뜻을 표하고는, 술을 몇 잔 들이켜고 나더니,

"일배 일배 부일배로 우리 군자 사람끼리 설쇰을 이렇게 해야
지."

흥취에 못 배기겠다는 듯이 손으로 무르팍을 치곤 하였다.

숙모님이

"새해에는 장……"

하다가 말끝을 옴츠러들여버리자, 그는 그 말끝을 잡아서,

"금년 신운은 청룡이 농주"랬지만 아 천량이 생겨야 장갈 들
지."

하였다.

이튿날도 찾아왔다. 사흘째도 왔다. 이리하여 정월 한 달 동안
을 거의 매일같이 숙부님께 새해 인사를 드려야 할 것이라면서
찾아왔다. 그러나 그는 결국 숙부님께 새해 인사를 드리지 못하
고 말았다.

그뒤 한 철 동안을 그는 아주 우리 집에 발길을 끊고 나타나지
않았다. 검은 둥치에 새 움이 트고 버들가지에 물기가 흐르는 봄
한 철을 나는 궁금한 가운데 보냈다.

봄도 지나 여름이 되었다. 새는 녹음 속에 늙고 물은 산골을 울
리며 흘렀다.

그때 돌연히 숙부님이 어떤 사건으로 피검(被檢)이 되자, 나는
시골 어느 절간에 가 지내려던 피서 계획을 포기하고 괴로운 여
름 한 철을 서울서 나게 되었다. 물론 숙부님의 사건이란 건 당시

나도 잘 몰랐는데, 세상에서 들리는 말로는 만주에서 발단된 '대종교 사건'의 연루라는 것으로 숙부님 검거, 금광 채굴 중지, 가택 수색, 이 세 가지를 한꺼번에 당하게 되었던 것이었다.

어느 날은 서대문 밖에 숙부님을 면회하고 돌아오는 길 광화문 통을 지나오려니까,

"아, 이건 노상 해후로구랴!"

하는 소리가 났다. 고개를 들어 보니, 연녹색 인조견 조끼에 검은 유리 안경을 쓴 황진사가 빨아 말린 두루마기를 왼쪽 팔에 걸고, 해묵은 누런 맥고모는 뒤통수에 잦혀 쓰고, 그 벗겨진 알이마를 햇살에 번쩍거리며 총독부 쪽에서 걸어오고 있는 것이다.

"네, 일재 선생 오래간만이올시다."

하고, 내가 인사를 한즉,

"댁에서들 모두 태평하시구, 완장 선생께도 소식 자주 듣구…… 아 이건 참 노상 해후로구랴!"

또 한번 감탄하고 나더니,

"이리 잠깐 오, 날 좀 보."

하고, 그는 나를 한쪽 구석에 불러놓고, 지극히 중대한 사실을 발견했노라고 한다. 나는 사정이 전과 다른 형편에 있던 터라 혹시나 이런 데서 무슨 자세한 내용이나 알게 되나 하여 두근거리는 가슴을 누르며 긴장한 낯으로 그를 쳐다보고 있는 것인데, 그는

"아, 내 조상께서도 모르고 지낸 윗대 조상을 근일에 와서 상고 (相考)했구랴."

이런 엉뚱한 소리를 하였다.

나는 너무 어이없어 어리둥절해 있노라니,

　"왜 그루, 어디 편찮우."

한다. 괜찮으니 얼른 마저 이야기하라고 하니,

　"아, 이런 수가…… 온, 내 조상이 대체 신라 적 화랑이구랴!"

하고 혼자 감개해서 못 견디는 모양이었다. 그건 또 어떻게 알아
냈냐고 한즉, 근일에 여러 가지 서적을 상고하던 중 우연히 발각
하게 된 것이라 하였다.

　황진사를 광화문통에서 만난 뒤, 두 달이 지난 어느 날 나는 숙
모님을 모시고 병원에 갔다가 총독부 앞에서 전차를 내려 필운동
으로 들어가노라니 '모루히네' 환자 치료소 옆에서 조금하면 못
보고 지나칠 뻔하다가 그를 보게 되었다.

　머리가 더부룩한 거지 아이 몇 놈과 아편 중독자 몇과 그 밖에
중풍쟁이, 앉은뱅이, 수족병신 들이 몇 둘러싼 가운데에 한 두어
뼘 길이쯤 되는 무슨 과자 상자를 거꾸로 엎어놓고, 그 위에 삐쩍
마른 두꺼비 한 마리와, 그 옆의 똥그란 양철통에 흙빛 연고약을
넣어두고 약 쓰는 법을 설명하는 위인이 있다.

　"두꺼비 기름, 두꺼비 기름, 에헴, 두꺼비 기름이올시다. 옻 오
른 데도 쓰고, 옴 오른 데도 쓰고, 등창, 둔창, 화상, 동상, 충치,
풍치, 이 앓는 데도 쓰고, 어린애 귀젓 앓는 데, 머리가 자꾸 헐어
들어가 항에아다마[12] 되랴는 데, 남녀노소, 어른 애, 계집 사내 할
것 없이, 서울내기 시골뜨기, 물을 것 없이, 거저 누구든지 헌 데
는 독물을 빼고, 벌레가 먹는 데는 벌레를 내고, 고름이 생기는
데는 고름 뿌리를 빼고, 살이 썩는 데는 거구생신(去舊生新)을 하

고, 자, 깊이깊이 감춰두면 반드시 한 번씩은 찾게 되는 약 첩첩이 싸서 깊이깊이 넣어두면 언제든지 한 번은 보배가 되는 약! 자아, 두꺼비 기름이올시다. 두꺼비 코에서 짠 두꺼비 기름, 자아, 그러면 이 두꺼비가 얼마나 무서운 신효가 있는지를 여러분의 두 눈 앞에 보여드릴 터이니까 단단히 보시오."

그는 약물에다 흙빛 고약을 찍어 넣어서 저으며

"자아, 단단히 보시오, 우리 몸에 있는 썩은 피가 두꺼비 코끝만 들어가면 그만 이렇게 홍로일점설,[13] 봄철의 눈과 같이 흔적도 없이 사라져버립니다!"

하고, 약물 접시를 들어 여러 사람 앞에 한 번 내두르고 나서 기침을 한 번 새로 하더니,

"여러분, 여기 계시는 이분은 우리 조선에서 유명한 선생이올시다. 그런데 선생께서는 두 달 전부터 충치를 앓으셔서 병석에 누워계시다가 이 약으로 말미암아 어저께 벌레를 내고 오늘부터 이렇게 이곳까지 나와주시게 되었습니다."

하고, 궐자[14]가 손으로 가리키는 바로 그 곁에는, 전날에 보던 그 검정색 안경을 쓴 우리 황진사가 점잖게 먼 산을 바라보고 앉아 있었다. 궐자는 다시 말을 이어,

"선생께서는 또 이 방면에 대한 연구가 대단히 깊으실 뿐 아니라, 곰의 쓸개, 오리의 혀, 지렁이 오줌, 쥐의 똥, 고양이 간 같은 걸로 훌륭한 약을 지어서 일만 가지 병마를 퇴치시킬 수도 있는 말하자면 이인(異人)과 같은 능력을 가지신 어른이올시다!"

할 즈음에 순사가 왔다. 에워싸고 있던 거지, 아편쟁이, 수족 병

신 들은 각기 제 구석을 찾아 헤어졌다.

　이 꼴을 보신 숙모님은 나에게 눈짓을 하시며 앞서 가셨다. 나도 숙모님 뒤를 쫓아 한참 오다 돌아본즉 아까 연설을 하던 작자는 빈 과자 상자에 마른 두꺼비와 고약 통을 담아 가슴에 안고, 황진사는 점잖게 두 손을 두루마기 옆구리에 찌른 채 순사를 따라 건너편 파출소를 향해 걸어가고 있었다.

# 산화 山火

1

 사방 산으로 둘러싸인 뒷골 사람들은 겨울이 되면 대개 숯을 굽는다. 굽지 않으려야 않을 수도 없고 또 동구 앞까지만 가면 임자네 화물 자동차가 기다리고 있으니 옛날처럼 읍내까지 지고 들어가야 할 수고는 던다 하여 무슨 큰 유리한 조건이나 되는 것처럼 모두들 생각하는 것이었다.

 오늘도 그들은 동구 앞까지 숯을 져내고 시방 굴로들 돌아가는 길이었다.

 "뒷실 어른은 몇 짐 져냈능교?"

 젊은이가 묻는다.

 "나아이? 난 넉 짐…… 자네는?"

 "나요? 난 다섯 짐요."

그들은 갈림길에서 갈렸다.

해는 산마루에 걸려 있다.

뒷실이는 젊은이와 갈려 숯굴까지 왔다. 굴 안에는 벌건 불이 타고 있다. 그는 숯굴 곁에 있는 헛간에 가서 지게를 벗고 괭이를 들고 나온다.

"내일쯤은 꺼내 묻을구나."

그는 숯굴 위로 오르는 흰 연기를 바라보며 혼자 중얼거렸다. 처음엔 검은 연기, 다음엔 푸른 연기, 맨 나중이 흰 연기라 하지만, 이 흰 연기 중의 여러 빛깔을 알아보기가 어렵다는 것이었다.

그는 괭이로 숯굴 곁의 흙을 파기 시작하였다. 내일은 숯을 묻으려는 것이었다. 솔숯 같으면 한 예니레 불이 타면 앞뒤 아궁을 꽉꽉 막아나 두면 그만이지만, 참숯은, 참숯 중에도 이 백탄은 벌건 불덩어리를 그대로 꺼내어 흙에다 묻고 문질러야 하는 것이다.

건너편 산골에서는 '송아지'가 혼자서 나무를 치며 노래를 부른다.

이 나무 넘어간다
에라에라 넘어간다
심심산 이후후야
건너 산으로 물러가자
어제 벼른 무쇠 도끼에
낙락장송이 다 넘어간다.

한참씩 저르렁저르렁하고 도끼 소리가 산골에 울리다가는 '지 저끈 쾅' 하고 나무, 자빠지는 소리가 나곤 한다.

뒷실이는 흑흑 하고 흙을 파던 괭이를 멈추고 꽁무니에서 곰방 대를 빼어 물었다.

"오늘이 초엿새라, 이달 초순께 산고¹할 게랬는데, 야아, 이거 낭팬걸…… 숯은 아직도 참봉 영감이 말한 데서 반도 못 냈고, 이 거 어째야 되노."

뒷실이는 잠깐 동안 곰방대를 물고 앉아 이렇게 혼자 중얼거리 는 것이다.

건너편 산골에는 붉고 검고 푸르죽죽한 누더기를 두른 이 골 사 람들이 솔잎을 따고 있다. 뒷골 사람들은 겨울이 되면 많이 솔잎 을 먹게 된다. 솔잎을 먹으면 장수를 하느니, 병이 없어지느니, 정신이 좋아지느니, 별별 영효를 다 선전하며 서로 권하고 기리 는 것이나 기실 그나마 씹고 굶어 죽지 않으려는 수작들이다. 풍 년이라도 풀뿌리를 캐야 봄을 치르는 이곳이라 먹을 만한 풀뿌리 가 쉽사리 있을 리도 없고, 또 이십 리 삼십 리씩이나 먼 산을 가 서 혹시 칡뿌리깨나 본다 하더라도 흙이 얼어붙어서 괭이가 들어 가지 않는다. 그러고 보니 쓰든 뗍든 결국 솔잎을 따지 않을 수 없는 것이다. 그는 입에 곰방대를 문 채 건너편 산골로 어정어정 내려갔다. 그는 산기슭에서 손을 들어 누구를 부르려다 말고 그 냥 멀거니 바라보고 서 있다. 그러자,

"아배."

하고, 여섯 살 먹은 작은쇠가 시퍼런 콧덩이를 입에 물고 이쪽으로 달려온다. 겨드랑이에 낀 조그마한 오그랑바가지²에는 파란 솔잎이 담겨 있다.

"아배, 저기 돌이 즈 엄마가 야, 석탄 파다가 야, 죽었단다이."

작은쇠는 그 아버지를 따라 저희 숯굴 곁으로 가며, 아까 솔잎 따면서 들은 이야기를 전했다.

"응, 누가?"

뒷실이는 그새 엉뚱한 생각을 하고 있느라고 잘 듣지 않아서, 이렇게 다시 한번 물었다.

"그전에 우리 동네 안있었나, 저 돌이 즈 엄마 말이다."

"돌이 엄마가 석탄을 파다 죽어?"

"응."

뒷골에는 각별나게 흉년도 자질다. 해마다 어디론지 없어지는 사람도 많다. 지금 작은쇠가 전하는 이야기의 주인공인 '돌이 엄마'도 결국은 솔잎 못 먹어내어 달아난 사람 중의 하나다.

어둡다. 어느덧 햇빛이 없다. 산중이란 본디 그렇거니와 이 운문산(雲紋山) 뒷골은 더욱 오후 해가 절반이다. 낮에 짐짓한 해가 산마루에 걸리는가 하면 벌써 황혼이 시작된다.

뒷실이는 숯굴 앞에 앉아 어느덧 두 꼭지째 담배를 넣어 물었다. 담배래야 구기자잎이면 썩 상등이요, 대개는 호박잎이나 아무런 잡풀이나 되는대로 뜯어 말린 걸로 담배 피우는 신명을 띄우는 게지 제법 허연 봉이나 사 들고 하는 날이라고는 한 해에도 그다지 여러 번은 아니다. 그런대로 그에게는 곰방대를 빨아 연기를 내는 것만이 그의 유일한 낙이다.

뒷실이란 그의 택호요, 그에게는 또 찬물이란 별호도 있었다. 이 별호는 누가 처음으로 부르게 되었는지는 모르나 그의 위인이 찬물처럼 단맛도 쓴맛도 아무런 까닭이 없다는 뜻이었다. 그는 여간한 큰 변이나 불행이 닥치더라도 놀라 당황한다든지, 흥분하는 법은 없었다. 아무리 아내가 퍼붓고 조르고 쫑알거리고 원망을 해도 꽥소리 한번 지르는 법도 없었다. 늙은 어머니가 고기 타령을 하든, 어린 자식이 밥 타령을 하든, 그는 들을 만하고 앉아 곰방대만 뻐끔뻐끔 빨면 그만 만사는 절로 해결되어가는 것, 죽이면 죽, 밥이면 밥 주는 대로 한 숟갈 뜨고 일터로만 나가면 하루해는 지는 것이었다.

"아배."

어딘지 곧장 사람 소리가 나는 것 같으나 아무것도 보이지 않는다. 곰방대를 한 모금 드묵 빨고는 손으로 눈물을 닦고 얼굴을 돌려 사방을 휘휘 살펴보는 것이나 역시 아무것도 없다.

"아배."

이번에는 바로 귀 곁에서 들려온다.

'아니, 이건……'

바로 눈앞에 한쇠가 와 서 있다.

"아배 그렇게 눈이 어둔교?"

"응야, 한쇠가?"

그는 또 눈물을 닦으며 한쇠를 쳐다본다. 그의 모친 말마따나 너무 오래 기름기 있는 걸 못 먹어서 그런지 혹은 워낙 불에 시달린 탓인지, 이즈음은 한참 동안만 불을 보고 나면, 그만 눈물이 질질 흐르고 조금만 어두우면 바로 턱 앞에 다가서도록 사람이 보이지 않는다.

한쇠는 걱정스럽게 그 아버지의 얼굴을 한참 바라보고 있다가,

"이번 숯은 내가 낼난요."

한다.

"니가 어떻게?"

"저 송아지 아저씨랑 내지요."

"……"

"……"

아비와 아들은 한참 동안 말없이 서로 바라보았다.

"오늘 장엔 일찍이 댕겨왔나?"

"팔기사 진작 팔았지만 삼십 전 받아서 좁쌀 한 되 팔고 성냥 한 갑 사고 나니 그만 미역 살 돈은 없습데요."

그리고, 다시 한쇠는 말을 달아,

"참, 아침에 갈 때 윤참봉이 보고, 매양 그라면 숯을 못 굽게 할게라나요."

한쇠는 이 말을 하기가 어쩐지 숨결이 가빠 물을 마시듯 말이 마디마디 끊어졌다.

# 2

불긋불긋한 빈대 피와 시커먼 숯 그림이 이리저리 혼란히 그려진 바람벽과, 머리를 내리누르는 듯한 나지막한 천장 아래, 어둠침침하고 가물가물하는 호롱불이 켜져 있다.

"아이고 사람이나 얼핏 와야지, 사람이나."

구석구석이 너절하게 흩어진 버선 목달이, 형겊 나부랭이 들을 주섬주섬 걸어 훔치며, 늙은이는 목멘 소리로 혼자 중얼거린다. 네 귀가 아주 떨어져나가고 군데군데 낡아 봉당이 드러난 삿자리 위엔 온갖 때와 오예물[3]이 겹겹이 끼어, 오줌 지린내와 땟국 전 내가 석유 냄새 된장 냄새와 엎쳐서 건건접접하고 들척지근한 공기가 코를 쏜다.

며느리는 죽은 사람같이 창백한 얼굴로 천장을 바라보고 누웠다가 이따금 울상을 하여 몸을 뒤틀곤 한다. 이때마다 늙은이는 그저

"아이고, 사람이나 얼른 와야지, 사람이나……"

하며, 당황히 뛰어들어 며느리의 배 위에 손을 얹는 것이다.

"배가 아프나?"

"……"

"자꾸 삐찌르는가배."

"……"

그러나 며느리는 늙은이의 말소리도 잘 들리지 않는 모양으로

그저 '아이구' '아이구' 하며 몸을 뒤틀 따름이다.

얼굴에 여기저기 숯검정칠을 하고, 입엔 연방 곰방대를 문 찬물이가 들어오자 그의 아내는 마침 정신이 나는지 그 재 빛깔이 된 얼굴을 들어 무슨 구원이나 청하듯이 잠깐 그를 바라본다. 순간 방 안이 고요해졌다. 그러자 그 구리터분하고 건건접접한 고약한 냄새가 일시에 코를 쏘기 시작한다. 어머니는 며느리의 흐트러진 머리를 쓸어 베개를 넣어주며, 아들을 향해

"이 얼굴 좀 봐라, 핏기 한 점 있나, 곧 죽은 사람 안 같으냐?"

"……"

찬물이는 잠자코 있다.

"곧 죽은 사람이다, 죽은 사람이라, 그래도 인제 겨우 숨을 좀 쉴구만, 아까사 그저 사죽을 틀고 네 구석을 매고 차마 눈으로 못 보겠더라니."

늙은이는 온 얼굴을 비쭉거리며 볼멘소리로 호소하는 것이나, 그래도 아들은 아무런 반응이 없다.

"된장국이라도 한 그릇 끓여줄라니 어디 건더기가 있나, 맨 된장국이야 어디 써서 먹을 수가 있어야지…… 세상에 이런 꼴이 어디 있단? 금년 내내 하루도 쉴 새 없이, 소같이 일을 하구서 제 몸 푸는데 된장국 한 그릇도 못 얻어먹다니, 쩨, 쩨…… 그 더운 데 보리밭을 맨다, 논을 맨다, 똥물을 여낸다, 오줌을 여낸다, 가물에 물을 댄다, 이웃집에 소를 얻어다 콩씨를 넣는다, 머 머슴이라도 상머슴이지, 차라리 머슴 같으면야 바깥일이나 하지, 이건 바깥일은 바깥일대로 하고 집에 들면 또 질쌈을 한다 빨래를 한

다, 그래도 옷가지를 꿰맨다. 어느 거 한 가지 제 손 안 가고 되는
게 있나? 일 년 열두 달 어느 하루 잠을 실컷 자본 날이 있나 먹을
걸 남처럼 먹어본 날이 있나? 낮이고 밤이고 그저 갈팡질팡, 진일
마른일 다 해주고 그러고도 이제 몸을 풀라니 속이 비어 이렇게
널치가 나는구나. 대체 이 일을 어떻게 한단 말인고, 쩌, 쩌, 하느
님이 무심하다, 하느님이 무심해."

늙은이는 어이없다는 듯이 혀를 찬다. 눈꺼풀이 들썩들썩 뛰며,
입이 왼쪽으로 비틀어져 실룩거린다.

"하기사 아무리 세(혀)가 빠지게 해도, 하늘이 비 안 주니 헐 수
는 없더라만……"

늙은이의 넋두리는 이제 '하느님'에 대한 원망으로 들어가려 한
다. 아들의 저녁상을 내다줄 것도 잊은 모양이다. 이때 며느리가
몸을 꿈적이며, 무어라고 남편의 저녁상 내올 것을 주의하는 기
척이 있자, 늙은이도 그제야 정신이 돌아온 듯 일어나, 시렁 위에
서 아들의 저녁상을 내려놓는다. 도토리 가루에다 서속을 넣고,
거기다 여러 가지 풀뿌리를 얼버무려 죽을 쑨 것이다.

"어느 건 아이 밴 에미게는 음식이 젤이라고, 해산도 모도 기름
으로 된다는데 일 년 열두 달 풀만 먹고 사는 것이 무슨 주제로
힘을 쓴단? 더군다나 올해사 야속한 하느님이 비까지 안 줘서 쌀
알 하나 천신⁴ 못하고 있는데…… 무슨 놈의 재앙이 하필 우리 에
미 해산에 흉년이 든단 말고?"

"……"

"사람이 너무 첨염해도 못쓴단다. 어디 가서 쌀이나 쌀사발하

고, 국건데기나 좀 하고 못 구해올란?"

"……"

죽 한 그릇을 게 눈 감추듯 하고 어느덧 곰방대를 물고 앉아 있는 찬물이는 무어라고 했으면 좋을지 알 수 없어 입맛을 쩍쩍 다셨다.

"지금 이대로 두면 해산도 안 되고 사람만 점점 더 늘어질 뿐이고 자칫하면 생목숨 잡는다…… 뭐든지 얼른 구해다 속을 좀 채워줘야지 이러고만 있다간 큰일나는데……"

"……"

"시방 이래싸도 아직 언제 산고가 질는지 모르는 거다, 인제 다시 음식이 들어가 원기를 도와줘야지, 안 그라면 암만 있어야 사람만 축날 뿐이지 소용없다, 어디든지 나가봐라."

"……"

찬물이는 곰방대를 문턱에 대고 떨며 또 한번 입맛을 쩍쩍 다신다.

"어디든지 나가봐라, 사람 사는 세상에 이다지도 절박할라고, 어디든지 한번 나가봐라."

"그렇거든 송아지한테라도 가보소."

오래 두고 연구해서 입을 뗀 찬물이의 의견이란 것이 겨우 이것이다.

"그러잖아도 아까 저녁때 가보았는데 송아지네가 아직 안 돌아왔드만…… 고것이 꼴값하느라고, 일을 해주거든 진작 제 집으로 돌아오잖고 되잖게 바람이 들어서 그 어질고 인심덩어린 송아지

속을 생〔傷〕히는가 보드군."

"……"

"어쨌든 고걸 만나야 될 겐데…… 그래도 고게 큰 대문에 드나든다고 그러는 겐지 윤참봉 집에 빌말이 있으니 인저 온 골 사람들이 다 고것한테 청을 하데."

늙은이는 바쁜 듯이 일어나 희끄무레한 겉치마를 두르며 한쪽 손으로는 연방 실룩거리는 왼쪽 얼굴을 싸아쥐며

"아이고 가기사 가보지만 또 헛걸음을 하면 어쩔꼬?"

볼멘소리로 이렇게 근심을 하며 밖으로 나간다.

늙은이가 나가고 조금 있으니까 찬물이의 아내는 또 신음 소리를 내기 시작했다. 찬물이는 평소에 그 우악스럽고 무뚝뚝한 아내가 이렇게 늘어져 누워서 신음하는 것을 볼 때 어딘지 불쌍한 생각이 들었다. 그의 아내는 그의 어머니의 말마따나 정말 소같이 일을 하는 사람이었다. 그는 본래 위인이 부지런한 데다 원력이 좋아서, 천생이 약질로 생긴 그의 시어머니나, 본래 좀 느리고 게으른 편인 찬물이가 입으로만 걱정을 하고 있는 여러 가지 들일을 그가 떠맡듯이 거의 혼자서 해내는 것을 보고 그의 시어머니는 며느리를 아끼는 마음으로,

"대강 해라…… 소같이도 한다."

이렇게 빈정거리는 것이었다.

작년 봄이다. 어릴 때 친정에서 보니 누에를 먹일 만하더라고 하며 뽕나무 준비도 없이 누에씨를 받았다. 처음엔 열 잎, 다음엔 한 바구니, 또 그다음엔 한 광주리, 누에가 자라면 자랄수록 몇

갑절 뽕을 먹어내는지 알 수가 없다.

　본래 무엇이든 하기만 하면 남처럼 해내는 솜씨라, 첫 시험이라 해도 똥을 치는 것이며 치잠⁵을 가리는 것이며 여러 해 먹이던 사람같이 익숙하다. 그차에 홀가분도 하여 병잠⁶ 하나 없이 여간 충실히 되지 않았다. 그만큼 재미도 나고 또 애도 쓰고 하여 여러 날과 밤을 쉬지 못한지라 얼굴이 부석부석 붓고 두 눈엔 시뻘겋게 핏대까지 서게 되었다. 제사령 사흘째 되던 날부터 누에는 완전히 뽕을 굶게 되었다. 비는 아침부터 부슬부슬 내리고, 먹을 때를 지친 누에는 대가리들을 쳐들고 잔박 가로만 기어 나왔다. 뒷실댁이(즉 찬물이의 아내)는 온종일 벙어리처럼 그 핏대 선 두 눈으로 누에만 들여다보고 앉아 있다가 어둠이 들자 뽕 도둑질을 나갔다.

　"엄마, 그러지 말고 누에를 갖다 내버려라."

　한쇠가 이렇게 말하니, 뒷실댁이는,

　"아까워서 어째 내버리노?"

하면서 어둠 속에 사라져버렸다.

　한쇠는 이날 밤 문고리를 잡고 앉아 얼마나 조마조마하면서 그 어머니가 돌아오기를 기다렸는지 모른다. 몇 번이나 방문을 열고 밤비가 좌락좌락 내리는 어두운 뜰을 내다보곤 하였으나, 그의 어머니는 쉽사리 돌아오지 않았다. 틀림없이 뽕 임자에게 들켜서 경을 치는가 보다고 혼자서 발버둥을 치고 있노라니까 무엇이 툇마루에 철썩하며 무슨 물건 부딪뜨리는 소리가 났다. 옷은 젖어 몸에 휘감겨 붙고, 머리는 흐트러져 아주 물귀신 모양처럼 된 그

의 어머니가 머리에 이고 온 뽕 보퉁이를 툇마루에 내려놓기가
바쁘게 연방 우물가로 가서 손발을 씻고 있다. 오다가 비녀를 길
에 빠뜨려서 그걸 찾느라고 길바닥을 더듬다가 개똥을 주물렀다
는 것이다.

그러나 이미 굶을 대로 굶고 지칠 만큼 지친 누에는 인제 그만
뽕을 먹지 못했다. 한쇠 어머니가 아무리 정성껏 물기를 닦고 좋
은 잎을 골라 누에 입 끝에 대어주어도 누에는 고개를 두를 뿐이
었다. 한쇠 할머니는 곁에서 며느리의 하는 양을 들여다보고 있
다 차마 볼 수 없었던지,

"오냐, 이 짐승들아 부디 먹어라이, 부디부디 받아먹고 살아나
거라이, 조금씩 맛봐가면서 부디 살아나거라이."

이렇게 어린애 달래듯이 타일렀으나 종시 소용이 없었다.

이튿날 아침 일찍이 한쇠 어머니는 누에를 죄다 거름 속에 갖다
묻어버렸다. 뽕까지 누에와 함께 거름에 버리려다 아깝다고 해서
이웃 사람을 주었다. 거기서 말이 난 건지 어쩐지, 뽕 임자가 알
고 찾아왔다. 윤참봉 맏아들의 소실이다. 성이 뾰로통하게 나서
처음 아무런 말도 없이 툇마루에 올라와 궐련부터 한 개 피워 물
더니,

"세상에 사람 사는 법이 언제나 제 손으로 벌어서 제 것을 먹고
살아야지, 남의 것을 욕심내서 함부로 훔쳐가려고 해서는 허구한
세월에 하루 이틀도 아니요 도저히 살 수가 없는 법이야."
하고, 무릇 사람의 사는 법부터 설교하여 차곡차곡 죄목을 캘 모
양이었다. 한쇠 어머니는 감히 밖에 나올 수 없었던지 잠자코 부

얶에 앉아 있었다. 이때 빌기 잘하는 한쇠 할머니는 목멘 소리로 온 얼굴에 근육을 실룩거리며,

"그저 살라 하니 그러십내다."

하고 여자에게 빌붙기 시작하였다.

"언제든지 없는 사람이 있는 사람의 덕 안 보고 살 수 있십내까? 목구멍이 포도청이지요, 그저 없고 보니 죄가 많십내다."

"암만 없는 사람이라고 하지만 처음부터 동정을 빈다면 그건 또 모르지만 남의 물건을 생으로 훔치려 들어서야 이건 도저히 나쁜 사람들 아니오."

바로 이때다. 평생 사람의 몸에 손질이라곤 해본 적이 없었다는 찬물이가 도리깨로 그의 아내를 자꾸 뚜드려서 나중엔 아주 숨이 끊어지기까지 했던 것이다.

이리하여 윤참봉네 맏아들 첩은 그만하고 돌아갔지만 그뒤부터 한쇠 어머니는 날만 흐려도 온몸이 부서지는 듯이 아프다고 하였다.

이렇게 찬물이는 지금 곰방대를 물고 앉아 아내의 싯누런 팔다리를 바라보면서 작년 봄 그 봉변당하던 때의 자기의 도리깨질을 생각하는 것이었다.


3


국거리를 구하러 나갔던 늙은이는,

"아이고 밖에서는 굿을 해도 우리 집 구석에서는 모르는구나."

하고, 삽짝 밖에서부터 중얼거리며 들어왔다.

"성님 좀 어떠신교?"

늙은이 앞서 송아지 처가 고기 소쿠리를 안고 들어온다. 소쿠리에는 빛깔이 검으푸레하고 누렁 냄새가 물컥 오르는 쇠고기가 반소쿠리나 실히 된다.

"아따, 웬 고음 거리는 이처럼 많이 가져오능교?"

찬물이도 소쿠리를 들여다보며 놀라운 듯이 인사를 한다.

"윤참봉네 집에서 그 큰 소를 잡아 동네에 논으던가만 감쪽같이 모를 뻔했네."

늙은이는 너무나 흥감해서 어디부터 먼저 이야기해야 좋을지 두서를 못 차린다.

"이게, 일 원어치다. 공게지 공게라, 장에 가 살라면 암만해도 삼 원 덜 주고 이렇게 받을란? 더러라. 백정놈들 파는 거사 일 원어치라고 해도 새 한 마리만 한걸 뭐……"

늙은이는 뼈와 거풀만 남은 주먹을 쥐어 보이며, 온 얼굴을 실룩거리며 어쩌든지 이것이 공것 마찬가지로 싸다는 것을 설명하고 싶은 모양이다.

"우리 살림에 이럴 때 한번 안 사 먹으면 좀해서 쉽나, 마침 맘낸 적에 눈 질끈 감고 그만 낫게 가져와버렸지, 온 집안 식구가 한번 고로 먹어야지 사철 풀만 먹고 기름기 있는 걸 안 먹으니 살수가 있나? 그리고 참 나도 늙으니께 송장이다. 아까부텀 이 송아지네 이야기를 한다는 게 엉뚱한 소리만 실컷 했구나, 실지로 알고 보면 이게 모두 송아지네 덕이다. 우리 보고 누가 이렇게 인정을 쓸라고, 모두 보는 데가 있지 그리."

"어디메요, 저를 보고 드리는 게 아니라 올해가 참봉 어른 환갑이라고, 소 한 마리 잡은 셈치고 이렇게 헐값으로 온 동네에 노나 드리는 게랍데다."

송아지네는 변명하듯 얼굴을 붉히며 이렇게 말한다. 그는 까만 우단 저고리에 열분홍빛 내의까지 받쳐 입고 이 골짝에서는 드물게 보는 호사를 했다.

"아, 참 그렇다지, 올해가 참봉댁 회갑이구나, 아무리나 팔자 좋다, 살림이 부자라, 자식들 많아, 세상에 다시 더 바랄 게 있나."

"그럼요, 팔자야 상팔자지요."

송아지네는 수삽한 듯이* 턱으로 덜 여며진 옷깃 사이로 내다 뵈는 분홍색 내의를 가리며 이렇게 장단을 맞춰준다.

그런데 여기 소개하기 늦은 인물이 하나 있다. 금년이 그의 환갑이라 소 한 마리 아주 잡은 셈치고 온 동네 사람들에게 헐값으로 나눠 먹이고, 그의 맏아들 첩은 일찍이 뿅 도난을 만나 무릇 사람 사는 법을 설교하러 이 집 마당에도 나타난 일이 있었고, 시방 여기 고기 소쿠리 곁에 까만 우단 저고리에 분홍색 내의를 받쳐 입고 쪼그리고 앉아 있는 송아지 처의 정부(情夫)인 동시 화물자동차 운전사이기도 한, 낮에 여드름 많이 난 사내를 둘째 아들로 가진 윤참봉이란 사람은 대체 어떠한 인물인가. 뒷골 사람들은 모두 그를 윤참봉이라 부른다. 그러나 이것은 아주 요즈음 일이다. 3, 4년 전까지만 해도 그는 윤주사로 불렸고, 또 윤주사로 불리기 전에는 윤새령〔尹使令〕으로 불렸다. 그는 본래 읍내에서 사령⁹ 노릇을 하던 사람이었다. 그리하여 아직 부자가 되기 전엔 물론이요 이제 내로라하는 부자가 되어서도 읍내 사람들은 여태 윤새령이라 부르는 사람들이 많았다. 뒷골 사람들도 그가 듣는 데서는 윤참봉 윤참봉, 하나, 듣지 않는 데서는 '윤새령'이 보통이었다. 이 눈치를 챈 윤참봉은 '윤새령'이라 부르는 사람만 보면 반드시 시비를 걸었다. 그만큼 그는 '윤새령'으로 불리는 것을 싫어하였고, 또 이제 와서는 그를 면대해서까지 '윤새령'으로 부르는 사람도 없었다.

그러나 그가 처음으로 이 뒷골로 들어올 때까지만 해도 그는 아직 '윤주사'도 되기 전이었다. 그때 벌써 내용으로는 살림이 착실했던 모양이나, 그는 머슴을 데려 농사를 짓는 한편, 동네 사람들을 상대로 장리벼를 준다, 현금을 대부한다 하여 말하자면 이 고을 사람들의 유일한 금융 기관이 되었던 것이다. 이렇기를 한 십여 년 하고 나니 뒷골 부근의 좋다는 토지는 대개 그의 소유가 되어버렸고 그와 동시에 그는 '윤새령'에서 '윤주사'로 화해버린 것이다.

요즈음은 또 그의 두 아들이 장성하여 일찍이 그가 손을 뻗쳐보지도 못한 신기한 꾀를 쓴다. 맏아들은 첩을 얻더니 동구 앞에다 말하자면 지점(支店)——돈놀이하는——을 내고 거기서 술, 담배, 소금, 석유, 성냥, 비료, 북어, 포목, 기타 잡화를 갖추어놓고 아주 떡 벌어지게 장사를 하는 것이다. 특히 이 가게가 동네 사람들을 끄는 것은 그 '고뿌술'이란 거다. 양조 회사가 생긴 이후로 술이라면 전혀 사 먹게 되니 그 부드럽고 배부른 막걸리를 마음 놓고 먹을 수가 없다. 부드러우니만큼 많이 먹어야 하고 많이 먹으려니 돈이 헤프다. 이 수요에 따라 꼭꼭 찌르는 왜소주가 나온 것이다. 막걸리로는 십 전어치나 먹어야 속이 한번 후련할 것이 소주로 하면 오 전짜리 한 고뿌면 제법 화뜩해진다. 여름으로 논에 물을 대다 숨이 차면 온다, 겨울밤으로 숯굴에 불을 보다 온다, 투전을 하다 온다, 내기를 하다 온다.

"조용다, 탁배기보다사 참 위에 있다."

"호, 한 모금을 먹어도 어디라고, 탁배기보다사 위지 양반이다."

그들은 소주 고뿌를 기울일 때마다 이 모양으로 칭송을 했다. 그러면 윤주사 맏아들의 첩도 생긋이 웃으며,

"그러면요, 막걸리보다사 참 정하지요."

하고, 주전자를 들어 빈 잔에 다시 부으려고 하면, 대개는,

"아무렴, 막걸리에서 정기만 뽑아낸 거 아닌가배."

하고, 한 잔씩 더 드는 편이었고, 혹 뒷일을 여물게 닦아 나가려는 사람들은,

"어떤요, 그만두소, 없는 사람들이 먹구 싶다고 자꾸 먹을 수 있능교?"

하며, 거절하는 사람들도 있었다.

왜소주 이외에도, 여자는 팔 수 있는 것을 팔고, 혹은 사고, 또 뒷밭에는 뽕을 심어, 봄에서 여름까지 이웃 여자들을 데려다 누

에를 먹이고 하여 일 년에 이 여자의 손으로 들어오는 돈만 해도 적지 않은 것이라 한다.

둘째 아들은 맏아들보다도 더 신식 재주다. 그는 화물 자동차를 끌고 다니며 겨울이면 이곳 사람들이 구워 내는 숯을 실어다 읍 내에 내기도 하고, 나무도 실어다 팔고, 가끔 해변으로 나가면 어 물을 실어다 원근 각동에 펴어 먹이기도 한다.

이리하여 금년 환갑이 된 윤참봉은 매년 가을이면 벼를 7, 8백 석이나 받게 되고, 겨울 한 철 동안은 온 고을 사람들이 그에게 숯을 구워 바쳐야 하게끔 되어 있는 것이다.

한쇠네도 물론 가을이면 윤참봉에게 벼를 갖다 바치고, 겨울 한 철 동안은 쉴 새 없이 숯을 구워 바쳐야 하는 사람들 중의 하나였 다. 풍년이 들면 벼 열두어 섬 나는 논마지기 주고는, 지주 앞으 로 여덟 섬을 매니, 나머지 서너덧 섬으로 농비 덜고 지세 치르면 쭉지벼 한두 섬 남는 것이 고작이요 흉년엔 물론 남는 거래야 빚 뿐이다. 찬물이와 그의 아내는 여러 해 동안, 타작마당에서 이렇 게 빚을 지거나, 쭉지벼 한두 섬을 앞에 놓고 입을 비쭉거리며 하 늘을 쳐다보곤 하였다. 그러나 또 봄이 온다. 산기슭에 진달래가 붉게 피고, 깊은 골짜기에서 접동새가 피나게 울고, 하면 찬물이 와 그의 처도 억울과 주림의 동면을 깨고 또 한번 들로 나가, 괭 이로 흙을 파고, 씨를 넣는 것이었다.

그런데 이 윤참봉은 금년 환갑 기념으로, 송아지 처나 한쇠 할 머니 말대로 하면 아주 착한 일을 하게 된 것이다. 그것은 온 동 네 사람들에게 거의 공으로 나눠 먹이다시피 헐값으로 처분한 쇠고기 이야기다.

　얼마 전부터 병이 들어 있던 소가 지난밤에 죽었다. 윤참봉은 머슴과 의논하고 이것을 아주 고기로 팔 계획을 세웠다. 백정들같이 중간 이익을 보지 말고 현 시가대로 소 값만 계산해서 실비로 부근의 모든 소작인들과 이웃 사람들에게 나눠 보낼 작정을 했던 것이다. 그것이 마침 이 낌새를 알고, 군청 축산계에서 출장 나온 사람이 있어, 윤참봉이 평소에 이러한 출장원들을 홀대해왔으니만큼 이 출장원이 윤참봉네 소청을 준엄히 거절을 해서, 할 수 없이 아까운 황소를 땅속에 묻지 아니하지 못했던 것이다. 출장원은 현장까지 따라가서 완전히 다 묻은 것을 보고, 그제야 읍내로 들어갔다. 이렇게 되고 보니 아무리 아까운 황소지만 도리가 없고, 그렇다고 그대로 손해만을 볼 수도 없고 하여, 머슴에게 일임한 것같이 해서 다시 그 소를 땅에서 파오게 한 것이다. 병이 들어 죽은 소요, 이미 땅속에까지 묻혔던 것이라 파내오긴 왔지만 빛깔이며 냄새며 도저히 속이고 팔 수는 없어, 그저 그만큼 짐작할 사람은 짐작하고, 모르는 사람에게 설명까지는 하지 않고 대강 이리저리 처분해 넘기게 되었던 것이다.

　지금 한쇠 할머니가 소쿠리를 들여다볼 때마다 즐거워 못 견디는 이 검으푸레한 쇠고기도 물론 그것이다.

# 4

송아지 처가 돌아간 뒤 이내 한쇠가 들어왔다.

"야야 이거 와봐라."

할머니는 탁은히 불러 턱으로 고기 소쿠리를 가리킨다.

"아이고 누렁내야."

한쇠는 고기 소쿠리를 들여다보자 이내 이렇게 소리를 질렀다.

"……"

할머니는 약간 악의 띤 눈으로 잠자코 손자를 바라본다.

"어째 이렇게 누렁내가 자꾸 나?"

"개사, 하면, 쇠고기에 누렁내 안 나?"

할머니는 한쇠가 고기를 보고 얼마나 반가워하며 기뻐하는지를 좀 보려고 한 것이 의외로 자꾸 누렁내만 난다고 하니 잔뜩 못마땅해서 볼멘소리로 이렇게 말한다.

"그렇지만 아주 썩은 냄새가 나요."

"뭐?"

할머니는 악의에서 다시 증오에 가까운 무서운 얼굴로 한쇠를 똑바로 노려본다.

"할매 이거 어디가 사왔능교?"

"오 오냐 오냐, 니는 먹지 마라, 내 내 혼자 먹을란다, 니는 머 먹지 마라."

할머니는 왼쪽 입아귀와 눈언저리를 실룩거리며 손을 내저으며 고기 소쿠리를 안고 밖으로 달아나버렸다.

고기를 안고 뒤란까지 뛰어온 늙은이는 까닭 모를 분노에 숨이
차고 가슴이 뛰어 진정할 수 없었다. 아무리 철이 없는 아이들이
라고 하더라도 이건 세상에도 죄 많고 복을 차는 버르장머리 아
닌가. 윤참봉과 같은 복 많고 하늘 아는 사람이 일껏 회갑 기념으
로 헐값에 나눠준 귀물의 음식을 보고 썩은 냄새가 난다니, 오오
생각만 해도 두렵지 않을 수 없다.

"산신님네 산신님네, 불쌍한 우리 인간들이 산신님네 덕만 믿
고 삽내다. 산신님네 태산 같은 덕만 믿고 삽내다. 우리 맏손자
한쇠는 성품이 제 아비를 닮지 않고 제 어미를 닮아 그저 뚝심이
세고 성질이 괄괄하오나 효성이 많고 슬기가 있삽내다. 모두 이
늙은 것이 망령한 탓이오니 이 늙은 것에다 벼락을 쳐주소서, 부
디부디 벼락을 쳐주소서. 모두 이 늙은 것의 망령이옵내다. 그러
하고 우리 한쇠 어미는 본래 아무 죄도 없십내다. 이 늙은 것이
하도 명주옷이 입고 싶어 뵈니 이 늙은 것의 옷을 해주려고 누에
를 멕였으니 모두 이 늙은 것의 죄이올시다. 그뿐 아니라 한쇠 아
비한테 매도 많이 맞았십내다. 우리 한쇠 아비가 제 안사람께 손
질한 것도 그게 첨이오며, 우리 한쇠 어미는 그때 아주 기절했다
살아났사옵내다. 산신님네 산신님네 부디 굽어 살펴주옵소서, 우
리 한쇠 어미에게는 아무 죄도 없사오니 그저 이 늙은 것의 머리
위에다 벼락을 쳐주옵소서. 벼락을 쳐주옵소서."

늙은이는 고기 소쿠리를 앞에 놓고 북쪽 산을 향해 두 손을 비
비며 그저 몇 번이든지 절을 하는 것이었다.

늙은이가 한 여남은 번이나 산을 향해 절을 하고 났을 때 문득 방에서 며느리의 신음 소리가 들려 나왔다.

"아이고 아이고—"

늙은이는 별안간 조바심이 났다. 그는 고기 소쿠리를 안고 도로 방으로 들어갔다.

그날 밤 한쇠는 꿈속에서도 역시 그 쇠고기가 보였다. 군데군데 시커먼 잡풀들이 우묵우묵 나고 땅에서는 송장 냄새가 코를 찌른다. 그의 할머니는 등불을 들고 서 있고, 그의 어머니는 괭이로 흙을 파헤치고 있다. 이윽고 흙 속에서 희끄무레한 송장이 나왔다. 송장은 홑이불로써 쌌는데 이불은 송장 썩은 물로 제 살같이 붙어버렸다. 할머니와 어머니는 칼로 송장의 살을 떼어내기 시작하였다. 푸른 칼날에 먹물같이 검은 피가 묻어 나온다. 두 사람은 송장의 살을 오리고 또 오려서 치마에 싸고 광주리에 담는다. 광주리에 담긴 살은 그러나 쇠고기로 되어 있다. 그것은 사람의 송장이 아니라 소의 송장이란 것이다. 한쇠는 가슴이 뛰며 다리가 떨려 들고 있던 등불을 내던진다. 소리를 지른다. 눈을 뜬다. 방 안에는 그의 어머니가 앓고 누웠고, 밖에서는 그의 할머니가 국솥에 불을 넣고 있다.

"야야 한쇠야 와 그카노?"

"할매."

"니 와 자꾸 그케쌌노?"

"할매 여태 안 잤능교?"

# 5

이튿날 새벽이다.

고음국이 끓었다.

할머니는 먼저 고사를 지낸다고 소반에다 고음국 한 사발을 얹어 들고 뒤란으로 가서

"산신님네, 산신님네. 산신님네 은혜는 하늘 같삽내다마는 불쌍한 우리 인간들은 산신님네 은덕을 다 갚을 수 없삽내다. 이 국을 먹고 나거든 이 늙은 것도 소생하여 눈언저리와 입아귀가 실룩이는 병을 본데같이 낫게 하여주옵소서. 우리 한쇠 어미는 본래 아무 죄도 없삽내다. 이 늙은 것이 웬걸 산신님네 보고 거짓말을 하오리까. 참봉 댁 뽕밭에 뽕 도둑을 간 것도 근본은 모두 이 늙은 것 때문이올시다. 이 늙은 것의 머리에다 벼락을 쳐주옵소서, 그리고 우리 한쇠는 천품이 제 아비를 닮지 않고 제 어미를 닮아 뚝심이 세고 성미가 괄괄합내다만 효성이 놀랍습내다. 산신님네 이 고음국을 먹고 나거든 부디 병과 화는 이 집에서 다 물러나고 복과 재수만 들어와주옵소서, 부디부디 산신님네 태산 같은 은혜만 믿삽내다."

두 손을 비비며 몇 번이나 절을 하고 나서 그제야 안심한 듯이 그 상을 안고 천천히 앞뜰로 나왔다.

"인제 모두 오너라…… 자 한쇠도 얼른 오너라."

할머니는 고음국을 방에 들고 와서 식구마다 한 그릇씩 놓았다.

"자아, 한쇠도 얼른 오너라."

할머니는 곧장 한쇠를 불렀다.

"나는 싫구만요."

한쇠는 밖에서 들어오지 않았다.

"야야 그러지 말고 들어와 먹어봐라, 먹어보고 싫거든 싫다 캐라."

"할매나 많이 잡소."

한쇠는 역시 들어올 생각을 하지 않았다. 한쇠 어머니가 보다 못해,

"이 못된 것아, 남의 애 대강 태우고 그만 들어오너라."

하고, 나무라도

"내사 싫구만요."

한쇠는 끝까지 버티었다. 늙은이도 한쇠가 끝까지 고집을 부릴 것 같으니까,

"오냐, 싫거든 마라, 내 다 먹을게……"

"내사 없어 못 먹겠다, 병든 소면 어때? 죽은 소면 어때? 먹으니 맛만 좋고, 배부르고 힘만 나네."

혼자 약이 올라서, 일부러 한쇠가 보란 듯이 고음뼈다귀 하나를 들고 모모이 돌려 핥고 샅샅이 우벼 빨고 소리가 짝짝 나도록 입맛을 다셨다.

그들은 워낙 오랫동안 벼쭉정이와 풀뿌리만 먹어오던 차라, 처음은 고음국이란 말만 들어도 살 것 같고, 솥뚜껑을 열 때 훅훅 오르는 허연 김과 구수무레한 냄새만 맡아도 침이 돌았다. 그러

나 한 사발씩을 거의 다 먹어갈 무렵에는 벌써 육초(肉燭)도 끼고 누렁 냄새도 각별나게 비위를 거슬려주었다.

"고기는 다르든가배."

한 그릇을 다 먹고 나서 손으로 이마의 땀을 씻으며, 한쇠 어머니는 얼굴을 찡그렸다.

찬물이는 아무런 말도 없이 입맛을 다시며, 곰방대를 내어 물었다.

다만 늙은이만이 끝까지 달게 굴었다. 그는 작은쇠가 먹다 남긴 국물을 들고 마시며, 아직도 한쇠를 두고 빈정대었다.

"싫거든 말지, 말아…… 내 먹지, 내 다 먹지, 내사 늙은 게 실컷 먹고 죽으면 어딴? 내사 이왕 죽느니, 굶아 죽기보다 실컷 먹고 죽을란다."

"……"

한쇠는 한참 동안 할머니를 흘겨보고 있던 두 눈에서 눈물을 닦고 나서 잠자코 입술을 깨물며 산으로 갔다.

## 6

겨울 해라도 유달리 따뜻한 날씨다.

찬 기운이 서린 솔 잔등에 아침 해의 금빛이 퍼붓는다.

저르렁, 저르렁! 도끼 소리가 산골에 울리며, 저저끈꽝! 하고 나무 넘어가는 소리가 난다.

이 나무 넘어간다

어라어라 넘어간다

분 바르고 향수 뿌린

주막집 똥갈보야

산골 숯장수라 괄시를 마라

아주까리 기름 바른 뒷골 저자

백탄장수 총각보고 밭 못 맨다.


송아지가 혼자 나무를 치면서 노래를 부르고 있다. 그는 금년
스물아홉이다. 작년까지 윤참봉 집에 머슴을 살아서 그 돈으로
금년 봄에 사십 원을 내고 처음 장가란 것을 갔다. 처음 그가 그
의 아내를 이 산골에 데려왔을 때 동네 사람들은 이렇게 말했다.

"사십 원짜리 각시 좋은데!"

"흥, 가시나 풍년은 들었구마는."

혹은,

"그렇지만 너무 예쁘다…… 송아지한테는 좀 과한데……"

이렇게도 말했다.

제 식구를 가진다면 살림을 해야 되고, 살림을 하려면 살림 얼
터기가 있어야 한다. 그러나 송아지는 사십 원 들여 장가를 가고,
십오 원에 오막 한 채를 사고 그러고는 사실 왜솥 하나 살 돈도
남지 않았다. 일찍이 부모를 여의고 가까이 왕래할 친척도 없고
보니, 자연 의지할 곳이래야 그가 십여 년이나 머슴살이를 한 윤

참봉네 집밖에는 더 없었다. 하여, 그들 내외는 안팎 없이 윤참봉네 집에 거의 살듯 무시로 출입을 하게 되었다.

송아지가 윤참봉네 머슴과 함께 거름을 내면 그의 처는 안에서 부엌일을 해준다든지, 목화를 따준다든지, 송아지의 할 일이 언제나 있는 거와 같이 그의 처가 해줄 일도 언제나 있었다. 이러는 동안에 윤참봉 둘째 아들과 송아지 처 사이에 험한 풍설이 돌기 시작하였다. 어떤 사람은 송아지 처가 윤참봉 집에 일을 하러 간 첫날부터 벌써 다른 일이 있었다느니, 혹은 그 이튿날부터라느니 별별 말이 다 많았다. 워낙 숙설거리니 송아지의 귀에도 그 말이 들어가지 않을 리 없었지만 본시 위인이 태평인 데다 달리 의지할 데가 없는 터라 속으로 잔뜩 못마땅히 굴면서도 아주 발길을 뚝 잘라 끊을 수도 없었다. 혹 밤이 너무 늦어서 돌아오고 할 때 송아지가 나무라면, 그의 처는,

"그래 얼른 돈 벌어오라문…… 나도 앉아 먹게……"

하고 도로 뾰로통해지곤 하였다. 모두가 내 것 없는 탓이려니, 금년 겨울만 치르면 내년 봄엔 거리에서 죽더라도 이 고장을 뜨려니 그는 속으로 혼자 이렇게 생각하고 있는 것이었다. 그는 윤참봉 둘째 아들의 버릇을 고쳐주리라고는 생각도 하지 않는 것이다. 언젠가 한쇠가, 동네에서 들은 말이 있어,

"아저씨, 윤새령네 둘째 아들 그 버릇 좀 고쳐주소."

한즉, 겨우 대답이란 것이

"그래도 아이 때는 그처럼 못돼먹을 것 같지 않았는데……"

하는 것이었다.

숯굴까지 와서 한쇠는 송아지를 건너다보고 소리를 질렀다.

"아저씨! 송아지 아저씨!"

이렇게 두어 번 큰 소리를 질러 부르니 그제야 송아지는 도끼를 멈추고 서서 이쪽을 바라보며 빙그레 웃는다.

"오늘 우리 숯 좀 묻어주소."

"아배는?"

"아배는 다른 일이 좀 있어서요…… 시방 곧 건너와주소."

한쇠는 헛간에서 기다란 쇠갈퀴와 삽을 들고 나왔다.

송아지는 숯굴 앞으로 와서 먼저 불을 들여다보더니,

"아직 늦잖구나."

하며, 저고리 안섶을 들고 담배쌈지를 꺼낸다.

한쇠가 쇠갈퀴로 숯굴의 불덩이를 꺼내며,

"아저씬 흙을 덮어주소, 내가 꺼낼게……"

"한 대 피우고 천천히 하자꾸나."

하고, 송아지는 곰방대를 입에 문 채 삽을 들고 일어선다.

참숯 가운데도 금탄과 백탄이 있어, 이 백탄은 벌건 불덩어리를 쇠갈퀴로 꺼낸 뒤 흙을 덮어 문질러서 껍질을 한 번 더 벗겨야 하기 때문, 여간 까다롭지 않다.

"나는 이 백탄은 질색이다."

송아지는 삽으로 흙을 뜨며, 이렇게 말한다.

"와요?"

"정이 가서서 어디 해먹겠더나?"

조금 뒤에 한쇠가,

"참 아저씨, 어젯밤 저 홍하산 불 좀 봤능교?"

한즉,

"시방도 저기 타고 있네."

하며, 허리를 편다. 두 사람은 한참 동안 멍멍히 서서 멀리 흰 연기가 안개처럼 이는 홍하산 쪽을 바라보고 있었다. 바로 이때다. 감동 강아지 한 마리가 그들이 숯을 묻고 있는 헛간 앞에 얼씬하더니 어디론지 달아나버린다. 이것을 본 한쇠는 돌연히 쇠갈퀴를 내던지고 강아지 뒤를 쫓아 내달린다. 조금 뒤에 한쇠가 강아지를 붙잡지 못하고 숨이 씨근덕거리며 돌아오니, 삽을 짚고 서서 이것을 바라보고 있던 송아지는 빙그레 웃으며,

"인제 아주 집에 안 오나?"

한다.

"……"

한쇠는 대답 대신 고개를 돌렸다.

금년 봄이다. 여러 해를 두고 늘 고기 타령을 하던 그의 할머니가 봄철 들면서부터 그만 얼굴이 비틀어져버렸다. 의원에게 물어보니 늙은 사람이 여러 해 동안 너무 자양 섭취를 못해서 그러니 먼저 보신을 많이 도우고 나서 침을 맞아보라고 하였다. 이 말을 들은 한쇠 어머니는 며칠 동안 궁리를 하고 나더니 뒷골에서 이십 리나 되는 친정엘 가서 조그만 강아지 한 마리를 안고 왔다.

"아이고 강아지는 웬걸 그래 얻어오노?"

하고, 시어머니가 반색을 한즉,

"……"

며느리는 시어머니를 바라보며 비죽이 웃었다.

"엄마 감동이 내 다오."

하고, 작은쇠가 감동이를 안고 달아나려고 한즉,

"강아지 너무 주무르지 마라, 얼른 안 큰다."

하고, 그 어머니는 작은쇠를 나무랐다. 그러나 사람도 굶는 형편에 강아지 먹일 게 있을 리 없었다. 한쇠 어머니는 한 끼에 죽 한 그릇도 채 못 돌아오는 자기의 요오[10]를 강아지와 나눴다.

"강아지 멕일랴다 사람 먼저 죽겠다."

하고, 늙은이는 며느리의 하는 양을 못마땅히 여겼으나, 강아지는 또 강아지대로 좀처럼 살이 붙지 않는다. 이것을 작은쇠의 주무른 탓으로 작은쇠만 여러 번 매를 맞곤 하였다. 그러할 즈음 하루는 송아지네가 와서 보고 살갑다고 호들갑을 떨면서, 요새 참봉 댁에서는 큰 개 한 마리를 잡아먹어버리고 그 대신 강아지를 한 마리 더 두어야 되겠다고 애를 쓰고 구하는 중이니 이때에 그만 이 강아지를 '선사품'으로 갖다 드리면 여간 생색이 나지 않을 것이며 선사한 보람도 있을 것이라고 권하자 늙은이도 그럴싸해 구는 것을 한쇠 어머니가 염양 없는 소리 말라고 거절해버렸다. 그뒤에도 또 이웃집 여편네들이 와서 송아지네와 비슷한 말들 해서 한쇠 어머니는 그런 게 아니라 이건 어디 긴히 '쓸 데가' 있는 게라고 거절을 하였다. 이리하여 강아지는 역시 한쇠 어머니의 죽 그릇과 작은쇠의 똥 누는 것만 바라고 말라가야 하는 것이었다.

그뒤 강아지는 마을을 다니기 시작하였다. 집에서 굶고 으글뜨려 누웠다가도 마을을 나가면 그래도 어디서 무엇을 주워 먹고 들어오는지 번번이 배가 불룩하다. 혹은 하루씩 묵어 들어올 때도 있었다. 어떤 때는 이삼 일씩 눈에 안 뜨이기도 하였다. 한쇠 어머니는 찬물이를 보고,

"인제 어디서든지 보는 대로 잡아들이소."

이렇게 말했다. 그러나 찬물이는 강아지가 자기 집 뜰 아래까지 와도 가만히 바라보며 곰방대만 빨고 있었다. 한번은 집에 온 것을 한쇠 어머니가 나무 막대를 찾는 동안 어느덧 작은쇠가 품에 안고 얼른 놓아주지를 않아, 놓기만 하면 후려갈기려고 기다리고 있는데 이 눈치를 챈 강아지는 작은쇠의 코만 한번 핥아주곤 어느새 수챗구멍으로 빠져 달아나버렸다. 이때도 작은쇠가 감동이 대신 매를 맞게 되었다.

어느 날은 송아지네가 와서,

"요새는 강아지가 참봉 댁에 와 아주 살데요. 암만 가란역여 쫓아도 사람의 눈치만 할금할금 보곤 뒤란으로 가 숨어버려요. 그래 참봉 댁 할머니는 그러지 말고 강아지 값을 치러 들이라더군요."

하고, 슬그머니 한쇠 어머니의 눈치를 살폈다. 한쇠 어머니는 골난 목소리로,

"팔 걸 이십 리나 허둥지둥 가서 구해왔을라고."

하였다.

한쇠는 강아지를 생각하니 가슴이 뛰어 한참 동안 쇠갈퀴를 잡은 채 정신없이 먼 산만 멀거니 바라보고 있었다. 그러한 판에 벌

젙게 벗겨진 이마 위에 탕건을 쓰고 누런 명주 바지저고리를 입은 윤참봉이 두꺼비처럼 엉금엉금 기어 올라온다.

"참봉 어른 나오시능교?"

송아지는 삽을 잡았던 손을 문지르며 그 앞에 허리를 굽신 한다. 윤참봉은 송아지의 인사에 대답을 하는 대신,

"니 아비는?"

하고, 그 움쑥하고 암팡스런 두 눈으로 한쇠를 바라본다.

"편찮읍죠."

"……"

윤참봉은 잠자코 한쇠를 한참 노려본다. 그의 눈은 점점 모가 나기 시작하고, 법령" 위에 얹힌 누렁 사마귀는 꿈적거리는 것 같았다.

"이번 숯만 내라."

그는 드디어 최후의 선고를 내렸다. 한쇠는 말의 뜻을 잘 알았다. 한쇠는 두어 번 장에 숯을 내다 팔다가 그에게 들켰다. 그들이 굽는 숯은 윤참봉네의 빚을 갚아나가는 방법으로 모조리 윤참봉에게, 내어야 하게 되어 있었음에도 불구하고 수차 이에 위반을 하였으니 지금부터는 숯을 굽지 말라는 것이다. 한쇠는 얼굴을 들어 윤참봉의 얼굴에 홀홀 뛰고 있는 사마귀를 바라보았다.

이때 퍼런 콧덩이를 입에 문 채 작은쇠가 올라온다.

"성아 집에 오나."

"와? 엄마 아이 낳았나?"

"아이 낳아서 죽었다."

"아이가 죽어?"

"아이 죽어서 아배가 안고 갔다."

하고는, 콧덩이를 도로 콧구멍으로 빨아들이고 나서,

"할매가 아파……"

할 즈음 조금 전에 나타났다 그새 어디 가 숨어 있던 감동이가 다시 나타났다. 감동이는 조그만 꼬리를 치며 작은쇠 곁으로 살랑살랑 걸어왔다. 작은쇠는 하던 이야기도 잊어버린 채 기함을 하고 뛰어가 감동이를 안는다. 작은쇠는 기쁨으로 발갛게 된 두 뺨을 번갈아 감동이의 목에다 문지르며,

"감동아 니 어디 갔던? 니 윤새령네 집에 갔던? 감동아 니는 내 안 보구 싶던?"

작은쇠는 윤참봉 앞에서 윤새령이라 불러서는 그에 대한 욕이 된다는 것을 모르고 강아지에게 이런 말을 한다. 강아지는 작은쇠의 낯을 빤히 쳐다보고 있다.

"감동아, 내 안고 우리 집에 가, 엉이, 배고파? 배고프면 내 곧 똥 눌게, ……고음국도 줄게, 으냐, 으냐, 엄마가 때리면 말려줄게, 인저 다시 윤새령 집에 가지 마 엉이."

작은쇠가 강아지를 안고 집으로 돌아가려 할 때,

"아나, 이놈아!"

하고, 윤참봉이 소리를 질렀다. 작은쇠가 놀라 고개를 들자, 윤참봉의 높게 쳐들었던 긴 담뱃대의 커다란 쇠꼭지가 작은쇠의 머리 위에 날카롭게 내리었다. 담뱃대는 한가운데가 '자작근' 분질러져

한 동강은 숯굴 위로 푸르르 날았다. 작은쇠의 이마 위로 벌건 피가 흘러내린다. 작은쇠는 강아지를 놓아버리고 두 손으로 머리를 얼싸안으며 땅에 주저앉아버린다. 이와 거의 동시에 한쇠는 불에 걸쳐두었던 쇠갈퀴를 잡아들었다. 쇠갈퀴를 잡은 그의 손은 부들부들 떨렸다. 그리하여 그 벌겋게 단 쇠갈퀴가 막 윤참봉의 누렁사마귀를 찌르려는 순간 송아지는 한쇠의 손을 잡았다.

"아서, 아서."


## 7


한쇠가 집을 나온 뒤다.

고음국 한 그릇을 먹고 난 한쇠 어머니는 조금 쉬어서 검붉은 핏덩이와 죽은 아이 하나를 낳았다. 늙은이는 소반에다 냉수 한 그릇을 얹고 산신을 빌려니 웬 셈인지 머리가 몹시 아프고 정신이 흐리멍덩하였다.

"싸, 쌈신님네, 쌈신님게 빕내다."

겨우 손을 좀 비비고 절이라고 몇 번 하고 나서 해산국을 뜨러 나가, 솥뚜껑을 밀치니 국 위에는 어느덧 육초가 꽉 덮이고, 솥에서 훅 끼치는 누렁 냄새가 소스라치게 거슬렸다.

'이거 벨일이다, 금시 그렇게 좋던 국이 별안간 웬일일까?'

그는 속으로 중얼거리며 간신히 육초를 헤치고 국 한 그릇을 떠서 방으로 들어갔다. 골치가 벌름거리고 속이 욱신거리며 곧장

구역질이 나려고 하였다. 그는 곧 쓰러지듯이 방구석에 드러누워 버렸다.

죽은 아이와 핏덩이를 산기슭에다 아무렇게나 묻고 돌아온 찬물이 역시 골치가 벌름거리고 속이 뒤틀려 견딜 수 없었다.

한쇠가 피투성이 된 작은쇠를 등에 업고 집에까지 왔을 때, 집에서도 사람 앓는 소리가 들렸다.

"아야, 아야, 한쇠야아, 한쇠야—"

한쇠는 작은쇠를 업은 채 방문을 열었다. 방 안에는 그의 할머니와 아버지와 어머니가 모두 드러누운 채 두 눈에 야릇한 광채를 띠며 천동같이 앓고 있다.

"아야, 아야, 한쇠야, 한쇠야이—"

순간, 한쇠는 눈앞이 캄캄해졌다.

"아이고!"

엉겁결에 그는 목이 째지도록 이렇게 고함을 질렀다. 다음 순간,

"엄마!"

그는 본능적으로 그의 어머니에게로 뛰어들었다.

"엄마! 와 이러노?"

"……"

"엄마, 엄마, 엄마!"

한쇠는 어머니의 손을 흔들며 목을 놓고 울었다. 한쇠의 울음소리에 찬물이는 억지로 자리에 일어나 앉았다. 그는 세 사람 가운데서는 비교적 중독이 가벼운 모양이었다.

"한쇠야 느 엄마가 어떠누?"

찬물이는 이렇게 물었다. 이때 한쇠 어머니는 그 야릇한 광채가 떠도는 눈을 열어 한쇠와 찬물이를 보았다. 그러고는 한쇠의 손을 잡으며,

"한쇠야!"

하고 불렀다.

"엄마, 엄마."

한쇠는 두 눈에서 눈물이 펑펑 쏟아져서 어머니의 얼굴을 똑똑히 바라볼 수도 없었다.

"할매는?"

"할매는 괜찮다, 할매는 여기 누워 있다."

"……"

"……"

한참 동안 어미와 아들은 서로 마주 바라보았다.

"한쇠야, 나는 인저 죽는다. 할매는 부디 니가 잘 봐드려라……"

"엄마, 안 죽는다, 엄마, 엄마!"

한쇠는 미친 것처럼 고함을 질렀다.

한쇠 어머니는 또 조용히 눈을 열어 한쇠의 얼굴을 한참 동안 바라보고 있더니,

"저 어린게…… 끌, 끌, 끌."

하고, 간장이 녹아내릴 듯이 혀를 찼다. 그러고는 눈을 감아버렸다.

"엄마, 엄마, 엄마."

한쇠는 목이 째지도록 자꾸 '엄마'만 불렀다. '엄마'의 눈언저리
에 경련이 일어나며, 반쯤 눈이 열리다 말고 목에서 딸꾹질 소리
가 났다.

"엄마! 엄마! 엄마!"

운문산 뒷골에는 오후 해가 절반이다. 낮에 짐짓한 해가 산마루
에 걸리는가 하면 어느덧 황혼이 시작된다.

"아야!"

"사람 살려라!"

골목골목이 죽어가는 사람들의 천둥 같은 소리가 울려 나왔다.
윤참봉네 죽은 쇠고기를 먹은 사람은 한두 집이 아니었고, 먹은
사람은 거개 중독이 들었다. 이리하여 집집마다 죽어가는 사람들
의 외치는 소리가 밤이 깊어갈수록 산골에 울렸다.

"이 동네 사람 다 죽는다!"

누군지 이렇게 외치며 골목을 내달리는 사람이 있었다. 그와 함
께 바람 소리도 우우하고 들려왔다.

산에 있던 사람들도 모두 마을로 내려왔다. 숯굴마다 불이 났다.

"저 불 봐라!"

"야아, 불났다!"

사람들은 이렇게 소리만 지를 뿐 아무도 불을 끄러 산으로 가는
사람은 없었다. 그들 중에는, 산이 비어서 숯굴의 불 보는 사람이
없는 데다 바람까지 불고 해서 절로 불이 났을 게라고 하는 사람
도 있었고, 혹은 일부러 누가 질렀을 게라고 하는 사람도 있었다.

불은 삽시간에 뻗어 합하고, 합친 불은 다시 골을 건너고 잔둥을 넘었다.

"저 불 봐라, 저 불 봐라!"

"바람이 자꾸 세어가는군!"

사람들은 골목마다 우글거렸다. 어느덧 그들은 불과 바람과 같이 소리를 지르며 한곳으로 모여들었다. 그들은 입입이 불과 바람과, 그리고 육독(肉毒)으로 죽어가는 사람들의 이야기를 하였다. 그들은 윤참봉이 병들어 죽은 소를 그대로 속이고 마을 사람들에게 팔았다는 둥, 한번 소 공동묘지에 갖다 묻었던 것을 도로 파내다가 팔았다는 둥, 이 말 저 말 갈피 없이 떠들어대었으나, 어쨌든 육독이 든 것이 윤참봉네 쇠고기 탓이라는 생각은 모두 마찬가지들이었다. 게다가 작은쇠가 '윤새령'이라 했다가 그의 대꼭지에 맞아서 머리가 뚫어졌다는 것과, 그의 둘째 아들이 송아지의 처를 화물차에 싣고 어디론지 달아나버렸다는 이야기들도 쑥설거리기 시작하였다. 그러자 아까, '이 동네 사람 다 죽는다'고 외치고 골목을 돌아다니던 사람이 바로 그 송아지더라고 하는 사람도 있었다.

"아무리나, 엊그제부터 홍하산에 산화가 났더라니."

한 노인이 이렇게 말하자 또 한 사람이,

"홍하산에 산화가 나면 난리가 난다지요?"

하고 물었다.

"난리가 안 나면 큰 병이 온다지."

그러자, 또 한 사람이,

"그보다 이 몇 해 동안 도통 산제를 안 지냈거든요."

이렇게 말하자 또 다른 사람이 이에 덩달아,

"옛날 당산제를 꼭꼭 지낼 땐 이런 변이 없었거든."

하는 사람도 있었다.

바람은 점점 그 미친 날개를 떨치고 불은 산에서 산으로 뻗어나
갔다.

"우—"

"울—"

불 소리, 바람 소리와 함께 마을 사람들의 아우성 소리는 한곳
으로, 한곳으로, 모여들었다. 그리하여 그들은 모두 바라보았다.
바로, 뒷산의 불 소리, 바람 소리, 그리고 골목의 비명 소리도 잠
깐 잊은 듯 그들은 멍멍히 서서 먼 산의 큰 불을 바라보고 있었
다. 하늘 한쪽을 아주 녹여내리는 듯한 벌건 먼 산 불이었다.

# 바위

북쪽 하늘에서 기러기가 울고 온다. 가을이 온다. 밤이 되어도 반딧불이 날지 않고 은하수가 점점 하늘 한복판으로 흘러내린다. 아무 데서나 쓰러지는 대로 하룻밤을 새울 수 있던 집 없는 사람들에게는 기러기 소리가 반갑지 않다.

읍내에서 가까운 기차 다리 밑에는 한 떼의 병신과 거지와 문둥이들이 모여 있다. 거적으로 발을 싸고 누운 자, 몸을 모래에 묻고 누운 자, 혹은 포대로 어깨를 두르고 앉은 자, 그들은 모두 가을 오는 것이 근심스럽다.

"아, 인제 밤으론 꽤 싸늘해."

늙은 다리병신 하나가 이렇게 말하자,

"싸늘이라니, 사지가 마구 웅굴려 드는구먼."

곁에 있던 곰배팔이가 이렇게 받았다.

한쪽에서는 장타령을 가르치느라고 법석이다.

"요놈의 각설이 요래도 정승 판사 자제로

팔도 감사 마다고 동전 한 푼에 팔려서……"

이까지 할 즈음에 선생은 또 손을 들어 그것을 중지시키고 나서 연설을 하였다.

"몸짓이 젤이야, 엉덩이 뽑는 거며 고개질 허는 거며, 삐딱허게 침을 뽑는 거며 모두 장단이 맞아야 돼."

연설이 끝나자 두 거지 아이는 이내 소리를 지른다.

"네 선생이 누구냐 나보다도 잘헌다,

시전 서전을 읽었나 유식허게도 잘헌다,

논어 맹자를 읽었나 대문대문 잘헌다."

이번에는 고개질이며 손짓이며 엉덩이 놀림새며, 어깨 추임새며 모두가 잘 되었다. 일동은 만족한 듯이 '아아' 하고 웃었다.

문둥이떼가 모인 아랫머리에서는 기차가 지나가면 곧 새로운 화제가 생긴다.

"아주머이 아들 소문 자주 듣능교?"

"……"

'아주머이'는 고개만 두른다. 그는 같은 무리 중에 제일 신참자다.

한참 동안 침묵, 검은 우울만이 그들을 싸고 있다.

"참 인제 왜놈들이 풍병 든 사람들을 다 죽일 게라드군."

"설마 죄 없는 사람들을 죽일라구."

마을에서 온 '아주머이'가 대꾸하였다.

"아아, 인제 날씨가 차워서."

곁에 있는 젊은 자가 또 이렇게 중얼거리자 '아주머이'는 불현듯 아들 생각이 난다. 작년까지 그에게는 그래도 아들과 영감이 있었던 것이다.

아들은 술이(述伊)란 이름이었다. 그는 나이 삼십이 가깝도록 그때까지 아직 장가를 들지는 못했으나 그에게는 일백몇십 원이란 돈이 저축되어 있어서 같은 동무들 중에서는 그를 부러워들 했다 한다. 그는 항상 이백 원이 귀가 차면 장가를 들고 살림을 차리리라 했다고 한다. 하여, 먹고 싶은 술도 늘 참고, 겨울에 버선도 대개 벗고 지냈으니, 그 흉악한 병마의 손이 그의 어미에게 뻗치지 않았던들 그래도 처자나 거느리고 얌전한 사람의 일생은 보냈을 것이라 한다.

술이는 그의 저축에서 어미의 약값으로 쓰다 남은 이십여 원을 하룻밤에 술과 도박으로 없애버리고는, 그날부터 곧 환장한 사람이 되어버렸다. 두 눈에 핏대를 세워 거리에 돌아다니며 마을 사람들을 공연히 욕하고, 싸우고, 그의 어미의 토막에다 곧잘 불을 놓으려 들고 하다가, 금년 이른 봄, 나뭇가지에 움이 틀 무렵 표연히 어디로 떠나버린 것이라 한다.

아들을 잃은 영감은 날로 더 거칠어져갔다. 밤마다 술에 취해 와서는 아내를 뚜드렸다. 때로는 여러 날씩 아내의 밥을 얻어다 줄 것도 잊어버리고, 노상 죽어버리라고만 졸랐다.

"그만 자빠지라문."

"……"

"나도 근력이 이만할 때라사 꽝꽝 묻어나 주지."

아내는 이 말을 들을 때마다 몹시 울었다. 몇 달 전까지만 해도 그는 아내와 함께 남의 집 행랑살이에서 쫓겨나와 마을 뒤에 조그만 토막을 지어 아내를 있게 하고 자기는 집집마다 돌아다니며 날품도 들고 술집 심부름도 하여 얻어온 밥과 술과 고기 부스러기 같은 것을 아내에게 권하며,

"먹기나 낫게 먹어라."

측은한 듯이 혀를 차곤 하던 그였다.

금년 이른 여름 보리가 무룩이[1] 필 때다. 먼 마을에는 늑대가 아이를 업어갔다는 둥, 어느 보리밭에는 문둥이가 있다는 둥 흉흉한 소문이 마을에 퍼질 무렵이었다. 영감은 술에 취해서 아내의 토막을 찾아왔다. 그의 품속에는 비상[2] 섞인 찰떡 한 뭉치가 신문지에 싸여 들어 있었다. 그것은 저녁때였다. 아내는 거적문을 열어놓고, 모지라진 숟가락으로 사발에 말라붙은 된장찌개를 긁고 있었다. 영감을 보자, 손을 들어 낯에 엉기는 파리떼를 날리며, 우는 상으로 비죽이 웃어 보였다.

"허엄."

영감은 당황히 품속에 든 떡 뭉치를 만졌다. 토막 안에 들어가서도 영감은 술기운에 알쑥해진 눈으로 한참 동안 덤덤히 그의 아내를 바라보고 있다 문득 또 한번 품속을 더듬었다.

처음, 떡을 받아든 아내는 고맙다는 듯이 영감을 쳐다보며 또 한번 비죽이 웃어 보였다. 그러나, 비상 빛깔을 짐작할 줄 아는 그는, 떡 속에 섞인 그 검으퍼레하고 불그스름한 것을 발견한 다

음 순간, 무서운 얼굴로 한참 동안 영감의 낯을 노려보고 있었다.

먼 영에서 뻐꾸기 우는 소리가 들려왔다.

이윽고 여인은 모든 것을 이해하고 얼굴을 수그렸다. 송장처럼 검고 붉긋붉긋한 얼굴에 눈물이 흘러내렸다.

영감은 난처한 듯이 외면을 하였다. 그는 침을 뱉으며 자리에서 일어났다.

"이 원수야, 그만 자빠지라문."

그는 무안스러운 듯이 또 한번 침을 뱉았다.

이튿날 마을 사람들은 다음과 같은 이야기들을 수군거렸다. 아내는 남편이 나와버린 뒤에도 혼자서 얼마나 더 울고 나서 마침내 그 떡을 먹기는 먹었으되 쉽사리 죽지도 못하고, 할 수 없이 어디로 떠나버렸다는 것이었다. 그리고 토막 속에는 벌건 떡을 수두룩이 토해 내놓았더라는 것이었다.


여인은 그의 힘으로 갈 수 있는 여러 마을을 헤맸다. 그것은, 저 잣거리보다 구걸이 쉬움이 아니라, 행여 그리운 아들을 볼까 함이라 하였다. 노숙과 구걸로 여름 한 철이 헛되이 갔다. 설마 가을 안에야 아들을 만나겠지 한 것이 사뭇 헛턱이었다. 이즈음엔 영감도 그립다.

'나도 이만할 때라사 꽝꽝 묻어나 주지.'

하고 못 견디게 죽음을 권하던 영감이 본다면 그래도 겨우살이 토막 하나는 곧잘 지어줄 것 같았다.

어느 날 그는 하다못해 자기 손으로, 기차 다리 가까이 있는 밭

언덕 안에 조그만 토막 하나를 지었다. 토막이래야 모래흙에다 나무 막대 서너 개 치고, 게다 거적을 두른 것쯤이니 고작 서리나 피할 정도였다. 하나, 이것만으로도 그에게는 여러 날 씨름이었다. 입으로 코로 눈으로 구멍마다 모래를 먹었다. 살은 터질 대로 터지고 뼛속은 저리고 쑤셨다.

이틀을 정신없이 누워 앓았다.

사흘째는 밭 임자가 왔다. 그는 무어라고 한참 동안 호령을 하고 나더니,

"오늘이라도 곧 뜯어내지 않으면 불을 놔버릴 게다."

큰 소리로 이렇게 외치고는 돌아갔다. 그러나, 새로 또 지을 힘도 없을뿐더러, 그 근처에는 달리 적당한 자리도 없었으므로 그는 비록 불에 사르는 한이 있더라도, 그것을 뜯어낼 수는 없었다. 그는 기어이 이 기차 다리 부근에서 떠나가기가 싫었다. 그것은 기차 다리에서 장터로 들어가는 마을 어귀에 커다란 바위 하나가 있었기 때문이었다. 복을 주는 바위라 하여 '복바위'라고도 하고, 소원 성취를 시켜준다고 하여 '원바위'라고도 하고, 범이 누운 것 같다고 하여 '범바위'라고도 부르며 이 바위의 이름은 이 밖에도 여럿이 있었다. 복을 빌러 오는 여인네는 사철 끊이지 않았다. 주먹만 한 돌멩이를 쥐고 온종일 바위 위에 올라앉아 바윗등을 갈다가는 손의 돌이 바윗등에 붙으면 소원이 성취되는 것이라 하였다. 어떤 여자들은 연사흘씩 밥을 싸가지고 와서 '복바위'를 갈기도 하였다.

이 바위를 아끼고 중히 여기는 것은 복을 빌러 오는 여자들만이

아니었다. 아이들은 와서 말놀이를 하고, 노인들은 와서 여기 허리를 기대어들 구경을 하고, 마을 사람들은 누구나 다 이 바위를 대단하게 여기는 것이었다.

술이 어머니도 어쩐지 이 바위가 좋았다. 자기도 저 바위를 갈기만 하면 그리운 아들의 얼굴을 만나볼 수 있으리라 하였다. 그는 몇 번인가 마을 사람들의 눈을 피해가며 술이의 이름을 부르며 복바위를 갈았던 것이다.

그가 '복바위'를 갈기 시작한 지 한 보름 지난 뒤, 우연인지 혹은 '복바위'의 영검이었는지 그가 주야로 그렇게 그리워하던 아들을 만나보게 되었던 것이다. 사방에서 장꾼이 모여드는 아침 장터에서 그가 바가지를 들고 음식전으로 들어가려 할 때 문득 그의 소매를 잡는 사람이 있었다. 순간 그는 직감적으로 그가 술이인 것을 깨달았다. 그는 고개를 들었다. 그리하여 아들의 낯을 보았다. 순간 어미의 희고 긴 덧니가 잠깐 보였다.

아들은 어미의 손을 잡고 걸음을 옮겼다. 장터에서 조금 나가면 무너진 옛 성터가 있고, 그 옆으로 오래된 지름길이 있었다. 길은 가을 풀로 덮이고 지나다니는 사람의 그림자도 보이지 않았다.

두 사람은 풀과 길바닥 위에 앉은 채 서로 잡고 불렀다.

"엄마."

"술아."

그들의 눈에서는 쉴 새 없이 눈물이 쏟아졌다.

"엄마 어디서 어째 지냈노, 어째 살았노…… 엉엉엉…… 엄마……"

"……"

어미는 긴 덧니를 제치며 제치며 자꾸 울기만 하였다. 피와 살은 썩어가도 눈물은 역시 옛날과 변함없이 많았다.

"엄마, 날 얼마나 찾았등교, 얼마나……"

술이는 어머니의 무릎에 얼굴을 묻으며 목을 놓고 울었다.

길바닥 잡풀 속에 섞여 핀 돌메밀꽃 위에 빨간 고초쨍이 한 마리가 날아와 앉았다. 길 건너 언덕에서는 알록달록한 뱀 한 마리가 돌 틈으로 들어가고 있었다.

"내 얼른 돈 벌어올게, 엄마 나하고 살자…… 내 돈 벌어올 때까지 부디부디 죽지 마라."

아들은 어미의 어깨와 팔을 만져주며 이렇게 당부했다. 그의 붉은 두 눈에서는 연방 눈물이 글썽글썽하였다.

그들은 다시 장터로 들어갔다.

술이는 주머니에서 돈 '석 냥 반'을 털어 어미의 손에 잡혀주며, '한 사날' 뒤에 다시 찾아오기를 약속하고 떡전에서 어미와 헤어졌다. 해는 벌써 설핏하였다. 사람들은 바쁜 듯이 소리를 지르며 오고 가고 하였다. 소를 몰고 오는 사람, 나무를 지고 가는 사람, 아이를 등에 업은 채 함지에 무엇인지 담아 이고 서 있는 여자, 자전거를 타고 닫는 소년, 인력거 위에 앉아 흔들리며 가는 '하까마'³짜리, 그들은 혹은 지껄이고 웃고, 혹은 멱살을 잡고 싸우고, 혹은 무엇을 먹으며 울고…… 벌떼처럼 쑤알거리고 워글거리고 들끓는 것들 속에, 그는 혼자 어정거렸다.

'복바위 지나 기차 다리.'

그는 혼자서 몇 번이나 입속으로 중얼거리며, 빈 지게를 등에 걸친 채 고개를 떨어뜨리고 장터를 서성거렸다. 그는 오래간만에 읍내 장에 들어와서 아주 그의 아버지의 소식도 알고 나갔으면 하는 것이었다. 그러나 아무도 그에게 똑똑한 소식을 전해주는 사람은 없었다. 중풍으로 반신불수가 되어 거리에 돌아다닌다고 도 하고, 천만에 걸려 헐떡이며 읍내 어느 주막에서 심부름을 해 주고 있다고도 하고, 하나도 들어 시원한 소식은 없었다.

술이 어머니는 아들을 한번 만나보고 난 뒤부터는 아들 생각이 더 간절해졌다. 그는 날마다 장터에 기웃거리며 돌아다니고 있었다. 그러나 아들은 제가 약속한 '사날'이 지나고 보름이 지나고 한 달이 지나도 나타나지 않았다.

그럴수록 다만 한 가지 믿고 의지할 곳은 저 바위뿐이었다. 저 '복바위'가 저대로 땅 위에 있는 날까지는 언제든 그의 아들은 또 만날 수 있을 것이며, 그리고 자기의 병도 어쩌면 아주 고칠 수 있을는지도 모르다고 그는 생각하였다.

'그저 비가 오나 눈이 오나 '복바위'만 같아라.'

그는 사람들이 다 잠이 든 밤이면 그 아프고 무거운 몸을 끌고 언제나 남몰래 바위를 찾아와 어루만지는 것이었다.

그러나 이번에는 '복바위'의 영검이 먼저와 같이 그렇게 쉽사리 나타나지 않았다. 이것은 아마 그가 언제나 캄캄한 어둠 속에서 만 같아서 이 '복바위'가 잘 응해주지 않는 것이라고 생각하였다. 그래 그 이튿날부터는 사람들이 보지 않는 틈을 타서 될 수 있는 대로 낮에 갈기로 하였다.

그러나 이와 같이 낮에 사람의 눈을 피하기란 지극히 어려웠다. 그날도 그는 역시 자기의 아들을 만나게 해달라고 바위를 갈고 있다가 마을 사람의 눈에 뜨이게 되었다. 어느덧 새끼줄이 몸에 걸리는가 하니 그의 몸은 곧 바위 위에서 떨어졌다. 그리하여 다리 밑까지 새끼줄에 걸린 채 개같이 끌려갔을 때는 그의 온몸은 터져 피투성이가 되고 그는 의식조차 잃고 있었던 것이다. 나중 그가 간신히 정신을 차려 눈을 떠 보았을 때, 바위는 동소임이 물을 길어다 씻고 있었다.

그뒤부터 여인은 언제나 이 바위 곁을 지나칠 적마다 발을 멈추고 한참 동안 그것을 바라보는 것이었다. 곁에 오면 절로 발이 붙는 것도 같았다. 그에게 있어서는 바위가 한없이 그립고 아쉽고 그리고 또 원망스럽고 밉살머리스러운 물건이었다. 그의 모든 행복과 불행은 전부 다 저 바위에 매인 것같이 그는 생각이 되었다.

이날도 진종일 장터에서 헤매다 돌아오는 길이었다. 저녁때였다. 산과 내와 마을이 모두 노을에 싸여 있었다. 그는 여느 때와 같이 바가지를 안고 마을 앞을 지나가고 있었다. 바가지에는 밥 떡 엿 홍시 묵 대추 두부 국수 콩나물 조깃대가리 북어꼬랭이 이런 것들이 한데 섞여 범벅이 되어 있었다. 머리는 깊이 수그렸고, 다리는 무겁게 끈다. 그는 가끔 머리를 돌리고 한참씩 섰다가는 바가지를 한 번씩 들여다보고 나서 다시 발을 옮기곤 하는 것이었다.

"내가 아까 왜 좀 다지고 묻지 못했던고?"

그는 몇 번이나 이렇게 중얼거렸다. '아까'라고 하는 것은 묵전에서 묵을 얻고 있을 때 그 곁에서 감을 팔고 있는 늙은이가 어떤 사람과 더불어,

"술이가 아주 나올라 멀었나?"

"여섯 달 받았다는데 하마 나와?"

　이런 이야기를 주고받고 하는 것을 귀 곁으로 얼핏 들은 것 같았기 때문이었다. 그때 그는 묵을 얻느라고 곁의 사람의 이야기에 귀를 기울이지 않았고, 또 거기서 자기 아들의 이야기를 하고 있으리라고는 꿈에도 생각하지 못했던 것이라 아주 무심히만 흘려듣고 말았던 것인데, 이제, 동네 앞길을 지나 저만큼 '복바위'를 바라보고 내려오노라니까 문득 장에서 들은 그 말이 머리에 떠오르는 것이었다. 분명히 그때 그 늙은이들은 '술이'라고 하던 것같이 생각되었다.

　'아차, 분명히 술이라고 하던 거로.'

　생각할수록 확실히 술이라고 한 것이었다. '술이'라고 하던 것이 지금도 곧 귀에 들리는 것 같았다. 그는 발을 멈추고 서서 도로 장으로 나갈까 하고 망설이다가 또 한번 바가지를 더 들여다보고는 그대로 바위를 향해 걸어 내려가고 있었다. 온몸은 욱신거리고 아팠다. 두 다리는 그 자리에 그냥 꺼꾸러질 것같이 무겁고 머릿속은 열병을 앓듯 어찔어찔하였다.

　그가 바위 앞까지 왔을 때는 해는 이미 떨어진 뒤였다. 먼 들 끝에서 어둠이 날개를 펴기 시작하는 때였다. 그는 언제나와 마찬가지로 바위 앞까지 와서는 걸음을 멈추고 고개를 들어 바위를

물끄러미 바라보았다. 그러고는 다시 고개를 돌려 그의 토막 있는 곳을 바라보았다. 바로 그때였다. 그의 눈에 비친 것은 언제나 그 자리에서 바라보던 그 조그만 토막이 아니라 훨훨 타오르는 불길이었다. 한순간 그는 자기의 눈을 의심하고 나서 다시 보아도 역시 불이었다. 그 순간 그는 화석이 되었다. 감은 눈에도 찬연한 불길은 역시 훨훨 타오르고 있었다. 감아도 불, 떠도 불, 불, 불…… 그는 나무토막처럼 바위 위에 쓰러졌다.

이미 감각도 없는 두 손으로 그는 바위를 더듬었다. 그리하여 바위를 안은 그는 만족한 듯이 그의 송장같이 검은 얼굴을 비볐다.

바위 위로는 싸늘한 눈물 한 줄기가 흘러내렸다.


이튿날 마을 사람들이 이 바위 곁에 모였다. 그들은 모두 침을 뱉으며 말했다.

"더러운 게 하필 예서 죽었노."

"문둥이가 복바위를 안고 죽었군."

"아까운 바위를……"

바위 위의 여인의 얼굴엔 눈물이 번질번질 말라 있었다.

# 무녀도 巫女圖

1

뒤에 물러 누운 어둑어둑한 산, 앞으로 폭이 널따랗게 흐르는 검은 강물, 산마루로 들판으로 검은 강물 위로 모두 쏟아져내릴 듯한 파아란 별들, 바야흐로 숨이 고비에 찬 이슥한 밤중이다. 강가 모래펄엔 큰 차일을 치고, 차일 속엔 마을 여인들이 자욱이 앉아 무당의 시나위 가락에 취해 있다. 그녀들의 얼굴 얼굴들은 분명히 슬픈 흥분과 새벽이 가까워온 듯한 피곤에 젖어 있다. 무당은 바야흐로 청승에 자지러져 뼈도 살도 없는 혼령으로 화한 듯 가벼이 쾌자[1] 자락을 날리며 돌아간다……

이 그림이 그려진 것은 아버지가 장가를 들던 해라 하니 나는 아직 세상에 태어나기도 이전의 일이다. 우리 집은 옛날의 소위 유서 있는 가문으로, 재산과 세도로도 떨쳤지만, 글 하는 선비란 것도 우글거렸고, 특히 진기한 서화(書畵)와 골동품으로는 나라 안에서 손꼽힐 만치 높이 일컬어졌다. 그리고 이 서화와 골동품을 즐기는 취미는 아버지에서 아들로, 아들에서 다시 손자로, 대대 가산과 함께 물려받아 내려오는 가풍이기도 했다.

우리 집 살림이 탁방난² 것은 아버지 때였으나, 그즈음만 해도 아직 옛날과 다름없이, 할아버지께서는 사랑에서 나그네를 겪으셨고, 그러자니 시인묵객(詩人墨客)들이 끊일 새 없이 찾아들곤 하였다. 그 무렵이라 한다. 온종일 흙바람이 불어, 뜰 앞엔 살구꽃이 터져 나오는 어느 봄날 어스름 때였다. 색다른 나그네가 대문 앞에 닿았다. 동저고리 바람에 패랭이³를 쓰고, 그 위에 명주 수건을 잘라맨, 나이 한 쉰가량이나 되어 뵈는 체수도 조그만 사내가, 나귀 고삐를 잡고 서고, 나귀에는 열예닐곱쯤 나 뵈는 낯빛이 몹시 파리한 소녀 하나가 안장 위에 앉아 있었다. 남자 하인과 그 상전의 따님 같아도 보였다.

그러나 이튿날 그 사내는,

"이 여아는 소인의 여식이옵는데 그림 솜씨가 놀랍다 하기에 대감의 문전을 찾았삽내다."

했다.

소녀는 흰 옷을 입었고, 옷빛보다 더 새하얀 그녀의 얼굴엔 깊이 모를 슬픔이 서려 있었다.

"아기의 이름은?"

"……"

"나이는?"

"……"

주인이 소녀에게 말을 건네보았으나, 소녀는 굵은 두 눈으로 한 번 그를 바라보았을 뿐 입을 떼려고 하지는 않았다.

아비가 대신 입을 열어,

"여식의 이름은 낭이(琅伊), 나이는 열일곱 살이옵고……"

하더니, 목소리를 더 낮추며

"여식은 귀가 좀 먹었습니다."

했다.

주인도 이번에는 고개를 끄덕였다. 그러고는 사내를 보고, 며칠 이든지 묵으며 소녀의 그림 솜씨를 보여달라고 했다.

그들 아비 딸은 달포 동안이나 머물러 있으며 그림도 그리고, 자기네의 지난 이야기도 자세히 하소연했다고 한다.

할아버지께서는 그들이 떠나는 날에, 이 불행한 아비 딸을 위하여 값진 비단과 충분한 노자를 아끼지 않았으나, 나귀 위에 앉은 가련한 소녀의 얼굴에는 올 때나 조금도 다름없는 처절한 슬픔이 서려 있었을 뿐이라고 한다.

……소녀가 남기고 간 그림——이것을 할아버지께서는 「무녀도」라 불렀지만——과 함께 내가 할아버지에게서 전해들은 이야기는 다음과 같다.

# 2

경주읍에서 성 밖으로 십여 리 나가서 조그만 마을이 있었다. 여민촌[4] 혹은 잡성촌이라 불리는 마을이었다.

이 마을 한구석에 모화(毛火)라는 무당이 살고 있었다. 모화서 들어온 사람이라 하여 모화라 부르는 것이었다. 그것은 한 머리 찌그러져가는 묵은 기와집으로, 지붕 위에는 기와 버섯이 퍼렇게 뻗어 올라 역한 흙냄새를 풍기고, 집 주위는 앙상한 돌담이 군데군데 헐린 채 옛 성처럼 꼬불꼬불 에워싸고 있었다. 이 돌담이 에워싼 안의 공지같이 넓은 마당에는, 수채가 막힌 채 빗물이 고이는 대로 일 년 내 시퍼런 물이끼가 뒤덮어, 늘쟁이 명아주 강아지풀 그리고 이름도 모를 여러 가지 잡풀들이 사람의 키도 묻힐 만큼 거멓게 엉키어 있었다. 그 아래로 뱀같이 길게 늘어진 지렁이와 두꺼비같이 늙은 개구리들이 구물거리고 움칠거리며 항시 밤이 들기만 기다릴 뿐으로, 이미 수십 년 혹은 수백 년 전에 벌써 사람의 자취와는 인연이 끊어진 도깨비굴 같기만 했다.

이 도깨비굴같이 낡고 헐린 집 속에 무녀 모화와 그 딸 낭이는 살고 있었다. 낭이의 아버지 되는 사람은 경주읍에서 칠십 리가량 떨어져 있는 동해변 어느 길목에서 해물 가게를 보고 있는데, 풍문에 의하면 그는 낭이를 세상에 없이 끔찍이 생각하는 터이므로, 봄가을 철이면 분 잘 핀 다시마와, 조촐한 꼭지 미역 같은 것을 가지고 다녀가곤 한다는 것이었다. 나중 욱이(昱伊)가 돌연히

84

나타나지 않았다면, 이 도깨비굴 속에 그녀들을 찾는 사람이래야, 모화에게 굿을 청하러 오는 사람들과 봄가을에 한 번씩 낭이를 찾아주는 그녀의 아버지 정도로, 세상 사람들과는 별로 교섭도 없이 살아야 할 쓸쓸한 어미 딸이었던 것이다.

간혹 먼 곳에서 모화에게 굿을 청하러 오는 사람이 있어도, 아주 방문 앞까지 들어서며,

"여보게 모화네 있는가?"

"여보게 모화네."

하고, 두세 번 부르도록 대답이 없다가 아주 사람이 없는 모양이라고 툇마루에 손을 짚고 방문을 열려고 하면, 그때에야 안에서 방문을 먼저 열고 말없이 내다보는 계집애 하나—그녀의 이름이 낭이였다. 그럴 때마다 낭이는 대개 혼자서 그림을 그리고 있다가 놀라 붓을 던지며 얼굴이 파랗게 질린 채 와들와들 떨곤 하는 것이었다.

이와 같이 모화는 어느 하루를 집구석에서 살림이라고 살고 있는 날이 없었다. 날이 새기가 무섭게 성안으로 들어가면 언제나 해가 서쪽 산마루에 걸릴 무렵에야 돌아오곤 했다. 술이 얼근해서, 수건엔 복숭아를 싸들고 춤을 추며,

"따님아, 따님아, 김씨 따님아,

수국 꽃님 낭이 따님아,

용궁이라 들어가니

열두 대문이 다 잠겼다,

문 열으소, 문 열으소,

열두 대문 열어주소."

청승 가락을 뽑으며 동구로 들어오는 것이었다.

"모화네 오늘도 한잔 했구나."

마을 사람들이 인사를 하면, 모화는 수줍은 듯이 어깨를 비틀며,

"예예, 장에 갔다가요."

하고, 공손스레 절을 하곤 하였다.

모화는 굿을 할 때 이외에는 대개 주막에 가 있었다.

그만큼 모화는 술을 즐겼고, 낭이는 또한 복숭아를 좋아하여, 어미가 술에 취해 돌아올 때마다, 여름 한 철은 언제나 그녀의 손에 복숭아가 들려 있었다.

"따님 따님 우리 따님."

모화는 집 안에 들어서면서도 이러한 조로 낭이를 불렀다.

낭이는 어릴 때, 나들이에서 돌아오는 어미의 품에 뛰어들어 젖을 빨듯, 어미의 수건에 싸인 복숭아를 받아먹는 것이었다.

모화의 말을 들으면 낭이는 수국 꽃님의 화신(化身)으로, 그녀(모화)가 꿈에 용신(龍神)님을 만나 복숭아 하나를 얻어먹고 꿈꾼 지 이레 만에 낭이를 낳은 것이라 했다. 그녀의 말에 의하면 수국 용신님은 따님이 열두 형제였다. 첫째는 달님이요 둘째는 물님이요 셋째는 구름님이요…… 이렇게 열두째는 꽃님이었는데, 산신님의 열두 아드님과 혼인을 시키게 되어, 달님은 햇님에게, 물님은 나무님에게 구름님은 바람님에게, 각각 차례대로 배혼을 정해 가려니까 막내따님인 꽃님은 본시 연애를 좋아하시는

성미라, 자기 차례가 돌아오기를 미처 기다릴 수 없어, 열한째 형인 열매님의 낭군님의 되실 새님을 가로채버렸더니, 배필을 잃은 열매님과 나비님은 슬피 울며 제각기 용신님과 산신님께 호소한 결과, 용신님이 먼저 크게 노하사 벌을 내려 꽃님의 귀를 먹게 하시고 수국을 추방하시니 꽃님에서 그만 복사꽃이 되어, 봄마다 강가로 산기슭으로 붉게 피지만, 새님이 가지에 와 아무리 재잘거려도 지금까지 귀가 먹은 채 말없는 벙어리가 되어 있는 것이라 한다.

모화는 주막에서 술을 먹다 말고, 화랑이[*]들과 어울려서 춤을 추다 말고, 별안간 미친 것처럼 일어나 달아나곤 했다. 물으면 집에서 '따님'이 자기를 부르노라고 했다. 그녀는 수국 용신님께서 낭이 따님을 잠깐 자기에게 맡겼으므로 자기는 그동안 맡아 있는 것뿐이라 했다. 그러므로 자기가 만약 이 따님을 정성껏 섬기지 않으면 큰어머님 되는 용신님의 노염을 살까 두려웁노라 하였다.

낭이뿐 아니라, 모화는 보는 사람마다 너는 나무귀신의 화신이다, 너는 돌귀신의 화신이다 하여, 걸핏하면 칠성에 가 빌라는 둥 용왕에 가 빌라는 둥 했다.

모화는 사람을 볼 때마다 늘 수줍은 듯 어깨를 비틀며 절을 했다. 어린애를 보고도 부들부들 떨며 두려워했다. 때로는 개나 돼지에게도 아양을 부렸다.

그녀의 눈에는 때때로 모든 것이 귀신으로만 비친다는 것이었다. 그것은 사람뿐 아니라, 돼지, 고양이, 개구리, 지렁이, 고기,

나비, 감나무, 살구나무, 부지깽이, 항아리, 섬돌, 짚세기, 대추나무가시, 제비, 구름, 바람, 불, 밥, 연, 바가지, 다라이, 솥, 숟가락, 호롱불…… 이러한 모든 것이 그녀와 서로 보고, 부르고, 말하고, 미워하고, 시기하고, 성내고 할 수 있는 이웃 사람같이 생각되곤 했다. 그리하여 그 모든 것을 '님'이라 불렀다.

## 3

욱이가 돌아온 뒤부터 이 도깨비굴 속에는 조금씩 사람 냄새가 나기 시작했다. 부엌에 들어서기를 그렇게 싫어하던 낭이도 욱이를 위해서는 가끔 밥을 짓는 것이었다. 그리고 밤이면 오직 컴컴한 어둠과 별빛만이 차 있던 이 헐려가는 기와집 처마 끝에도 희부연 종이 등불이 고요히 걸리는 것이었다.

욱이는 모화가 아직 모화 마을에 살 때, 귀신이 지피기 전, 어떤 남자와의 사이에 생긴 사생아였다. 그는 어릴 적부터 무척 총명하여 신동이란 소문까지 났으나 근본이 워낙 미천하여, 마을에서는 순조롭게 공부를 시킬 수가 없어서 그가 아홉 살 되었을 때 아는 사람의 주선으로 어느 절간으로 보낸 뒤 그동안 한 십 년간 까맣게 소식조차 묘연하다가 얼마 전 표연히 이 집에 나타난 것이었다. 낭이와는 말하자면 어미를 같이하는 오누이뻘이었다. 낭이가 대여섯 살 되었을 때 그때만 해도 아직 병으로 귀가 먹기 전이라 '욱이' '욱이' 하고 몹시 그를 따르곤 했다. 그러던 것이 욱이가

절간으로 떠난 지 얼마 되지 않아 낭이는 자리에 눕게 되어 꼭 삼
년 동안을 시름시름 앓고 나더니 그길로 귀가 먹어버렸던 것이
다. 그러나 귀가 어느 정도로 먹은지는 아무도 아는 사람이 없었
다. 한두 번 그의 어미를 향해 어눌하나마,

"우, 욱이 어디 가아서?"

이렇게 물은 적이 있었다.

"절에 공부하러 갔다."

"어어디, 절에?"

"지림사, 큰 절에⋯⋯"

그러나 이것은 거짓말이었다. 모화 자신도 사실인즉 욱이가 어
느 절에 가 있는지 통이 모르고 있었고, 다만 모른다고 하기가 싫
어서 이렇게 머리에 떠오르는 대로 대답했을 뿐이었다.

모화는 장에서 돌아와 처음 욱이를 보았을 때 그 푸른 얼굴에
난데없는 공포의 빛이 서리며 곧 어디로 달아날 것같이 한참 동
안 어깨를 뒤틀고 허둥거리다 말고 별안간 그 후리후리한 키에
긴 두 팔을 벌려 흡사 무슨 큰 새가 저희 새끼를 품듯 뛰어들어
욱이를 안았다.

"이게 누고, 이게 누고? 아이고⋯⋯ 내 아들아! 내 아들아!"

모화는 갑자기 목을 놓고 울었다.

"내 아들아, 내 아들아! 늬가 왔나, 늬가 왔나?"

모화는 앞뒤도 살피지 않고 온 얼굴을 눈물로 씻었다.

"오마니. 오마니."

욱이도 어미의 한쪽 어깨에 왼쪽 볼을 대고 오래도록 울었다.

어미를 닮아 허리가 날씬하고 목이 가는 이 열아홉 살 난 청년은 그동안 절간으로 어디로 외롭게 유랑해 다닌 사람 같지도 않게 품위가 있고 아름다운 얼굴이었다.

낭이도 그때야 이 청년이 욱이인 것을 진정으로 깨닫는 모양이었다. 처음 혼자 방에 있는데 어떤 낯선 청년이 와서 방문을 열기에, 너무도 놀라고 간이 뛰어 말—표정으로라도—한마디도 못하고 방구석에 박혀 앉아 오들오들 떨고만 있었던 것이다. 이제 낭이는 그 어머니가 욱이를 얼싸안고 '내 아들아 내 아들아' 하며 우는 것을 보고 어쩌면 저도 눈물이 날 것 같았다. (낭이는 그 어머니에게도 이렇게 인정이 있다는 것을 보자 형언할 수 없는 즐거움을 깨달았다.)

그러나 욱이는 며칠을 가지 않아 모화와 낭이에게는 알 수 없는 이상한 수수께끼 같은 존재가 되었다. 그는 음식을 받아놓고나, 밤에 잠을 자려고 할 때나, 또 아침에 자리에서 일어나면 반드시 한참 동안씩 눈을 감고 입술이 달싹달싹하며 무슨 주문(呪文) 같은 것을 외는 것이었다. 그러고는 틈틈이 품속에서 조그만 책 한 권을 꺼내 읽곤 하는 것이었다. 낭이가 그것을 수상스레 보고 있으려니까 욱이는 그 아름다운 얼굴에 미소를 띠며,

"너도 이 책을 읽어라."

하고 그 조그만 책을 낭이 앞에 펴 보이곤 했다. 낭이는 지금까지 『심청전』이란 책을 여러 차례 두고 읽어서 국문쯤은 간신히 읽을 수 있었으므로 욱이가 내놓은 그 조그만 책을 들여다보니, 맨 처음 껍데기에 큰 글자로 '신약전서'란 넉 자가 똑똑히 씌어 있었다.

'신약전서'란, 생전 처음 보는 이름이다. 낭이가 알 수 없다는 듯
이 욱이를 바라보자, 욱이는 또 만면에 미소를 띠며,

"너 사람을 누가 만들어낸지 아니?"

하였다. 그러나 낭이에게는 이 말이 들리지도 않았을뿐더러, 욱
이의 손짓과 얼굴 표정을 통해 대강 짐작할 수 있었다 하더라도
이건 지금까지 생각도 해보지 못한 어려운 말이었다.

"그럼 너 사람이 죽어서 어드케 되는 줄은 아니?"

"……"

"이 책에는 그런 것들이 모두 씌어 있다."

그러고는 손으로 몇 번이나 하늘을 가리켰다. 그리하여 낭이가
알아들은 말이라고는 겨우 한마디 '하느님'이었다.

"우리 사람을 만든 것은 하느님이다. 하느님은 우리 사람뿐 아
니라 천지 만물을 다 만들어내셨다. 우리가 죽어서 돌아가는 곳
도 하느님 전이다."

이러한 욱이의 '하느님'은 며칠 지나지 않아 곧 모화의 의혹과
반발을 불러일으켰다. 욱이가 온 지 사흘째 되던 날, 아침밥을 받
아놓고 그가 기도를 드리려니까, 모화는,

"너 불도에도 그런 법이 있나?"

이렇게 물었다. 모화는 욱이가 그동안 절간에 가 있다 온 줄만
믿고 있으므로 그가 하는 짓은 모두 불도(佛道)에 관한 일인 줄로
만 생각하는 모양이었다.

"아니요, 오마니, 난 불도가 아닙내다."

"불도가 아니고 그럼 무슨 도가 있어?"

"오마니 난 절간에서 불도가 보기 싫어 달아났댔쇠다."

"불도가 보기 싫다니, 불도야 큰 도지…… 그럼 넌 뭐 신선도야?"

"아니요, 오마니 난 예수도올시다."

"예수도?"

"북선 지방에서는 예수교라고 합데다. 새로 난 교지요."

"그럼 너 동학당이로군!"

"아니요, 오마니 나는 동학당이 아닙내다. 나는 예수교올시다."

"그래, 예수도온가 하는 데서는 밥 먹을 때마다 눈을 감고 주문을 외나?"

"오마니, 그건 주문이 아니외다, 하느님 앞에 기도드리는 것이외다."

"하느님 앞에?"

모화는 눈을 둥그렇게 떴다.

"네, 하느님께서 우리 사람을 내셨으니깐요."

"야아, 너 잡귀가 들렸구나!"

모화의 얼굴빛은 순간 퍼렇게 질렸다. 그러고는 더 묻지 않았다.

다음날 모화가 그 마을에 객귀 들린 사람이 있어 '물밥'을 내주고 돌아오려니까, 욱이가

"오마니 어디 갔다 오시나요?"

하고 물었다.

"저 박급창 댁에 객귀를 물려주고 온다."

욱이는 한참 동안 무엇을 생각하는 모양이더니,

"그럼 오마니가 물리면 귀신이 물러나갑데까?"

한다.

"물러나갔기 사람이 살아났지."

모화는 별소리를 다 묻는다는 듯이 대답했다. 그는 지금까지 이 경주 고을 일원을 중심으로 수백 번의 푸닥거리와 굿을 하고, 수백 수천 명의 병을 고쳐왔지만 아직 한번도 자기의 하는 굿이나 푸닥거리에 '신령님'의 감응을 의심한다든지 걱정해본 적은 없었다. 더구나 누구의 객귀에 물밥을 내주는 것쯤은 목마른 사람에게 물 한 그릇을 떠주는 것만큼이나 당연하고 손쉬운 일로만 여겨왔다. 모화 자신만이 그렇게 생각할 뿐 아니라, 굿을 청하는 사람, 객귀가 들린 사람 쪽에서도 그와 같이 믿고 있는 편이기도 했다. 그들은 무슨 병이 나면 먼저 의원에게 보이려는 생각보다 으레 모화에게 찾아갈 것으로 생각하는 것이었다. 그들의 생각에는 모화의 푸닥거리나 푸념이 의원의 침이나 약보다 훨씬 반응이 빠르고, 효험이 확실하고, 준비가 손쉬웠던 것이다.

······한참 동안 고개를 숙이고 무엇을 생각하고 있던 욱이는, 고개를 들어 그 어미의 얼굴을 똑바로 바라보며,

"오마니, 그런 것은 하느님께 죄가 됩내. 오마니 이것 보시요. 「마태복음」 제구장 삼십오절이올시다. 저희가 나갈 때에 사귀 들려 벙어리 된 자를 예수께 다려오매, 사귀가 쫓겨나니 벙어리가 말하거늘······"

그러나 이때 벌써 모화는 자리에서 일어나, 방구석에 언제나 차

려놓은 '신주상' 앞에 가서,

"신령님네, 신령님네, 동서남북 상하천지,

날 것은 날아가고, 길 것은 기어가고,

머리검하 초로인생[6] 실낱같은 이 목숨이,

신령님네 품이길래 품속에 품았길래,

대로같이 가옵내다 대로같이 가옵내다.

부정한 손 물리치고, 조촐한 손 받으실새,

터주님이 터 주시고 조왕[7]님이 요 주시고,

삼신님이 명 주시고 칠성님이 두르시고,

미륵님이 돌보셔서 실낱같은 이 목숨이,

대로같이 가옵내다

탄탄대로같이 가옵내다."

모화의 두 눈은 보석같이 빛나고, 강렬한 발작과도 같이 등허리를 떨며 두 손을 비벼댔다. 푸념이 끝나자 '신주상' 위의 냉수 그릇을 들어 물을 머금더니 욱이의 낯과 온몸에 확 뿜으며

"엇쇠, 귀신아 물러서라,

여기는 영주 비루봉 상상봉에,

깎아질린 돌 베랑에, 쉰 길 청수[8]에,

너희 올 곳이 아아니다.

바른손에 칼을 들고 왼손에 불을 들고,

엇쇠, 잡귀신아, 썩 물러서라. 툇 툇!"

이렇게 외쳤다.

욱이는 처음 어리둥절해서 모화의 푸념하는 양을 바라보고 있

94

다가, 이윽고 고개를 숙여 잠깐 기도를 올리고 나서 일어나 잠자코 밖으로 나가버렸다.

　모화는 욱이가 나간 뒤에도 한참 동안 푸념을 계속하며, 방구석마다 물을 뿜고 주문을 외었다.

4

　욱이는 그길로 이 지방의 예수교인들을 찾아보기로 했다. 그날 곧 돌아올 줄 알았던 욱이는 해가 지고 밤이 깊어도 돌아오지 않았다. 모화와 낭이 어미 딸은 방구석에 음울하게 웅크리고 앉아 욱이가 돌아오기만 기다리는 것이었다.

　"예수 귀신 책 거 없나?"

　모화는 얼마 뒤에 낭이더러 이렇게 물었다. 낭이는 고개를 저었다. 그러자 갑자기 낭이도 욱이의 그 『신약전서』란 책을 제가 맡아두지 않았음을 후회했다. 모화는 욱이의 『신약전서』를 '예수귀신 책'이라 불렀다. 모화는 분명히 욱이가 무슨 몹쓸 잡귀에 들린 것으로만 간주하는 모양이었다. 그것은 마치 욱이가 모화와 낭이를 으레 사귀 들린 사람들로 생각하는 것과도 같았다. 그는 모화뿐만 아니라 낭이까지도 어미의 사귀가 들어가서 벙어리가 된 것이라고 믿는 것이었다.

　'예수 당시에도 사귀 들려 벙어리 된 자를 예수께서 몇 번이나 고쳐주시지 않았나.'

욱이는 이렇게 생각하는 것이었다. 그리고 그는 자기의 힘으로, 자기가 하느님께 열심으로 기도를 드림으로써 그 어미와 누이동생의 병을 고쳐야 한다고 마음속으로 굳게 결심하는 것이었다.

"예수께서 무리들이 달려와서 모이는 것을 보시고 그 더러운 귀신을 꾸짖어 가라사대 벙어리와 귀머거리 귀신아 내가 네게 명하노니 그 아이에게서 나오고 다시 들어가지 마라 하시니 사귀가 소리 지르며 아이를 심히 오그라뜨리고 나가니 그 아이가 죽은 것같이 되매 여러 사람이 말하기를 죽었다, 하거늘 오직 예수 그 손을 잡아 일으키시니 드디어 일어서더라. 집에 들어가시매 제자들이 조용히 묻자와 가로대 우리는 어찌하여 능히 그 귀신을 쫓아내지 못하였나이까 예수 이라사대 기도 아니 하여서는 이런 유를 나가게 할 수 없나니라"(「마가복음」 제구장 제이십오절~제이십구절).

그리하여 욱이는 자기도 하느님께 기도만 간절히 드리면 그 어미와 누이동생에게 들어 있는 사귀도 내쫓을 수 있으리라 믿었다. 일방〔한편〕 그는 그가 지금까지 배우고 있던 평양 현목사와 이장로에게도 편지를 띄웠다.

'목사님 저는 하느님의 은혜로 무사히 오마니를 찾아왔삽내다. 그러하오나 이 지방에는 아직 우리 주님의 복음이 전파되지 않아서 사귀 들린 자와 우상 섬기는 자가 매우 많은 것을 볼 때 하루바삐 주님의 복음을 이 지방에 전파하도록 교회를 지어야 하겠삽내다. 목사님께 말씀드리기는 매우 부끄러운 일이나 저의 오마니는 부당 사귀가 들려 있고, 서의 누이동생은 귀머거리와 벙어리

귀신이 들려 있습내다. 저는 「마가복음」 제구장 제이십구절에 있는 우리 주님 예수 그리스도의 말씀대로 이 사귀들을 내쫓기 위하여 열심으로 기도를 드립니다마는 교회가 없으므로 기도드릴 장소가 매우 힘드옵내다. 하루바삐 이 지방에 교회 되기를 하느님께 기도 올려주소서.'

이 현목사는 미국 선교사로서 욱이가 지금까지 먹고 입고 공부를 하게 된 것이 모두 전혀 그의 도움이었다. 욱이는 열다섯 살까지 절간에서 중의 상좌 노릇을 하고 있다가, 그해 여름에 혼자서 서울 구경을 간다고 나선 것이, 이리저리 유랑하여 열여섯 되던 해 가을엔 평양까지 가게 되었고 거기서 그해 겨울 이장로의 소개로 현목사의 도움을 받게 되었던 것이었다.

이번에 욱이가 평양서 어머니를 보러 간다고 하니까 현목사는 욱이를 불러놓고 이렇게 말했다.

"지금부터 삼 년 안에 이 사람 고국 갈 것이오. 그때 만일 욱이가 함께 가기 원하면 이 사람 같이 미국 가게 될 것이오."

"목사님 고맙습니다. 저는 목사님을 따라 미국 가기가 원입니다."

"그러면 속히 모친 만나보고 오시오."

그러나 욱이가 어머니의 집이라고 찾아온 곳은 지금까지 그가 살고 있던 현목사나 이장로의 집보다 너무나 딴 세상이었다. 그 명랑한 찬송가 소리와, 풍금 소리와, 성경 읽는 소리와, 모여 앉아 기도를 올리고, 빛난 음식을 향해 즐겁게 웃음 웃는 얼굴들 대신에 군데군데 헐려가는 쓸쓸한 돌담과 기와 버섯이 퍼렇게 뻗어

오른 묵은 기와집과, 엉킨 잡초 속에 꾸물거리는 개구리 지렁이들과, 그 속에서 무당 귀신과 귀머거리 귀신이 각각 들린 어미 딸 두 여인을 보았을 때 그는 흡사 자기 자신이 무서운 도깨비굴에 홀려든 것이나 아닌가 하고 새삼 의심이 들 지경이었다.

욱이가 이 지방 예수교인들을 두루 만나보고 집으로 돌아온 뒤부터 야릇하게 변한 것은 낭이의 태도였다. 그 호리호리한 몸매와 종잇장같이 희고 매끄러운 얼굴에 빛나는 굵은 두 눈으로 온 종일 말 한마디, 웃음 한번 웃는 일 없이 방구석에 들어박혀 앉은 채 욱이의 하는 양만 바라보고 있다가, 밤이 되어 처마 끝에 희부연 종이 등불이 걸리고 하면, 피에 주린 모기들이 미친 듯이 떼를 지어 울고 날아드는 마당 구석에서 낭이는 그 얼음같이 싸늘한 손과 입술로 욱이의 목덜미나 가슴팍으로 뛰어들곤 했다. 욱이는 문득문득 목덜미로 가슴팍으로 낭이의 차디찬 손과 입술을 느낄 적마다 깜짝깜짝 놀라곤 하였으나, 그녀가 까무러칠 듯이 사지를 떨며 다시 뛰어들 제면 그도 당황히 낭이의 손을 쥐어주며, 그 희부연 종이 등불이 걸려 있는 처마 밑으로 이끌곤 했다.

낭이의 태도가 미묘해진 뒤부터 욱이의 얼굴빛은 날로 창백해 갔다. 그렇게 한 보름 지난 뒤 그는 또 한번 표연히 집을 나가고 말았다.

모화는 욱이가 집을 나간 지 이틀째 되던 날 밤 문득 자리에서 일어나 앉으며 긴 한숨을 내쉬었다. 그러고는 곁에 누워 있는 낭이를 흔들어 깨우더니 듣기에도 음울한 목소리로,

"욱이가 언제 온다더누?"

물었다. 낭이가 잠자코 있으려니까,

"왜 욱이 저녁 밥상은 보아두라고 했는데 없노."

하고 낭이더러 화를 내었다. 모화는 날이 갈수록 점점 더 초조한 빛으로 밤중마다 부엌에다 들기름불을 켜고 부뚜막 위에 욱이의 밥상을 차려놓고는 기도를 드리는 것이었다.

"성주는 우리 성주, 칠성은 우리 칠성, 조왕은 우리 조왕,

비나이다 비나이다 신주님께 비나이다.

하늘에는 별, 바다에는 진주,

금은 같은 이내 장손, 관옥 같은 이내 방성,

산신에 명을 빌어 삼신에 수를 빌어,

칠성에 복을 빌어 쌈신에 덕을 빌어,

조왕님전 요오를 타고 터주님전 재주 타니

하늘에는 별, 바다에는 진주,

삼신조왕 마다하고 아니 오지 못하리라

예수 귀신아, 서역 십만 리 굶주리던 불귀신아

탄다 훨훨 불이 탄다 불귀신이 훨훨 탄다.

타고 나니 이내 방성 금은같이 앉았다가,

삼신 찾아오는구나, 조왕 찾아오는구나."

모화는 혼자서 손을 비비고, 절을 하고 일어나 춤을 추고 갖은 교태를 다 부리며 완연히 미친 것같이 날뛰었다. 낭이는 방에서 부엌으로 난 봉창 구멍에 눈을 대고, 숨소리를 죽여 오랫동안 어미의 날뛰는 양을 지켜보고 있다가 별안간 몸에 한기가 들며 아래턱이 달달달 떨리기 시작하였다. 그는 미친 것처럼 뛰어 일어

나며 저고리를 벗었다. 치마를 벗었다. 그리하여 어미는 부엌에서, 딸은 방 안에서 한 장단, 한 가락에 놀듯 어우러져 춤을 추곤 했다. 그러한 어느 새벽, 낭이는 (정신을 차리고 보니) 발가벗은 알몸뚱이로 방바닥에 쓰러져 있는 그녀 자신을 발견한 일도 있었다.

두번째 집을 나갔던 욱이는 다시 얼굴에 미소를 띠며 그녀들 어미 딸 앞에 나타났다.

모화는 그때 마침 굿 나갈 때 신을 새 신발을 신어보고 있었는데, 욱이가 오는 것을 보자 그 후리후리한 허리에 긴 팔을 벌려, 흡사 큰 새가 알을 품듯, 그의 상반신을 얼싸안고 울기 시작했다. 이번엔 아무런 푸념도 없이 오랫동안 욱이의 목을 안은 채 잠자코 울기만 하는 것이었다. 언제나 퍼런 그 얼굴에도 이때만은 붉은 기운이 돌며, 그 천연스런 몸짓은 조금도 귀신 들린 사람 같지 않았다.

"오마니, 나 방에 들어가 좀 쉬겠쇠다."

욱이는 어미의 포옹을 끄르고 일어나 방에 들어가 누웠다.

모화는 웬일인지 욱이가 방에 들어간 뒤에도 혼자 툇마루에 앉아 고개를 수그린 채 몹시 쓸쓸한 얼굴이었다. 그러더니, 무슨 생각인지 일어나 방에 들어가 낭이의 그림을 이것저것 뒤져보는 것이었다.

그날 밤이었다.

밤중이나 되어 욱이가 잠결에 그의 품속에 언제나 품고 있는 성경책을 더듬어보았을 때, 품속이 허전함을 느꼈다. 그와 동시 웅얼웅얼하며 주문을 외는 소리도 들려왔다. 자리에서 일어나 보았으나 품속에서 성경을 찾을 수는 없었다. 그리고 낭이와 욱이 사이에 누워 있을 그의 어머니는 보이지 않았다. 그는 어떤 불길하고 무서운 예감에 몸이 부르르 떨렸다. 바로 그때였다. 그의 귀에는, 땅속에서 귀신이 우는 듯한, 웅얼웅얼하는(주문을 외는 듯한) 소리가 좀더 또렷이 들려왔다. 다음 순간 그는 거의 무의식적으로, 방에서 부엌으로 난 봉창 구멍에 눈을 갖다 대었다.

"서역 십만 리 굶주리던 불귀신아,
한쪽 손에 불을 들고 한쪽 손에 칼을 들고,
이리 가니 산신님이 예 기신다,
저리 가니 용신님이 제 기신다,
칠성이라 돌아가니 칠성님이 예 기신다,
구름 속에 싸여 간다 바람결에 묻혀 간다,
구름님이 예 기신다, 바람님이 제 기신다,
용궁이라 당도하니 열두 대문 잠겨 있다,
첫째 대문 두드리니 사천왕 뛰어나와,
종발눈 부릅뜨고, 주석 철퇴 높이 든다,
둘째 대문 두드리니 불개 두 쌍 뛰어나와,
꽃불은 수놈이 낼룽, 불씨는 암놈이 낼룽,
셋째 대문 두드리니 물개 두 쌍 뛰어나와,
수놈이 공공 꽃불이 죽고
암놈이 공공 불씨가 죽고……"

모화는 소복 단장에 쾌자까지 두르고, 온갖 몸짓 갖은 교태를

다 부려가며 손을 비비다, 절을 하다, 덩싯거리며 춤을 추다 하고 있다. 부뚜막 위에는 깨끗한 접싯불(들기름의)이 켜져 있고, 접싯불 아래 놓인 소반 위에는 냉수 한 그릇과 흰 소금 한 접시가 놓여 있을 따름이다. 그리고 그 곁에는 지금 막 그 마지막 불꽃이 나불거리고 난 새빨간 불에서 파란 연기 한 오리가 오르는 『신약전서』의 두터운 표지는 한 머리 이미 파리한 재가 되어가고 있었다.

모화는 무엇에 도전이나 하는 것처럼 입가에 야릇한 냉소까지 띠며, 소반에 얹힌 접시의 소금을 집어, 인제 연기마저 사라진 새까만 재 위에 뿌렸다.

"서역 십만 리 예수 귀신이 돌아간다,

당산[9]에 가 노자 얻고, 관묘[10]에 가 신발 신고,

두 귀에 방울 달고 방울 소리 발맞추어

재 넘고 개 건너 잘도 간다.

인제 가면 언제 볼꼬, 발이 아파 못 오겠다.

춘삼월에 다시 오랴, 배가 고파 못 오겠다……"

모화의 음성은 마주(魔酒) 같은 향기를 풍기며 온 피부에 스며들었다. 그 보석 같은 두 눈의 교태와 쾌자 자락과 함께 나부끼는 손짓은 이제 차마 더 엿볼 수 없게 욱이의 심장을 쥐어짜는 것이었다. 욱이는 가위눌린 사람처럼 간신히 긴 숨을 내쉬며 뛰어 일어났다. 다음 순간, 자기 자신도 모르게 방문을 뛰어나온 그는, 부엌문을 박차고 들어가 소반 위에 차려놓은 냉수 그릇을 집어들려 하였다. 그러나 그가 냉수 그릇을 집어들기 전에 모화의 손에

는 식칼이 번득이고 있었고, 모화는 욱이와 물 그릇 사이에 식칼을 두르며 조용히 춤을 추는 것이었다.

"엇쇠, 귀신아 물러서라
너 이제 보아하니 서역 십만 리 굶주리던 잡귀신아,
여기는 영주 비루봉 상상봉에
깎아질린 돌 벼랑에, 쉰길 청수에, 엄나무밭에
너희 올 곳이 아니다,
바른손에 칼을 들고 왼손에 불을 들고,
엇쇠, 서역 잡귀신아 썩 물러서라."

이때, 모화는 분명히 식칼로 욱이의 면상을 겨누어 치려 하였다. 순간, 욱이는 모화의 칼날을 왼쪽 귓전에 느끼며 그의 겨드랑이 밑을 돌아 소반 위에 차려놓은 냉수 그릇을 들어서 모화의 낯에다 그릇째 끼얹었다. 이 서슬에 접시의 불이 기울어져 봉창에 붙었다. 욱이는 봉창에서 방 안으로 붙어 들어가는 불길을 잡으려고 부뚜막 위로 뛰어올랐다. 그러자 물 그릇을 뒤집어쓰고 분노에 타는 모화는 욱이의 뒤를 쫓아 칼을 두르며 부뚜막으로 뛰어올랐다. 봉창에서 방 안으로 붙어 들어가는 불길을 덮쳐 끄는 순간, 뒷등허리가 찌르르하여 획 몸을 돌리려 할 때 이미 피투성이가 된 그의 몸은 허옇게 이를 악물고 웃음 웃는 모화의 품속에 안겨 있었다.

욱이의 몸은 머리와 목덜미와 등허리 세 군데에 상처를 입었다. 그러나 욱이의 병은 이 세 군데 칼로 맞은 상처만이 아니었다. 그는 날이 갈수록 갈비뼈가 앙상하게 드러나고 두 눈자위가 패어들기 시작하였다.

모화는 욱이의 병간호에 남은 힘을 다하여 그가 원하는 것이 있으면 낮과 밤을 헤아리지 않고 뛰어갔다. 가끔 욱이를 일으켜 앉혀서 자기의 품에 안아도 주었다. 물론 약도 쓰고 굿도 하고 방문도 외었다. 그러나 욱이의 병은 낫지 않았다.

모화는 욱이의 병간호에 열중한 뒤부터 굿에는 그만큼 신명이 풀린 듯하였다. 누가 굿을 청하러 와도 아들의 병을 핑계로 대개 거절을 했다. 그러자 모화의 굿이나 푸념의 반응이 이전과 같이 신령치 않다고들 하는 사람이 하나 둘씩 생기기도 했다.

이러할 즈음 이 고을에도 조그만 교회당이 서고 선교사가 들어왔다. 그리하여 그것은 바람에 불처럼 온 고을에 뻗쳤다. 읍내의 교회에서는 마을마다 전도대를 내보냈다. 그리하여 이 모화의 마을에까지 '복음'이 전파되었다.

"여러 부모 형제 자매 우리 서로 보게 된 것 하느님 앞에 감사드릴 것이오. 하느님, 우리 만들었소. 매우 사랑했소. 우리 모두 죄인이올시다. 우리 마음속 매우 흉악한 것뿐이오. 그러나 예수 우리 위해 십자가에 못 박혔소. 그러므로 예수 '그리스도' 믿음으로 우리 구원받을 것이오. 우리 매우 반가운 뜻으로 찬송할 것이오. 하느님 앞에 기도드릴 것이오."

두 눈이 파랗고 콧대가 칼날 같은 미국 선교사를 보는 것은 '원숭이 구경'보다도 더 재미나다고들 하였다.

"돈은 한 푼도 안 받는다. 가자."

마을 사람들은 떼를 지어 모여들었다.

이 마을 방영감네 이종사촌 손자사위요 선교사와 함께 온 양조사(楊助事)¹¹ 부인은 집집마다 심방하여 가로대,

"무당과 판수를 믿는 것은 거룩거룩하시고 절대적 하나밖에 없는 우리 하느님 아버지께 죄가 됩니다. 무당이 무슨 능력이 있습니까. 보십시오, 무당은 썩어빠진 고목나무나, 듣도 보도 못하는 돌미륵한테도 빌고 절을 하지 않습니까. 판수가 무슨 능력이 있습니까. 보십시오, 제 앞도 못 보아 지팡이로 더듬거리는 그가 어떻게 눈 밝은 사람을 구원할 수 있겠습니까. 우리 인생을 만든 것은 절대적 하나밖에 없는 하느님 아버지올시다. 그러므로 아버지께서 말씀하셨습니다. 내 앞에 다른 신을 두지 말라……"

이리하여 하느님 아버지의 외아들 예수 '그리스도'가 온갖 사귀 들린 사람, 문둥병 든 사람, 앉은뱅이, 벙어리, 귀머거리 고친 이야기와, 십자가에 못 박혀 죽은 지 사흘 만에 다시 살아나 승천했다는 이야기가 한정 없이 쏟아진다.

모화는 픽 웃고 했다.

"그까짓 잡귀신들."

했다. 그러나 그들의 비방과 저주는 뼛골에 사무치는 듯 그녀는

징을 울리고 꽹과리를 치며 외쳤다.

"엇쇠, 귀신아 물러서라,

당대 고축년에 얻어먹던 잡귀신아,

늬 어이 모화를 모르나냐. 아니가고 봐하면 쉰 길 청수에, 엄나무 발에, 무쇠 가마에, 백말 가죽에 늬 자자손손을 가두어 못 얻어먹게 하고 다시는 세상 밖을 내주지 아니하여 햇빛도 못 보게 할란다,

엇쇠, 귀신아 썩 물러가거라

서역 십만 리로 꽁무니에 불을 달고

두 귀에 방울 달고 왈강달강 왈강달강

벼락같이 떠나거라."

그러나 '예수 귀신'들은 결코 물러가지 않았을 뿐 아니라 점점 늘어만 갔다. 게다가 옛날 모화에게 굿과 푸념을 빌려 다니던 사람들까지 하나 둘씩 모두 예수 귀신이 들기 시작하였다.

이러는 중에 서울서 또 부흥 목사가 내려왔다. 그는 기도를 드려서 병을 고치는 능력이 있다 하여 온 고을 사람들이 모여들기 시작하였다. 그가 병자의 머리 위에 손을 얹고,

"이 죄인은 저의 죄로 말미암아 심히 괴로워하고 있사옵니다."

하고 기도를 올리면, 여자들의 월숫병[月水病] 대하증쯤은 대개 '죄 씻음'을 받을 수 있었고, 그 밖에도 소경이 눈을 뜨고, 앉은뱅이가 걷고, 귀머거리가 듣고, 벙어리가 말하고, 반신불수와 지랄병까지 저희 믿음 여히에 따라 모두 '죄 씻음'을 받을 수 있다는 것이었다. 여자들의 은가락지, 금반지가 나날이 수를 다투어 강

단 위에 내걸리게 된다. 기부금이 쏟아진다. 이리 되면 모화의 굿 구경에 견줄 나위가 아니라고들 하였다.

"양국 놈들이 요술단을 꾸며 왔어."

모화는 픽 웃고, 이렇게 말했다. 굿과 푸념으로 사람 속에 든 사귀 잡귀신을 쫓는 것은 지금까지 신령님께서 자기에게만 허락하신 자기의 특수한 권능이었다. 그리고 그의 신령님은 오늘날 예수꾼들이 그렇게도 미워하고 시기하는 고목이기도 했고, 미륵돌이기도 했고, 산이기도 했고, 물이기도 했다.

"무당과 판수를 믿는 것은 절대적 한 분밖에 안 계시는 거룩거룩하신 하느님 아버지께 죄가 됩니다."

'예수 귀신'들이 나발을 불고 북을 치며 비방을 하면, 모화는 혼자서 징을 울리고 꽹과리를 치며,

"꽁무니에 불을 달고, 두 귀에 방울 달고, 왈강달강 왈강달강, 서역 십만 리로, 물러서라 잡귀신아."

이렇게 응수하곤 했다.

6

욱이의 병은 그해 가을을 지나 겨울철에 들면서부터 표나게 악화되어갔다. 모화가 가끔 간장이 녹듯 떨리는 음성으로,

"이것아 이것아, 늬가 이게 웬일이고? 머나먼 길에 에미라고 찾아와서 늬가 이게 무슨 꼴고?"

손을 잡고 눈물을 흘리면,

"오마니 너무 걱정하지 마시오. 나는 죽어서 우리 아바지께로 갈 것이오."

욱이는 조용히 이렇게 말했다. 그리고 무어 생각나는 게 없느냐고 물으면 그는 조용히 고개를 돌렸다. 그러나 그의 어미가 밖에 나가고 낭이가 혼자 있을 때엔, 이따금 낭이의 손을 잡고,

"나 성경 한 권 가졌으면……"

하는 것이었다.

이듬해 봄 그가 세상을 떠나기 사흘 전에 그가 그렇게도 그리워하고 기다리던 현목사가 평양에서 찾아왔다. 현목사는 방영감네 이종사촌 손자사위인 양조사의 인도로 뜰 안에 들어서자 그 황폐한 광경과 역한 흙냄새에 미간을 찌푸리며,

"이런 가운데서 욱이가 살고 있소?"

양조사에게 이렇게 물었다.

욱이는 양조사가 들어오는 것을 보자 두 눈에 광채를 띠며,

"목사님 목사님."

이렇게 두 번 불렀다.

현목사는 잠자코 욱이의 여윈 손을 쥐었다. 별안간 그의 온 얼굴은 물든 것처럼 붉어지며 무수한 주름살이 미간과 눈꼬리에 잡혔다. 그는 솟아오르는 감정을 누르려는 듯이 한참 동안 눈을 감고 있었다.

양조사는 긴장된 침묵을 깨뜨리려는 듯이 입을 열었다.

"경주에 교회가 이렇게 속히 서게 된 것은 이분의 공로올시다."

그리하여 그의 말을 들으면 욱이는 평양 현목사에게 진정을 했고, 현목사께서는 욱이의 편지에 의하여 대구 노회에 간청을 했고, 일방, 경주 교인들은 욱이의 힘으로 서로 합심하여 대구 노회와 연락한 결과 의외로 속히 교회 공사가 진척되었던 것이라 하였다.

현목사가 의사와 함께 다시 오기를 약속하고 일어나려 할 때 욱이는,

"목사님 나 성경 한 권만 사주시오."

했다.

"그럼 그동안 우선 이것을 가지시오."

현목사는 손가방 속에서 자기의 성경책을 내주었다. 성경책을 받아쥔 욱이는 그것을 가슴에 안고 눈을 감았다. 그의 감은 눈에서는 이슬방울이 맺혔다.


7


모화 집 마당에는 예년과 다름없이 잡풀이 엉기고, 늙은 개구리와 지렁이들이 그 속에 웅크리고 있었다. 그녀는 그동안 거의 굿을 나가지 않고, 매일, 그 찌그러져가는 묵은 기와집, 잡초 속에서 혼자 징 꽹과리만 울리고 있었다. 사람들은 모화가 인제 아주 미친 것이라 하였다. 그는 부엌에다 오색 헝겊을 걸고, 낭이가 그려둔 그림으로 기를 만들어 달고는, 사뭇 먹기를 잊어버린 채 입

술은 먹같이 검어지고 두 눈엔 날로 이상한 광채가 짙어갔다.

"서역 십만 리 예수 귀신 돌아간다.

꽁무니에 불을 달고, 두 귀에 방울 달고, 왈강달강 왈강달강,

엇쇠, 귀신아 썩 물러가거라,

늬 아니 가고 봐하면, 쉰 길 청수에, 엄나무 발에, 무쇠 가마에,
흰말 가죽에, 너이 자자손손을 다 가두어 죽일란다. 엇쇠! 귀신
아!"

그는 날마다 같은 푸념으로 징 꽹과리를 울렸다.

혹 술잔이나 가지고 이웃 사람이 찾아가,

"모화네 아들 죽고 섭섭해서 어쩌나?"

하면, 그녀는 다만,

"우리 아들은 예수 귀신이 잡아갔소."

하고, 한숨을 내쉬곤 했다.

"아까운 모화 굿을 언제 또 볼꼬?"

사람들은 모화를 아주 실신한 사람으로 치고 이렇게 아까워하
곤 했다. 이러할 즈음에 모화의 마지막 굿이 열린다는 소문이 났
다. 읍내 어느 부잣집 며느리가 '예기소'에 몸을 던진 것이었다.
그래 모화는 비단옷 두 벌을 받고 특별히 굿을 응낙했다는 말도
났다. 그리고 이와 동시에, 모화가 이번 굿에서 딸(낭이)의 입을
열게 할 계획이라는 소문도 났다. '흥, 예수 귀신이 진짠지 신령
님이 진짠지 두고 보지.' 이렇게 장담했다는 것이다. 사람들은 기
대와 호기심에 들끓었다. 그들은 놀랍고 아쉬운 마음으로 산을
넘고 물을 건너 모여들었다.

굿이 열린 백사장 서북쪽으로는 검푸른 소 물이 깊은 비밀과 원한을 품은 채 조용히 굽이돌아 흘러내리고 있었다. (명주구리 하나 들어간다는 이 깊은 소에는 해마다 사람이 하나씩 빠져 죽게 마련이라는 전설이었다.)

백사장 위에는 수많은 엿장수, 떡장수, 술가게, 밥가게 들이 포장을 치고 혹은 거적을 두르고 득실거렸고, 그 한복판 큰 차일 속에서 굿은 벌어져 있었다. 청사 홍사 녹사 백사 황사의 오색 사초롱이 꽃송이같이 여기저기 차일 아래 달리고, 그 초롱불 밑에서 떡 시루 탁주 동이 돼지 통샘이 들이 온 시루 온 동이 온 마리째 놓인 대감상, 무덕이쌀과 타래실과 곶감꽂이, 두부를 놓은 제석상과, 삼색 실과에 백설기와 소채 소탕에 자반 유과 들을 차려놓은 미륵상과, 열두 가지 산채로 된 산신상과, 열두 가지 해물을 차린 용신상과 음식이란 음식마다 한 접시씩 놓은 골목상과, 냉수 한 그릇만 놓인 모화상과 이 밖에도 여러 가지 크고 작은 전물상[12]들이 쭉 늘어놓여 있었다.

이날 밤 모화의 얼굴에는 평소에 볼 수 없었던 정숙하고 침착한 빛이 서려 있었다. 어제같이 아들을 잃고 또 새로 들어온 예수교도들에게서 가지각색 비방과 구박을 받아오던 그녀로서는 의아스러울 만치 새침하게 가라앉아 있어, 전날 달밤으로 산에 기도를 다닐 적의 얼굴을 연상케 했다. 그녀는 전날과 같이 여러 사람 앞에서 아양을 부리거나 수선을 떨지도 않았다. 그러나 그녀는 그 호화스러운 전물상들을 둘러보고도 만족한 빛 한번 띠지 않고, 도리어 비웃듯이 입을 비쭉거렸다.

"더러운 년들 전물상만 잘 차리면 그만인가."

입 밖에 내어놓고 빈정거리기까지 하였다. 그러자 자리에서는 모화가 오늘밤 새로운 귀신이 지핀다고들 수군거리기 시작했다. 그 가운데 한 여자가 돌연히,

"아, 죽은 김씨 혼신이 덮였군."

하자 다른 여자들도,

"바로 그 김씨가 들렸다. 저 청승맞도록 정숙하고 새침한 얼굴 좀 봐라, 그리고 모화네가 본디 어디 저렇게 예뻤나, 아주 김씨를 덮어썼구먼."

이렇게들 수군댔다. 이와 동시, 한쪽에서는 오늘밤 굿으로 어쩌면 정말 낭이가 말을 하게 될 게라는 얘기도 퍼졌고, 또 한쪽에서는 낭이가 누구 아인지는 모르지만 배가 불러 있다는 풍설도 돌았다. ……하여간 이 여러 가지 소문들이 오늘밤 굿으로 해결이 날 것이라고 막연히 그녀들은 믿고 있는 것이었다.

모화는 김씨 부인이 처음 태어났을 때부터 물에 빠져 죽을 때까지의 사연을 한참씩 넋두리하다가는 전악들의 젓대 피리 해금에 맞추어 춤을 덩싯거렸다. 그녀의 음성은 언제보다도 더 구슬펐고, 몸뚱어리는 뼈도 살도 없는 율동으로 화한 듯 너울거렸고, ……취한 양, 얼이 빠진 양 구경하는 여인들의 숨결은 모화의 쾌자 자락만 따라 오르내렸다. 모화의 쾌자 자락은 모화의 숨결을 따라 나부끼는 듯했고, 모화의 숨결은 한 많은 김씨 부인의 혼령을 받아 청승에 자지러진 채, 비밀을 품고 조용히 굽이돌아 흐르는 강물(예기소의)과 함께 자리를 옮겨가는 하늘의 별들을 삼킨

듯했다.

　밤중이나 되어서였다.

　혼백이 건져지지 않는다는 것이었다. 화랑이들과 작은 무당들
이 몇 번이나 초망자(招亡者) 줄에 밥그릇을 달아 물속에 던져도
밥그릇 속에 죽은 사람의 머리카락이 들어오지 않는 것으로 보아
김씨가 초혼에 응하질 않는 모양이라 하였다.

　작은 무당 하나가 초조한 낯빛으로 모화의 귀에 입을 바짝 대
며,

　"여태 혼백을 못 건져서 어떻게?"
하였다.

　모화는 조금도 서둘지 않고 오히려 당연하다는 듯이 넋대를 잡
고 물가로 들어섰다.

　초망자 줄을 잡은 화랑이는 넋대가 가리키는 방향으로 이리저
리 초혼 그릇을 물속에 굴렸다.

　"일어나소 일어나소,

　서른세 살 월성 김씨 대주 부인,

　방성으로 태어날 때 칠성에 복을 빌어."

　모화는 넋대로 물을 휘저으며 진정 목이 멘 소리로 혼백을 불
렀다.

　"꽃같이 피난 몸이 옥같이 자란 몸이,

　양친 부모도 생존이요, 어린 자식 누여 두고,

　검은 물에 뛰어들 제 용신님도 외면이라,

　치마폭이 봉긋 떠서 연화대를 타단 말가,

삼단머리 흐트러져 물귀신이 되단 말가."

모화는 넋대를 따라 점점 깊은 물속으로 들어갔다. 옷이 물에 젖어 한 자락 몸에 휘감기고, 한 자락 물에 떠서 나부꼈다.

검은 물은 그녀의 허리를 잠그고, 가슴을 잠그고 점점 부풀어오른다……

그녀는 차츰 목소리가 멀어지며 넋두리도 휘황해지기 시작했다.

"가자시라 가자시라 이수중분 백노주로,

불러주소 불러주소 우리 성님 불러주소,

봄철이라 이 강변에 복숭꽃이 피거덜랑,

소복단장 낭이 따님 이내 소식 물어주소,

첫 가지에 안부 묻고, 둘째 가……"

할 즈음, 모화의 몸은 그 넋두리와 함께 물속에 아주 잠겨버렸다……

처음엔 쾌자 자락이 보이더니 그것마저 잠겨버리고, 넋대만 물 위에 빙빙 돌다가 흘러내렸다.


열흘쯤 지난 뒤다.

동해변 어느 길목에서 해물 가게를 보고 있다던 체수 조그만 사내가 나귀 한 마리를 몰고 왔을 때, 그때까지 아직 몸이 완쾌되지 못한 낭이는 퀭한 눈으로 자리에 누워 있었다.

사내는 낭이에게 흰죽을 먹이기 시작했다.

"아버으이."

낭이는 그 아버지를 보자 이렇게 소리를 내어 불렀다. 모화의

마지막 굿이(떠돌던 예언대로) 영검을 나타냈는지 그녀의 말소리
는 전에 없이 알아들을 만도 했다.

다시 열흘이 지났다.

"여기 타라."

사내는 손으로 나귀를 가리켰다.

"……"

낭이는 잠자코 그 아버지가 시키는 대로 나귀 위에 올라앉았다.

그들이 떠난 뒤엔 아무도 그 집을 찾아오는 사람이 없었고, 밤
이면 그 무성한 잡풀 속에서 모기들만이 떼를 지어 울었다.

# 황토기 黃土記

  주리재〔鵄述嶺〕에서 금오산(金鰲山) 쪽으로 뻗쳐 내리는 두 산맥이다.

  등성이를 벌거벗은 채 이십 리 삼십 리씩을, 하나는 서북, 또 하나는 동북으로 뛰어 내려와서는, 겨우 황톳골이란 조그만 골짝 하나를 낳은 것뿐으로, 거기서 그 앞을 흘러가는 냇물을 바라보며, 동네 늙은이들의 입으로 전하는 상룡(傷龍), 또는 쌍룡(雙龍)의 전설을 이룬 그 지리적 결구(結構)는 여기서 끝을 맺는 것이다.

  상룡설. 옛날 등천(騰天)하려던 황룡 한 쌍이 때마침 금오산에서 굴러 떨어지는 바위에 맞아 허리가 상하니라. 그 상한 용의 허리에서 한없이 피가 흘러내려 부근 일대를 붉게 물들이니 이에서 황톳골이 생기니라.

  쌍룡설. 역시 등천하려던 황룡 한 쌍이 바로 그 전야(前夜)에 있

116

어 잠자리를 삼가지 않은지라 상제(上帝)께서 노하시고 벌을 내리
사 그들의 여의주(如意珠)를 하늘에 묻으시매 여의주를 잃은 한
쌍의 용이 슬픔에 못 이겨 서로 저희들의 머리를 물어뜯어 피를 흘
리니, 이 피에서 황톳골이 생기니라.

이상의 상룡설 또는 쌍룡설밖에 또 절맥설(絶脈說)도 있으니 그
것은 다음과 같다.

절맥설. 옛날 당나라에서 나온 어느 장수가 여기 이르러 가로대
앞으로 이 산에서 동국의 장사가 난다면 감히 중원을 범할 것이라,
이에 혈을 지르니, 이 산골에 석 달 열흘 동안 붉은 피가 흘러내리
고 이로 말미암아 이 일대가 황토 지대로 변하니라.


# 제1장

용내를 건너 황톳골 앞들에는 두레논을 매는 한 이십여 명 되는
사람이 한일자(一字)로 하얗게 구부려 있고, 논둑에는 동기(洞
旗)를 든 사람과 풍물 치는 사람들이 너덧 나서 있다.
해는 바야흐로 하늘 한가운데서 이글거리고, 온 들과 산은 눈
가는 끝까지 푸르기만 하다.
께갱 께갱 떵땅 떵땅 꽤애……
풍물이래야 꽹과리 하나, 장구 하나, 그리고 징 한 채다. 그런데

로 그들은 논매는 일꾼들과 더불어 끈기 있게 논둑에서 논둑으로 타고 다니며 들판의 정적을 깨뜨려가고 있다.

그런데 그들 두레꾼들과는 동떨어져, 이쪽 산기슭 쪽에 혼자 논을 매느라고 논 가운데 허리를 구부리고 있는 사람이 하나 있다. 곁에서 이를 본다면, 그의 팔다리나 허리가 보통 사람보다 훨씬 크고 길 뿐 아니라 어깨나 몸집이 다 그렇게 두드러지게 장대하게 생겼고, 또한 머리털이 이미 희끗희끗 세어 있음을 알리라. 그의 이름은 억쇠다. 그는 몸이 그렇게 보통 사람보다 두드러지게 큰 것처럼 일도 동떨어진 곳에서 혼자 하고 있는 것이다.

억쇠는 논매던 손을 쉬고 논둑으로 나온다. 그는 두어 번이나 고개를 돌려 산 밑 쪽을 바라본다. 아직도 분이(粉伊)는 보이지 않는다. 그는 담배를 한 대 피워 문다.

논둑에 서 있는 소동나무에서는 매미 소리가 시끄럽게 들려온다.

억쇠가 담배를 두 대나 태우고 나서, 화가 치밀어 숫제 주막으로나 찾아갈 양으로 막 허리를 일으키려는데, 그때야 저쪽 소나무 사이로 조그만 술동이를 머리에 이고 오는 분이가 보였다.

"뭘 하고, 인제사 와."

가까이 온 분이를 보자 억쇠는 약간 노기 띤 목소리로 이렇게 물었다.

"뭘 하긴, 뭘 해."

분이는 머리에서 술동이를 내리며 이렇게 뱉는다. 입에서는 술 냄새가 획 끼치고, 양쪽 눈언저리와 귓바퀴가 물을 들인 듯이 발굿발굿하다.

'또 술을 처먹은 게로군.'

억쇠는 혼자 속으로 중얼거리는 것이다.

"자아, 옛수."

억쇠에게 술사발을 건네는 분이의 입가에는 어느덧 그 야릇한
웃음이 떠돌기 시작한다.

억쇠는 분이의 손에서 사발과 술동이를 낚아채듯이 뺏어 든다.
동이 속에서는 술이 출렁하며 밖으로 튀어나온다.

사발과 동이를 빼앗기듯이 된 분이는 화통이 치미는지

"흥, 이년을 어디 두고 보자."

하며 이를 오도독 갈아붙인다. 설희(薛姬)를 두고 하는 욕질이지
만 당치 않은 수작이다.

억쇠는 아랑곳없다는 듯이 술을 따라 마시고 있다. 그동안 잔뜩
독이 오른 눈으로 억쇠를 노려보고 있던 분이는,

"연놈을 한칼에 푸욱……"

하고는 또 한번 이를 오도독 간다.

"이년아 말버릇이 그게 뭐여."

억쇠가 꾸짖자, 분이는

"어디 임자 보고 말했나, 득보 말이지."

한다.

더욱 모를 소리다.

"득보면 너의 아저씬가 무엇이 된다면서 그건 또 무슨 소리여."

이에 대하여 분이는

"흥, 아저씨? 아저씸 어쨌단 말요?"

하고 콧방귀를 뀌더니 풀 위에 발랑 드러누워버린다. 걷어 올려진 베 치맛자락 밑으로 새하얀 다리를 드러내 보이며 그녀는 어느덧 코를 골기 시작하였다.

소동나무에서는 또 한바탕 매미가 운다.

억쇠는 세번째 술을 따라 든 채, 멍하게 소동나무를 바라보고 있다. 아까 분이가, 연놈을 한칼에 푸욱…… 하던 것이 아무래도 머릿속에서 사라지지 않는다. 누구를 두고 하는 강짜란 말이냐, 억쇠는 어이가 없었다.

억쇠는 술동이를 밀쳐놓고 담배에 불을 붙여 물었을 때다. 득보가 나타났다. 한쪽 손에 멧돼지 한 마리를 거꾸로 대룽거리며 그쪽 산비탈에서 내려오고 있었던 것이다.

"그새 산에 갔던 갑네."

억쇠가 인사 삼아 묻는 말에, 득보는

"빈손으로 갔더니……"

하며, 멧돼지를 억쇠 곁에다 던지고, 누워 자고 있는 분이 앞에 와서 털썩 앉아버린다.

그도 보통 사람과는 딴판으로 몸집이 크게 생긴 사나이다. 키는 억쇠보다 좀 낮은 편이나 어깨는 더 넓게 쩍 벌어졌다. 게다가 얼굴은 구릿빛같이 검푸르다. 그 검푸른 구릿빛이 어딘지 그대로 무서운 비력(臂力)을 말하고 있는 것 같다. 그리고 머리털도 칠흑같이 새까맣다. 나이도 억쇠보다는 예닐곱 살 젊어 보인다.

"한 사발 하겠나?"

억쇠가 턱으로 술동이를 가리키며 묻는다.

득보는 잠자코 술동이를 잡아당긴다. 그리하여 손수 한 사발을 따라 마시고 나더니

"좋구나."

한다.

그는 연거푸 또 한 사발을 따라 마시고 나더니

"얼마나 있누."

하고 억쇠를 노려본다.

"아직 많이 있다."

"그럼 낼 모두 걸러라."

득보는 이렇게 말하며 의미 있는 듯한 눈으로 억쇠를 노려본다. 순간 두 사나이의 눈에서는 다 같이 불길이 번쩍한다. 그것은 땅 속의 유황이라도 녹일 듯한 무서운 불길이었다.


## 제2장


이튿날은 여름치고도 유달리 더운 날씨였다.

하늘에는 가지각색 붉은 구름들이 연기를 머금은 불꽃으로 피어나고 있었다.

안냇벌은 황톳골에서 잔등 하나 너머 있는 아늑한 산골짜기요 또 개울가였으므로 거기엔 흰 모래밭과 푸른 잔디와 게다가 그늘질 노송(老松)까지 늘어서 있어 억쇠와 득보들같이 온종일 먹고

놀고 싸우고 할 자리로서는 더할 나위 없이 알맞은 곳이었다.

두 사람은 짤막한 잠방이 하나씩만 걸치고는 몸을 벌거벗은 채 소나무 그늘 밑에서 술을 마시고 있다. 처음엔 돼지 족(足)도 한 가리씩 의논성스럽게 째어 들었고 술잔도 서로 권해가며 주거니 받거니 의좋게 건네다녔다.

한 철에 한두 번씩 이 안냇벌에서 대개 이렇게 술을 마시게 되었지만, 이 두 사람에게 있어서는 이때같이 가슴이 환히 트이도록 즐겁고 만족할 때가 없다. 그것은 아무것과도 바꿀 수 없는 기쁨이요, 보람이요, 그리고 거룩한 향연(饗宴)이기도 하였다. 이에 견준다면 분이나 설희의 자색도 한갓 이 놀이를 돋우고 마련키 위한 덤에 지나지 않을 듯했다.

두 사람은 술이 얼근해짐에 따라 말씨도 점점 거칠어져갔다.

"얼른 들이마셔라, 이 백정놈아."

"도둑놈같이, 어느새 고기만 다 처먹누."

이렇게 그들은 서로 욕질을 시작하였다. 그러면서도 연방 술잔을 서로 따라주고 고기 뭉치도 던져주곤 하였다.

"옛다, 이거 마저 뜯고 제발 인제 뒈지거라. 늙은 놈이 계집을 둘씩이나 끼고 근드렁거리는 꼴 정 못 보겠다."

하며 득보가 족발 하나를 억쇠에게 던져준다.

"네 이놈, 말버르장머리 그러다간 목숨 못 붙어 있을 게다."

억쇠는 득보 잔에 술을 따라주며 이렇게 으르댄다.

싸움은 대개 득보가 먼저 돋우는 편이었다. 그것도 으레 분이나 설희를 걸어서 들었다. (득보는 그것이 가장 효과적이라고 믿었던 것이다.)

"계집 핥듯이 어지간히 칙칙하게도 핥고 있다. 더럽게 늙은 놈이."

하고 득보가 먼저 술자리를 걷어차고 일어나자, 억쇠는 뜯고 있던 족발을 득보의 얼굴에다 내던지며

"옛다, 그럼 이놈아, 네 마저 뜯어라."

하고 자리에서 일어난다.

이때부터 싸움은 시작되는 것이다. 그와 동시 두 사람의 얼굴에는 무어라고 형언할 수 없는 어떤 긴장이 서린다.

득보는 주먹을 꺼떡 들어 억쇠의 얼굴을 겨누며

"얼씨구 저절씨구 가엾어라 이 늙은 놈아, 내 한 주먹 번쩍하면……"

아주 노래 조(調)로 목청을 뽑으며, 껑충껑충 억쇠에게로 뛰어들어왔다 물러갔다 하는 것이다.

"네 이놈, 새뼈 같은 주먹으로 멋대로 한번 때려봐라."

억쇠는 그를 아주 멸시하듯이 태연자약하게 버티고 서 있다.

"내 한 주먹 번득하면…… 네놈 대가리가 박살이라……"

순간, 득보는 주먹으로 억쇠의 왼쪽 눈과 콧잔등을 훑쳤다. 그 자리에 금시 퍼렁덩이가 들며 눈 안에는 핏물이 돌기 시작하였다.

"네 이놈 새뼈 같은 주먹으로 많이 쳐라…… 실컷…… 자아."

할 때 득보의 두번째 주먹이 또 억쇠의 오른쪽 광대뼈를 쥐어질렀다.

세번째 주먹이 또 먼저 때린 눈을 홀쳤다.

억쇠는 저만치 물러가 있는 득보를 바라보고, 갑자기 미친 사람처럼 허연 이를 드러내며 큰 소리로 껄껄껄 웃어대었다.

득보는 저만치 물러선 채 아까와 마찬가지 노래조로 목청을 뽑으며 덩실덩실 춤을 추고 있다. 네번째 주먹이 오른쪽 눈 위를, 그리고 다섯번째 주먹이 또다시 콧잔등을 때렸을 때, 그러나, 억쇠는 역시 먼저와 같이 큰 소리로 껄껄껄 웃어만 주었다.

"너 이놈 그 새뼈 같은 주먹으로 저 산을 한번 물려 세워봐라."

여섯 번, 일곱 번, 득보는 몇 번이든지 늘 마찬가지, 내 한 주먹 번득하면은 되풀이하며 뛰어들어서 억쇠의 면상과 목과 가슴과 허구리를 힘껏 지르는 것이었으나 그때마다 억쇠는 간단한 몸짓으로 그것을 받아내었을 뿐, 적극적으로 득보에게 주먹질을 시작하지는 않았다. 그는 이렇게 득보에게 같이 주먹질을 하지 않고 그냥 얻어맞기만 하는 것이 그지없이 즐겁고 만족한 모양으로, 상반신이 거의 피투성이가 되도록 종시 큰 소리로 껄껄껄 홍소(哄笑)만을 터뜨리고 서 있는 것이었다.

득보는 더욱 힘이 솟아오르는 듯 주먹질과 함께 발길질도 시작하는 것이었다. 득보의 발길이 번번이 억쇠의 아랫배와 넓적다리 즈음에 와 닿는 것으로 보아 그 겨냥이 무엇이라는 것은 억쇠도 곧 짐작하였고, 그래서 그의 발길만은 늘 조심하지 않을 수 없었다.

"옛날도 그 옛날에 붕새란 새가 있었나니, 수격 삼천 리, 니일 니일 얼씨구야 지화자자 저절씨구."

득보는 입에 하나 가득 찬 피거품을 문 채 이렇게 목청을 뽑으며 덩실거리고 춤을 추는 것이었다.

억쇠는 피로 물든 장승처럼 뻣뻣이 서서, 뛰어 들어오는 득보의 주먹질과 발길을 받아낼 뿐이었다.

득보의 네번째 발길이 억쇠의 국부를 건드렸을 때, 그는 한순간 그 자리에 척 꿇어앉을 뻔하다가 겨우 한쪽 팔로 득보의 목을 후려 안으며 어깨를 솟굴 수 있었다.

"이놈아!"

산골이 쩌르렁 울리는 억쇠의 목소리였다.

이리하여 한 덩어리로 어우러진 그들의 입에서는 어느덧 노랫소리도 웃음소리도 동시에 뚝 끊어지고, 다만 씨근거리는 숨소리와 뿌득뿌득 밀려 나갔다 들어왔다 하며 근육과 근육 부딪는 소리만이 났다. 두 사람의 코에서는 거의 동시에 피가 주르르 쏟아져내렸다. 눈에도 핏물이 돌고 목으로도 피가 터져 나왔다. 그차에 땀으로 번질번질하던 두 사람의 낯과 어깨와 가슴은 어느덧 아주 피투성이로 변해버렸다.

득보가 억쇠의 아래턱을 치지르며 막 몸을 옆으로 빼내려는 순간이었다. 억쇠의 힘을 다한 바른편 주먹이 득보의 왼쪽 갈비뼈 밑에 벼락을 쳤다. 갈비뼈 밑에 억쇠의 모진 주먹을 맞은 득보는 갑자기 얼굴이 아주 잿빛이 되어 뒤로 비실비실 몇 걸음 물러나다가 그대로 모래 위에 꼬부라져버린다.

억쇠의 목과 입과 코에서도 다시 피가 쏟아졌다. 그는 정신나간 사람처럼 두 손으로 아래턱을 받쳐 피를 받으며 우두커니 앉아 있다 말고 돌연히 미친 것처럼 뛰어 일어나는 길로 또 한번 와락 득보에게로 달려들어, 쓰러져 있는 그의 바른편 어깨를 물어 떼었다. 어깨의 살이 떨어지며 시뻘건 피가 팔꿈치까지 주르르 흘러내리자 득보는 몸을 좀 꿈쩍이었으나, 역시 일어나지 못하는 채 그대로 뻗어 누워 있는 것이었다.

억쇠는 입에 든 득보의 어깨살을 질경질경 씹다 벌건 핏덩어리를 입에서 뱉어내고, 그러고는 또다시 술항아리를 기울여 술을 몇 사발 마시고는 그 자리에 쓰러져버렸다.

누구의 입에서 항복이 나온 것도 아니요, 어느 쪽에서 쉬기를 청한 것도 아니었다.

두 사람이 다 같이 죽은 듯이 늘어지고 잠든 듯이 자빠졌으나, 아주 숨통이 멎은 것도 아니요, 정말 평온한 잠이 든 것도 아니다.

흐르는 냇물에서 저녁 바람이 일고 높은 소나무 가지에서 매미 소리가 서슬질 무렵이 되면, 그들은 마치 오랜 마주(魔酒)에서나 깨어나는 것처럼 떨고 일어나, 아침에 먹다 남겨둔 술항아리를 기울이기 시작하는 것이다.

저녁때의 싸움은 대개 억쇠가 먼저 거는 편이었다. 이번에는 처음부터 억쇠가 먼저 주먹질도 시작하였다.

두 사람의 몸뚱이는, 그러나, 몇 번 모질게 부딪고 할 새도 없이 이내 피투성이가 되어버리는 것이었고 득보는 되도록이면 억쇠의 주먹을 피하려는 듯이 저만치 물러선 채 춤만 덩실덩실 추고 있는 것이었다.

"새야 새야 붕조새야

북명 바다 붕조새야

치징 치징 치징

지화자자 저절씨구."

"얘 이놈 득보야!"

억쇠는 또 한번 산골이 쩌르렁하도록 소리를 질렀다.

"간다 훨훨 날아간다

수격 삼천 리……

내 한 주먹 번득하면 네놈 대가리가 박살이라,

치징 치징 치징

지화자자 저절씨구."

득보는 이렇게 목청을 뽑으며 점점 억쇠에게로 가까이 다가들
어왔다. 웬일인지 싸울 태세를 갖추지 않고 그냥 춤만 덩실덩실
추며 억쇠의 턱 앞까지 다가들어왔다. 억쇠는 뛰어들어 그의 목
을 안았다. 득보도 억쇠와 같이 하였다. 두 사람은 큰 나무가 넘
어가듯, 쿵하고 한꺼번에 자빠져버렸다.

득보의 목을 안고 한참 동안 엎치락뒤치락하던 억쇠는 갑자기
큰 소리로 껄껄껄 웃어대었다. 그의 왼쪽 귀가 붙어 있을 자리엔
찢긴 살과 피가 있을 따름, 귀는 절반이나 득보의 입에 가 들어
있고, 득보는 아끼는 듯 그것을 얼른 뱉어내려고도 하지 않았다.

이리하여 해가 지고 어두운 산그늘이 내려오도록 이 커다란 피
투성이들은 일어날 생각도 없이 연방 서로 피를 뿜으며 엎치락뒤
치락하고 있는 것이다.

# 제3장

억쇠와 득보는 지난해 봄에 처음으로 만났다. 그리하여 그날로 함께 살게 된 것이다. 말하자면 그날부터 그들의 생활이 시작되었던 건지도 모른다.

지금 여기서 두 사람의 과거를 대충 살펴보면 다음과 같다.

먼저, 주인 격인 억쇠로 말하자면, 그는 이 황톳골 태생으로, 나이는 쉰두 살, 수염과 머리털이 희끗희끗 반이나 넘어 센 오늘날까지 항상 가슴속에 홀로 타는 불길을 감춰온 사람이다. 그것은 언젠가 한번 저 무지개와도 같이 하늘 끝까지 시원스레 뿜어졌어야 했을 불길이었는지도 모른다. 그가, 그 동네 장정들도 겨우 다룬다는 들돌을 성큼 들어서 허리를 편 것으로 온 마을을 뒤집어 놓은 것은 그의 나이 열세 살 나던 해다.

"장사 났군."

"황톳골 장사 났다."

사람들은 숙덕거리기 시작하여, 이튿날은 노인들이 의관을 하고 동회(洞會)에 모여들었다.

"예로부터 황톳골에 장사가 나면 부모한테 불효하거나 나라의 역적이 된댔겠다."

"허긴, 인제는 대국 명장이 혈을 지른 뒤니까 별수는 없으리다."

"당찮으이, 온 바로 내 종조뻘 되는 이가 그때 장사 소릴 듣고 사또 앞에 잡혀가 오른쪽 팔 하나를 분질러 나왔거든."

이따위 소리들을 서로 주고받고 하다가 결국 억쇠의 오른쪽 어깨의 힘줄에다 침을 맞히라는 결론이 났다. 그 중에서도 유독 심히 구는 사람이 억쇠의 백부뻘 되는 영감이었다.

"황톳골 장사라면 나라에서 아는 거다. 자, 자식 하나 버릴 셈 치면 그만일걸…… 자, 괜히 온 집안 멸문당할라."

하고, 동생을 윽박질렀으나, 그러나 동생은 끝까지 묵묵히 앉아 대답을 하지 않았다. 그에게는 억쇠 하나밖에 더 자식이 없었던 것이다.

그날 밤 그의 어머니는, 억쇠의 소매를 잡고,

"이것아 어쩌다 그런 철없는 짓을 했노, 너이 아바이 속을 너는 모를라."

하며 울었다.

이튿날 아침 그 아버지는 억쇠를 불러

"너 나이 열세 살이다. 몸 하나라도 성히 지닐라거든 철없이 아무 데나 나서지 마라, 네 일신 조지고 온 집안 문닫게 할라, 모두가 늬 맘 먹기다."

하였다.

억쇠는 아버지의 이 말을 가슴에 새겨 들었다. 그리하여 씨름판이고, 줄목이고, 들돌을 다루는 데고, 짐 내기를 하는 마당에고, 일절 사람이 많이 모인 곳이나, 무슨 힘겨룸하는 데는 나서지 않았다.

그의 나이 스무 살 남짓했을 때는 과연 솟는 힘을 제 스스로 감당할 수 없었다. 어떤 날 밤에는 혼자서 바위를 안고 산꼭대기로 올라갔다 골짜기로 내려왔다 하는 동안 어느덧 밤이 새어버리는 수도 있었다. 상투가 풀려 머리칼이 헝클어지고 두 눈엔 벌겋게 핏대가 서고 하여 흡사 미친 사람 같았다. 밤사이는 또 이렇게 바위와 씨름이라도 할 수 있지만, 낮이 되면 무엇이든지 눈에 뵈는 대로 때려 부수고 싶고 메어치고 싶고 온갖 몸부림과 발광이 치밀어올라 잠시도 견딜 수가 없었다. 힘자랑이 하고 싶어서가 아니라, 힘을 써보고 싶다는 욕망이었다.

억쇠의 이런 소문이 또 한번 황툇골에 퍼지자, 그의 백부는 그의 아버지를 보고,

"인제는 그놈이 무슨 일을 낼 게다. 자아, 그때 내 말대로 단속을 했더면 이런 후환은 없었을걸, 자아, 인제 그놈을 누가 감당할꼬. 자아, 그러면 늬 자식 늬가 혼자 맡아라, 나는 이 황툇골에 못 살겠다."

이러고는, 재를 넘어 이사를 가버렸다.

억쇠는 이 말을 듣고 홀로 깊은 산속으로 들어가 목을 놓고 울었다. 집에 돌아와, 낫을 갈아서 아버지 모르게 오른쪽 어깨를 끊고 피를 흘렸다.

이것을 안 그의 어머니는

"어리석게 인제 와서 그게 무슨 짓이람, 힘세다고 다 불량할까, 제 맘 먹기에 달렸는걸…… 괜히 너의 어른 알면 시끄러울라."

하고, 되레 못마땅히 말했다.

그의 할아버지가 세상을 떠날 때, 그에게 남긴 유언도 다만 힘

을 삼가라는 것뿐이었고, 그의 아버지가 임종에 이르러 그에게 신신당부를 한 것도 역시 이것뿐이었다.

"늬가 어릴 때 누구에게 사주를 봤더니 너의 팔자에는 살이 세다고, 젊어서 혈기를 삼가지 않으면 큰 화를 당할 게라더라…… 그렇지만 사람에게는 힘이 보배니 너만 알아 조처할 양이면 뒤에 한번 쓸 날이 있을 게다. 조용히 그때가 오기만 기다려라."

아버지가 숨을 거둘 때 남긴 이 말이 억쇠에게 있어서는 그 무슨 하늘의 계시와도 같이 들렸던 것이었다.

'한번 쓸 날이 있을 게다.'

'때가 오기만 기다려라.'

그는 잠시도 이 말이 그의 머릿속에서 사라질 때가 없었다.

그 미칠 듯이 솟아오르는 힘의 충동을 누르고 누르며 그 한번 크게 쓰일 날을 기다려, 오늘인가 내일인가 하는 사이, 그러나 그 기다리는 날이 오기도 전에 어느덧 그의 머리털과 수염만이 희끗희끗 반나마 세어지고 말았던 것이다.

그가 주막으로 나가 색시와 더불어 술잔을 기울이고 하기 시작한 것도 이 무렵부터의 일이었다.

하루는 삼거리 주막에서 분이라 하는, 예쁘장스러워 보이는, 젊은 색주가를 더불어 술을 먹고 있는데 계집이 잠깐 밖에서 손님이 저를 찾는다면서, 곧 댕겨 들어온다 하고 나간 것이, 종시 들어오질 않고, 때마침 밖에서는 무슨 싸움 소리 같은 것이 왁자지껄하기에 문을 열어 보았더니, 어떤 낯선 나그네 한 사람이 주인의 멱살을 잡아 이리 나꾸고 저리 채고 하는 중이다.

그새 뒤란에서 노름을 하고 있던 패들이 우우 몰려나와, 이 말 저 말 주고받고 하던 끝에 시비를 가로맡게 되었다. 그것은 주인 의 말이,

"아, 생전 낯선 나그네가 와서 남의 주모더러 이 여자는 내 딸 이다. 이리 내어달라 하니, 온 세상에 이런 경우가 어디 있나."

하매, 필시 이 나그네가 분이의 상판대기에 갑자기 탐을 낸 모양 이라고, 하나, 분이는 자기들도 누구나 다 끔찍이 좋아하는 터요, 더구나, 생전 낯선 작자가 돈 한푼 어떻다는 말 없이 가로 집어채 려 하니, 이 불량하고 경위 없는 작자를 그냥 둘 수가 없다 하여, 노름패 중에서 한 사람이 먼저 따귀 한 찰을 올려붙였더니, 낯선 사내는 펄쩍 뛰듯이 일어나 그 노름꾼의 멱살을 덥석 잡아 땅에 메어꽂아 놓았다. 이것을 본 한마당 사람들은 다 겁을 집어먹었 으나, 원체가 이쪽엔 수효도 많고 또 노름꾼 중에는 힘센 놈도 있고 불량한 자도 있자니까, 그렇다고 그대로 물러설 리도 없었 다. 이놈이 대들고 저놈이 거들고 하나, 낯선 사내는 좀처럼 꿀 려 들어갈 듯도 하지 않는데 하나둘 자빠져 눕는 것은 모두 이쪽 편이다. 머리가 터진 놈, 아랫배를 차인 놈, 허구리를 쥐어박힌 놈, 따귀를 맞은 놈, 부상자들이 마당에 허옇게 나가 누웠다.

억쇠도 술이 얼근했던 터라, 이 꼴을 그냥 볼 수 없다 하여, 방 에서 일어나 밖으로 나오며,

"아니 웬놈이 저렇게 불량한 놈이 있누?"

한 번, 집이 쩌르렁 울리도록 큰 소리로 호령을 쳤다.

낯선 사내는 이쪽으로 고개를 돌려 억쇠를 한 번 흘겨보더니,

"홍, 너도 이놈······"

하는, 말도 채 맺지 않고, 별안간 뛰어들며 머리로 미간을 받으매, 억쇠도 한순간 정신이 다 아찔하였으나, 그다음 순간엔 그도 바른 손으로 놈의 멱살을 잡아 쥘 수 있었다. 보매 기골도 범상하게는 생긴 놈이 아니로되, 그래도 처음 억쇠는, 그놈이 그저 힘깨나 쓰는 데다 싸움에 익은 놈이려니쯤으로밖에 더 생각하지 않았던 것인데, 한번 힘을 겨뤄보자 그냥 이만저만 센 놈이나 불량한 놈만은 아니라는 것을 깨닫게 되었다. 순간, 억쇠는, 문득 자기의 몸이 공중으로 스르르 떠오르는 듯한 즐거움이 가슴에 솟아오름을 깨달으며 저도 모르게 멱살 잡았던 손을 슬그머니 놓아버렸다.


## 제4장


이 낯선 사내——그의 이름이 득보였다——가 억쇠를 따라서 황톳골로 들어와, 억쇠와 징검다리 하나를 사이하고 살게 된 것은 바로 이틀 뒤의 일이었다. 냇물가 길을 향해 앉아 있던 오두막 한 채를 억쇠가 그를 위하여 마련해주었던 것이다.

한 사날 뒤에 득보는

"털이 그렇게 반이나 센 놈이 여태 자식새끼 하나도 없다니 가련하다. 헌데 나는 네놈한테 아무것도 줄 게 없구나. 그래서 분이를 데리고 왔다. 네 새끼 삼아 네가 데리고 살아라."

하였다.

억쇠가 거북하게 웃으며

"너는 이놈아······?"

하고 물으니까, 득보는

"늙은 놈이 남의 걱정까지 하게 됐느냐. 고맙다 하고 술이나 한 턱 걸쭉하게 낼 일이지. 하기야 그렇지 않기로서니 아무렴 이 득 보가 조카딸년 데리고 살겠냐마는······"

하며 입맛을 다셨다.

득보의 조카딸이란 말에, 억쇠는, 그렇다면 생판 남은 아닌 모 양이라고 좀더 마음을 놓으며,

"너도 이놈아 같이 늙어가는 놈이 웬걸 주둥아리만 그렇게 사 나우냐. 더구나 내가 늙었음 네놈 같은 거 하나쯤 처분하지 못할 상 부르냐."

"늙은 것이 잔소린 중얼중얼 잘 주워섬긴다."

두 사내가 이런 말을 건네고 있는 동안 분이는 억쇠네 술항아리 에서 술을 퍼내다 거르고 있었다. 이것이 분이와 억쇠의 혼사요, 또, 그녀에게 있어서는 시집살이의 시작이기도 하였다. 술이 얼 근했을 때, 억쇠가 또 득보를 보며,

"너는 이놈아 혼자 살래?"

하고 물어보았더니 득보는 곧

"세상에 계집이 없어?"

하고 자신 있게 말했다.

"네놈 그 험상궂은 상판대기 하며 웬걸 여자들이 그렇게 줄줄 따르겠나."

"흥, 이놈아 너무 따라서 걱정이다. 그러기 땜에 분이도 네놈의 차지가 되는 거다. 저년은 강짜를 너무 놓기 땜에 나한테는 어울리지 않거든. 너 같은 농사꾼한테나 제격이지."

이러한 득보의 대답을 억쇠는 어떻게 들어야 할지 몰랐다. 아까는 자기가 그에게 집을 마련해준 사례로, 그리고 또 이왕 제 조카딸을 데리고 살 수는 없으니까 데리고 왔노라고 해놓고, 지금 와서는 강짜가 심해서 어차피 저에게는 어울리지 않아 데리고 왔다는 것이다.

처음 주막에서 득보는 분이를 자기의 딸이라 했고, 그다음엔 조카딸이라 하더니, 지금 와서는 제가 데리고 살자니까 너무 강짜가 심해서 억쇠에게 양보를 한다는 것이다. 아무렇거나 억쇠는 어차피 후처를 얻어야 할 형편이요, 또 분이와는 본래 그녀가 주모로 있을 적부터 이미 색념이 든 터라 구태여 마다할 까닭도 없었다.

그러나 득보가 분이를 두고 딸이니 조카니 하는 것처럼 득보에 대한 분이의 태도도 또한 야릇한 것이 있어, 어떤 때는 아저씨랬다 어떤 때는 그이랬다, 심하면 아주 득보라고도 불렀다. 그러다가 어느 날 밤엔

"아무것도 아니오. 외가는 외가뻘이라 하지만 그이와는 직접 걸리지 않고, 내 외삼촌의 배다른 형제라요."

했다. 어느 날은 또 술에 취해서,

"왜 내가 아일 못 낳아? 저 건너 득보한테 가 물어보지, 분이가 열여섯에 낳은 옥동자를 어쨌는가고. 사내 글러 못 낳지 내 배 탓

인 줄 알어?"

라고도 하였다.

　이와 같이 걸핏하면 곧잘 득보의 이름을 걸치고 드는 분이가 억쇠에게는 여간 못마땅하지 않았지만 처음부터 숫색시인 줄 알고 장가든 것이 아닌 바에야 못 들은 척해둘밖에 없다고 생각하였다. 거기서 그 두 사람이 이리저리 걸치는 말들을 종합해서 그들의 과거란 것을 대강 추려보면, 득보는 본래 이 황톳골에서 한 팔십 리가량 떨어져 있는 어느 동해변(東海邊)에서 그의 이복형제들과 더불어 성냥간¹ 일을 하고 있었는데 한번은 그 형제들과 싸움을 하다 괭이로 머리를 때려서 그 형제 하나를 죽이고 그길로 서울까지 달아나 거기서 누구 집 하인 노릇을 하던 중 이번에는 또 그곳 어느 대가의 부인과 관계를 맺었던 모양이다. 그랬다가 그것이 세상에 드러나게 되자 거기서 도망질을 쳐서 도로 고향 근처로 내려와 다시 옛날과 같은 성냥간 일이나 보고 있으려니까 이번에는 다시 그가 옛날 형제를 죽인 사람이란 소문이 퍼져, 더 머물러 살 수 없게 되니, 하는 수 없이 또 나그넷길을 떠날 수밖에 없었던 듯하다.

　분이는 득보가, 두번째 그의 고향 근처로 내려와 살려다 못하고 다시 나그넷길을 떠나게 된 데 대하여, 그것은 그녀 자신이 그의 '옥동자'를 낳게 되었기 때문인 듯이 말하지만 그것이 어느 정도 확실한 이야기인지는 모를 일이다. 분이의 그 야릇한 말투와 행동으로 보아서, 그 관계란 것을, 가령, 분이가 아직 열여섯 살밖에 되지 않은 어린 계집애의 몸으로서, 자기의 외삼촌뻘이 되는——외삼촌의 이복형제라니까——득보의 아이를 낳게 된 것이라 하더라도, 득보 같은 그러한 위인이 그만한 윤리적 탈선이나 과실로 인하여, 일껏 벌였던 일터를 동댕이치고 다시 나그넷길을 떠나게 되었으리라고는 믿어지지 않는다. 그러고 보면 거기엔 위의 두 가지 이유가 다 걸려 있었는지도 모를 일이다.

분이가 걸핏하면 득보의 이야기를 끌어내는 것은 그녀의 마음이 거기 있는 까닭이요, 마음이 있는 곳에 몸도 대개 가 있어, 한 달 잡고 스무 날 밤은 억쇠가 홀아비로 자야 하였다. 낮에 가서 술잔이나 팔아주고 돼지 다리나 삶아주고 하는 것쯤은 분이의 과거가 그러하니만치 혹 예사라 할지라도 잠자리까지 그러한 데는, 제 말대로 비록 제 외삼촌의 이복형제뻘쯤 된다 할지라도 바로 징검다리 이쪽에 제 서방의 집을 두고 있는 처지에서는 해괴하기 짝이 없는 노릇이었다.

억쇠가 득보더러

"너 이놈 분이는 왜 밤낮 네 집에 붙여두는 거여."

하고 꾸짖으면,

"늙은 놈이 계집 투정은 어지간히 한다."

하며 득보는 가재침을 탁 뱉는다.

"어디 보자, 네놈 주둥아리가 곧장 성한가."

"벼르지만 말고 낼이라도 당장 끝장을 내렴. 끝장을 못 내면 그 대신 계집은 나에게 넘기고……"

"흥……"

하고 억쇠는 코웃음을 쳤다. 네놈 하나쯤은 가소롭다는 뜻이다.

이럴 때 만약 어느 쪽에서든지 술과 안주만 준비되어 있다면 이튿날로 곧 싸움이 벌어진다. 그들과 같이 가끔 싸움을 가져야 하는 사이에 있어 분이의 그러한 생활 태도는 그것을 돋우는 데 도움이 되었다. 하기는 득보가 처음부터 조카딸이라는 구실로 그녀를 억쇠에게 갖다 맡긴 것도 미리 다 이러한 효과를 노렸던 것인지 몰랐다.

분이는 분이대로 두 사나이가 자기를 두고 무슨 수작을 하든지 그런 것은 아랑곳도 없다는 듯이 밤에나 낮에나 부지런히 징검다리를 건너 다녔다.

억쇠가 볼 때, 더욱 해괴한 노릇은, 분이가 득보를 두고 강짜를 놓는 일이었다. 득보는 언젠가도 천하에 흔한 게 계집이라는 큰소리를 쳤지만, 과연 제 말대로, 분이가 아니더라도 계집에 그다지 주릴 사이는 없었다. 어디로 한번 나가 며칠을 묵고 들어올 적에는 으레 낯선 계집 하나씩을 달고 돌아오곤 하였다. 그것들이 그러나 사흘도 못 가 대개 달아나버리기는 하였지만.

그런데, 이와 같이 득보가 가끔 달고 들어오는 계집들에게 분이가 번번이 강짜를 부린다는 것이다. 강짜를 놓되 이건 어처구니도 없이, 이년아, 왜 남의 은가락지를 훔쳤느냐, 내 다리를 찾아내라, 수젓가락이 없어졌다, 모시 치마는 어디 갔느냐…… 이런 식으로 낯선 계집들의 노리개나 옷벌을 뺏기가 일쑤요, 그러고서도 계집이 얼른 물러가지 않으면 이번에는 육박전으로 달려들어 머리를 뜯고 옷을 찢곤 하는 것이다.

"너 때문에 득보는 평생 어디 장가들겠나."

하고 억쇠가 나무라면, 분이는

"별소릴 다 듣겠네. 그럼 도둑년을 붙여둘까."

하고 톡 쏘는 것이다.

한번은 역시 그러한 여자 하나가 득보에게 정이 들었던지 얼른 달아나지 않고 한 달포 동안이나 붙어살게 되었다. 분이가 그런 따위 수작을 붙이면 서슴지 않고 제 보따리를 털어서 척척, 내어 주어버린다. 몸집도 큼직하려니와 여자치고는 힘도 세어서 분이가 본래 남의 머리를 뜯고 옷벌이나 찢는 데는 여간한 솜씨가 아니라고 하지만 이 여자에게만은 그리 잘 되지 않는 모양이었다. 몇 번 머리를 뜯으려고 달려들었다가는 번번이 실패를 보고 말았다. 그러자 분이는 일도 하지 않고 잠도 자지 않은 채 며칠이든지 득보네 방구석에 그냥 박혀 있었다. 밤사이에는 셋이서 무엇을 하는지, 밖에서 들으면 흡사 씨름을 하는 것처럼 툭턱거리고 쾅쾅거리는 소리만 들렸다. 어떤 때는 그것이 거의 밤새도록 계속되기도 하였다. 이러고 난 이튿날 아침에 보면 세 사람이 다 으레 머리를 풀어 흩뜨린 채 눈들이 벌개져 있었다. 그것을 보는 억쇠는 입맛이 쓴지,

"더러운 연놈들!"

하면서 침을 뱉곤 하였다.

그렇게 얼마를 지난 어느 날 새벽녘이었다.

"연놈이 사람 죽이네!"

하는 날카로운 비명 소리가 들렸다. 분이의 목소리였다. 그리고는 또다시 툭턱거리는 소리가 들리기 시작하였다.

이와 같이 득보의 생활에 사생결단의 관심을 걸고 있는 분이가, 그러면 제 서방 셈인 억쇠를 보지 않느냐 하면 그런 것도 아니다. 정부는 정부요, 본부는 본부란 속인지, 득보의 집에서 국그릇도 들고 오고, 밥사발도 안고 오곤 하여, 시어머니와 억쇠의 밥상을 보는 체도 하고, 가다가 빨래가 밀리면 빨랫방망이를 들고 나서기도 하였다. 그 밖에 무슨 잠자리 같은 데서 몸을 사리거나 하느냐 하면 그런 일은 한번도 없고, 그보다도 분이의 말을 빌리면, 억쇠에 대한 그녀의 가장 중요한 불만이, 잠자리에 있어 그가 너무 심심한 점이라 한다.


## 제5장


분이가 밤낮으로 징검다리를 건너 다니고 있을 무렵, 억쇠는 맘속으로 그녀를 단념하고, 그 대신, 그전부터 은근히 눈독을 들여 오던 설희를 손에 넣고 말았다.

억쇠는 혈통이 농부요, 과거가 또한 그러니만치 잠자리에서뿐만 아니라 분이의 모든 점이 그에게는 맞을 수 없었다. 더구나 늙은 어머니까지 모시는 몸으로 여태 혈육 한 점 없다는 것도 여간 송구스러운 일이 아니었다. 뿐만 아니라 자기 자신의 심정으로서도 자식 하나쯤은 기어이 남겨야 할 것같이 생각되었다.

그러나 마음씨나 몸가짐이 그러한 분이에게 이 일을 기대할 수는 없었고, 또 그러니만치 그것을 통정하고 싶지도 않아서 그녀

와는 상의 없이 저 설희를 보게 되었던 것이다. 그러나 분이는 또 분이대로 잔뜩 배알이 꼴리는지,

"흥. 씨 글러 못 낳지 배 글러 못 낳는 줄 아나. 어느 년의 ×× ×은 어디 별난가 두고 보자!"

하며 이를 갈아붙였다.


설희는 용모가 미인이었고, 게다가 행실까지 얌전하다 하여 부근 일대엔 모르는 사람이 없으리만치 소문이 높이 나 있던 여자였다. 스물셋에 홀로 되어 그동안 여러 군데서 무수히 권하는 개가도 듣지 않고 식구래야 하나밖에 없는 늙은 시아버지를 지성껏 섬겨가며 군색한 빛 남에게 보이지 않고 살아왔던 것이다. 얼마전 그 시아버지마저 세상을 떠나버리고 의지가지없게 되자, 그동안 이미 오래전부터 마음을 두고 몇 차례 집적거려보기까지 하여오던 억쇠가 드디어 그녀를 손에 넣고 말았던 것이었다.

한편 설희에 대하여 침을 흘려온 자로 말하면 물론 억쇠 한 사람뿐만이 아니었다. 가운데도 득보는 잔득 제 것이 될 줄로만 믿어왔던 모양으로 설희가 억쇠와 함께 지내게 되었다는 소문을 듣자, 으흥하고 신음 소리를 내었다.

"늙은 놈이 계집을 둘씩이나 두고 근드렁거리다 쉬 자빠질라, 괜히 헛욕심 부리지 말고 진작 하날랑 냉큼 내놓는 게 어때."

안냇벌에서 돌아오며 억쇠에게 하는 말이었다.

억쇠는 그냥

"그놈 주둥아릴……"

하고 말았지만, 속으로는

　'이놈이 끝내 그냥 있진 않겠구나.'

했던 것이다.

　어느 날 밤에는 비가 부슬부슬 내리는데 한 이경[2]이나 되어 억쇠가 설희에게로 가니 그 방문의 불빛은 여느 때와 마찬가지로 불그레하게 비쳐 있는데 그 안에서 사내의 코고는 소리가 드르렁거렸다. 아차 싶어 신돌 위를 보니 아니나 다를까, 그 침침한 불빛에서도 완연히 크고 낯익은 메투리 한 켤레가 놓여 있다. 순간 억쇠는 자기 자신도 모르게 주먹이 불끈 쥐어지며 온 몸의 피가 가슴으로 쫘악 모여드는 듯하였다. 떨리는 손으로 막 문고리를 잡으려 할 때, 저쪽 뜰 구석에서 사람의 기척 소리가 나는 듯하여 얼른 머리를 돌려서 보니 그쪽 어두컴컴한 거름 무더기 곁에 하얗게 서 있는 것이 분명히 사람의 모양이요, 한두 걸음 가까이 들어서는데 보니 바로 설희였다.

　설희는 억쇠의 턱 밑으로 다가들어서며

　"득보요, 벌써 초저녁에 와서 어른을 찾네요, 안 계신다고 해도 그냥 들어와서 어떻게 추근추근 구는지, 할 수 없이 측간엘 간다고 나와서 뒤꼍에 숨어 있입니다."

　이렇게 소곤거렸다.

　"으―ㅁ."

하고, 억쇠는 혼자 속으로

　'죽일 놈이다!'

했다.

부들부들 떨리는 손으로 방문 고리를 잡을 때는 이놈을 아주 잠이 든 채 대가리를 부숴놔라, 했던 것이다.

득보는 억쇠가 문을 열고 들어와도 모르고, 방에 하나 가득 찰 듯한 큰 신장을 뻐트리고 자빠져 누워 드르렁거리며 코를 골고 있었다. 유달리 검붉고 뚝뚝 불거진 얼굴에 희미한 불그림자가 가로 비껴 있고, 여줏덩이만이나 한 콧마루 위에는 어이한 파리 한 마리가 앉아 있다. 파리는 콧마루에서 콧잔등을 타고 기어 올라가다가 산근³ 즈음에서 한번 날아서, 다시 그의 왼쪽 눈썹 끝의, 도토리만 한 혹 위에 가 앉았다. 파리와 함께 그의 시선도 그 혹 위에 가 멎어서 더 움직이질 않았다. 그것은 금년 삼월 삼짇날 싸울 때 억쇠의 주먹에 맞아서 생긴 게라는 혹이었다. 그러자 억쇠는 문뜩 어떤 비창(悲愴)한 생각이 들었다. 그는 후들거리는 발길로 득보의 엉덩이를 걷어차며

"이놈 득보야!"

하고 불렀다.

몸을 좀 꿈틀거리다 그대로 다시 코를 골기 시작하는 득보를 이번에는 좀더 거세게 지르며

"이놈 득보야!"

하니, 그제야 핏대가 벌겋게 선 눈을 떠 방 안을 한 번 살펴보고 나서 기지개를 켜며 부스스 일어나 앉았다.

억쇠가 목소리에 노기를 띠고

"네 이놈 여기가 어디여."

한즉, 그는 입맛만 쩍 다시고는 대답이 없었다.

"네 이놈 여기가 어디여."

또 한번 호통을 치니, 그제야 그 벌건 눈으로 억쇠를 한 번 힐끗 쳐다보며

"어딘 어디라."

한다.

"흥, 이놈!"

억쇠는 한참 득보의 낯을 노려보고 있다, 이렇게 선웃음을 한 번 치고 나서, 얼굴을 고쳐,

"따로 매는 맞을 날이 있을 터이니 오늘밤엔 우선 술이나 처먹어라."

하고, 설희를 불러 술을 청했다.

이날 밤 이래로, 득보의 설희에 대한 태도가 조금 은근해진 듯하기는 했으나, 그 대신 전날보다도 더 걸음이 쉽고 잦게 되었다.

"아지매 있어?"

득보는 언제나 밖에서 이렇게 불렀다. 설희는 설희대로 득보가 비록 자기를 찾더라도,

"안 계시는데요."

하고, 으레 바깥주인이 안 계신다는 뜻으로만 대답을 하곤 했으나, 득보는 억쇠가 있든지 없든지 불구하고 그냥 방으로 들어오므로, 나중에는 잠자코 방문만 열어보곤 하였다.

이렇게 방 안에 들어온 득보는 처음엔 으레 농지거리 비슷한 인사말을 붙여보곤 하였으나, 수작이 지나치면 그때마다 설희의 두 눈에 싸늘한 칼날이 돋힘을 발견하고 그러고는 슬그머니 뒤로 물

러앉는가 하면 의외로 빨리 자빠져 누워 코를 골기 시작하는 것이었다.

"이놈아 맞아 죽을라, 조심해라."

억쇠가 은근히 얼러보면,

"더럽게 늙은 놈아, 친구가 네 계집 궁둥이에 좀 붙어 자기로서니 늙은 놈 처신으로 그것까지 샘질이냐?"

득보는 아니꼬운 듯이 가래를 돋우곤 하는 것이다.

그러나 억쇠는, 득보가 언젠가 분이를 두고도 이렇게 가래만 뱉던 것을 기억하고,

"홍, 이놈 어디 두고 보자."

무서운 눈으로 노려보면,

"이놈아 그렇다면 낼이라도 끝장을 내자. 어느 놈의 계집이 되는가 말이다."

하고, 득보는 또 언젠가 분이를 두고 하던 것과 같은 말투였다.

"어디 이놈!"

하고 이번에는 억쇠도 이전과 달랐다.

이 모양으로, 두 사람 사이에 설희가 새로 등장한 이후로는, 언제나 그녀로써 싸움의 동기를 삼았다. 그것도 물론 분이의 경우와 같이 한갓 싸움을 돋우기 위한 방편에 지나지 않았는지 모르지만, 분이의 경우보다는 양쪽이 다 좀더 심각한 체하는 것도 사실이었다.

억쇠도 설희에 대해서만은 진지한 태도로, 어쩌다 술이라도 얼근해지면

"난 자네가 암만해도 염려스러우이."

하고 슬쩍 그녀의 마음을 떠보기도 하였다. 그럴라치면 그때마다 설희는 소곳이 고개를 숙일 뿐 대답이 없었다.

한번은 분이의 이야기를 하던 끝에 설희는

"아주 떼내어버려요."

하기에, 그때 역시 술기가 얼근하던 억쇠는, 농담 삼아, 또,

"그랬다가 자네마저 득보 놈이랑 어울려버리면 어쩌라구."

했더니, 설희는 갑자기 낯빛이 파랗게 질려 한참 앉아 있다가,

"지같이 팔자 험한 년이 앞으론들 좋기로사 바라겠소…… 그저 이 위에 더 팔자는 고치지 않을 작정……"

하며, 조용히 수건으로 눈물을 받으매, 억쇠는 취한 중에서도, 설희의 팔자란 말에 문득 자기의 반나마 센 수염을 쓸어쥐며,

"미안하이, 미안해……"

진정으로 언짢아하였다.


득보가 밤낮없이 설희의 방에 걸음이 잦을 무렵이었다.

밤마다, 달이 있을 때에는 그 집 뒤꼍의 늙은 홰나무 그늘에 숨고, 달이 없을 때는 캄캄한 어둠에 싸여서 그 불빛이 희미하게 비쳐 있는 설희의 방문을 노리고 있는 여자 하나가 있었다. 그녀의 낯에는 그믐달빛 같은 독기가 서리고, 그 두 눈에는 야릇한 광채가 돌고, 그리고, 그 품속에는 날이 새파란 비수 하나가 헝겊에 싸여 들어 있었다.

# 제6장

억쇠와 득보 두 사람이 서로 겨루듯이 열을 내어 설희에게 다니기 시작한 뒤부터 분이의 낯빛과 거동엔 변화가 생겼다. 그녀는 전과 같이 수다스레 지껄이지도, 노골적으로 입을 비쭉거리지도 않았다. 밤으로는 어디 가 무엇을 하고 오는지 집 안에 붙어 있지도 않다가 낮이 되면 온종일 이불을 쓰고 잠을 자는 것이었다. 언제 어떻게 끼니를 치르는지 그녀는 거의 식사를 전폐하듯 하였다. 그녀의 낯빛은 이제 종잇장같이 되고, 입가에 언제나 뱅글거리던 웃음도 아주 흔적을 감추어버렸다.

분이의 이러한 심상찮은 거동을 억쇠 역시 깨닫지 못한 바는 아니었으나 그는 그의 어머니의 병환으로 경황이 없을 즈음이라 설마 어떠랴 하고 내버려두었던 것이다.

어느 날 밤에는 억쇠가 그의 어머니의 병시중을 들고 있노라니, 밤이 이슥해서, 건너편 득보네 집에서 갑자기 싸우는 소리가 났다. 이윽고 분이의 비명 소리가 나고, 그러고는 싸움 소리는 갑자기 그쳐버렸다. 분이의 비명 소리가 났을 때, 억쇠의 늙은 어머니는 갑자기 자리에서 몸을 일으키며,

"야야, 저게 무슨 소리고? 저게, 저게!"
하고, 억쇠의 소매를 잡아당겼다.

이때부터 병세는 갑자기 위중해져서 그런지 사흘째 되던 날 그맘때엔 노인의 몸에 이미 숨이 없어진 뒤였다.

황톳골 뒷산 붉은 등성이에 억쇠네 무덤 한 상이 더 늘던 그날 밤이었다.

억쇠가 그의 친척 몇 사람과 더불어 아직도 뜰 가운데 타고 있는 화롯불을 바라보고 있었을 바로 그때 그의 가엾은 설희는 그 배 속에 또 하나 다른 생명을 넣고, 목에 푸른 비수가 꽂힌 채 그녀의 다난한 일생을 마치고 말았다.

설희의 몸이 채 식기도 전에, 손과, 소매와 치맛자락을 온통 피로 물들인 채, 분이는 다시 그 캄캄 어두운 홰나무 밑을 돌아 득보를 찾아가고 있었다. 상기도 핏방울이 듣는 그녀의 오른쪽 손에는, 다시 설희네 집에서 들고 나온 식칼이 번득이고 있었다.

낮에 상여를 메고 갔다 산에서 흙일을 하고 돌아온 득보는 술에 잡북 취하여, 마침 분이가 치마 속에 그것을 숨기고 설희 집 뒤의 홰나무 그늘을 돌아 나올 때쯤 해서는 불도 켜지 않은 캄캄한 방 안에서 막 잠이 들어 있었던 것이다.

방문 앞까지 와서, 방 안의 득보의 코고는 소리를 들은 분이는 흡사 조금 전에 설희의 방문고리를 잡으려던 그 순간과 같이, 별안간 가슴에서 걷잡을 길 없는 깡방망이질이 일어나며, 그와 동시에, 코에서는 어릴 적 남몰래 주워 먹던 마른 흙냄새가 훅 끼쳐 오르며, 정신이 몽롱해졌다. 바로 그 다음 순간, 분이는 반무의식 상태에서 바른손에 든 식칼로, 어둠 속에 코를 골고 자는 득보의 목을 내리 찔렀다. 그러나 칼날은 그의 목을 치지 못하고, 목에서는 한 뼘이나 더 아래로 빗나가 그의 왼편 가슴을 찔렀다.

가슴이 뜨끔하는 순간, 득보는

"어엇!"

하고, 놀라 일어나려는데, 무엇이 왈칵 가슴으로 뛰어 들어와 안
기려 하였다. 분이라는 생각이 섬광처럼 머릿속에서 번쩍하던 다
음 순간, 득보는 무슨 악몽에서나 깨는 듯 가슴의 것을 힘껏 후려
던져버렸다. 분이는 문턱에 가 떨어졌다.

그제야 정말 정신이 홱 돌아 들어오며 거의 본능적으로 그 손이
그쪽 가슴께로 갔다. 가슴에서 뜨뜻한 액체 같은 것이 손에 묻어
지자, 그 순간, 또 한번 꿈속에 벼락을 맞듯 등골이 찌르르해짐을
깨달으며 그대로 자리에 쓰러져버렸다.

이튿날 새벽 억쇠가 숨을 헐떡이며 뛰어왔을 때엔 온 방 안이
벌건 피요, 피비린 냄새가 코를 찔렀다.

"득보!"

하고, 억쇠는 큰 소리로 불렀다.

"……"

득보는 잠자코 눈을 떠서 억쇠를 쳐다보았다. 그의 두 눈에는
벌건 핏대가 서 있었다.

"득보!"

"……"

"죽진 않겠나, 죽진."

"……"

대답 대신 득보는 손으로 왼편 가슴을 더듬었다. 거기엔 시뻘건
핏덩이가 풀처럼 엉겨 붙어 있고, 다시 그의 엉덩이 즈음에서는
피철갑이 된 식칼 하나가 나왔다.

식칼을 집어 들어서 보고 있는 억쇠의 신발에서는 피가 스며 올라와 버선을 적셨다.

그동안 부엌의 억새풀 위에 쓰러져 누워 있었던 분이는 새벽녘이 되어, 억쇠의 목소리가 나자, 놀라 일어나 거기서 그림자를 감추어버렸다. 그러고는 두 번 다시 그녀는 나타나지 않았다.

## 제7장

득보의 가슴의 상처는 달포 만에 거죽만은 대강 아물어 붙었으나 그 속이 웬일인지 자꾸 더 상해만 들어가는 모양이었다. 양쪽 광대뼈가 불거져 나오고, 광대뼈 밑에는 우물이 푹 패고, 게다가 낯빛은 마른 호박같이 되어, 옛날의 모습은 볼 길이 없는데, 이마에는 칼로나 그어낸 것처럼 깊고 험상궂은 주름살만 늘게 되었다. 그는 달포 동안에 완전히 늙은 사람이 되었다.

"분이는?"

그는 억쇠를 볼 때마다 늘 이렇게 물었다.

처음 억쇠는, 득보가 분이를 찾는 것은 분이에 대한 원수를 갚으려는 줄 알았으나, 두 번 세 번 그의 표정을 보아오는 동안, 그렇기만도 한 것이 아니고, 어쩌면 분이를 도리어 아쉬워하고 있는 듯한 눈치이기도 하였다.

"내가 찾아오지."

억쇠는 늘 이렇게 대답하였다.

그러나 좀처럼 분이의 행방은 알 길이 없었다. 혹은 그녀의 고향인 동해변 어디에 가 산다는 말도 있고, 혹은 남쪽의 어느 객줏집에 가 역시 주모 노릇을 한다는 말도 있고 또 일설에는 영천 지방 어디서 우물에 빠져 죽어버렸다는 소문도 있었다.

　"뭐 하노."

　득보는 억쇠에게 곧잘 역정을 내었다.

　"그동안 찾아내지."

　그러나, 억쇠는 분이를 찾아 길을 떠나지는 않았다.

　이듬해 봄이 되었다.

　세안에 가끔 장 출입을 하던 득보는, 땅에서 풀이 돋고, 건너 산에 진달래가 필 무렵이 되자, 표연히 어디로 길을 떠나고 말았다.

　억쇠는 억쇠대로 그날부터 득보를 기다리기 시작하였다. 그는 매일같이 주막에 나가 득보의 소문만 들으려 하였다. 이른 여름이 되었다.

　나뭇가지마다 녹음이 우거져가는 단오 무렵 어느 날 득보는 의외로 어린 계집애 하나를 데리고 황톳골로 돌아왔다. 유록[4] 저고리에 분홍 치마를 입은, 열두어 살 가령 되어 뵈는, 이 어린 계집애는, 분이가 열여섯 살 때 낳은 그녀의 딸이라는 것이었다. (그녀 자신은 일찍이 옥동자라고 했지만……)

　"분이는 어쩌고?"

　억쇠가 물은즉, 득보는 힘없이, 다만,

　"아마 뒈진 모양이여."

하였다.

그뒤에도 득보는 가끔 집을 나가면 한 열흘씩 이레씩 묵어 들어
오곤 하였다.

"어디 갔더누."

억쇠가 물으면, 득보는 힘없이 그저,

"저어기……"

하고, 마는 것이 분명히 분이를 찾아다니다 오는 눈치였다.

분이를 찾아 나가지 않고 집에 있을 때는 무시로 계집애를 보내
억쇠의 거동을 엿보게 하였다.

"뭘 하더누."

"누워 있데요."

이것이 그들 아비 딸의 대화였다. 만약 억쇠가 집에 없더라고
하면 몇 번이고 계집애를 되돌려보냈다. 그리하여 결국 그가
집에 돌아와 있더라는 보고를 듣고 나서야 마음을 놓는 모양이
었다.

한번은 주막에서 술에 취해서 돌아오는 길로 억쇠에게 들르더
니, 득보는 그 커다란 주먹을 억쇠의 턱 밑에 디밀어 보이며,

"너 같은 놈은 아직 어림없다."

고, 하였다.

억쇠도 자칫 흥분을 하여,

"허허허……"

소리를 내어 웃어버렸더니, 득보는 그 주먹으로 억쇠의 불을 쥐
어박으며,

"이 늙은 놈아, 이 더러운 놈아."

분이 찬 목소리로 이렇게 욕을 하였다.

억쇠도 그제야 자기의 경망한 웃음을 뉘우치며,

"술만 깨면 네놈 죽여놓을 게다."

하고, 호통을 쳤더니, 그제야 득보도 눈에 광채를 띠며,

"응, 이놈아, 정말이냐."

하고, 자기의 귀를 의심하듯이 이렇게 한 번 다지는 것이었다.

그러나 이튿날도 사흘째도 억쇠는 득보를 찾아주지 않았다.

그런 지도 보름이 지난 뒤였다.

낮이 다 되어 득보는 억쇠를 찾아와, 그동안 노름을 해서 돈이 생겼으니 술을 먹으러 가자고 하였다.

마침 목이 컬컬하던 차라 억쇠도 즐겁게 술잔을 나누게 되었는데, 그러나 득보의 행동이 웬일인지 이날따라 몹시 굼뜨게 보였다. 억쇠는 마음속으로 득보가 분이를 못 잊어 그러려니 하고,

"너 이놈 죽은 분이는 왜 못 잊고 그 지랄이냐."

했더니,

"늙은 놈이 더럽게 계집 생각은 지독하게 헌다."

하며, 도로 억쇠를 나무라주었다.

"이 불쌍한 놈아 분이는 영천서 우물에 빠져 죽은 지도 벌써 옛날이다."

하고, 억쇠가 한마디 던져본즉,

"그놈이 영천만 알고 언양은 모르는구나."

하였다. 그러면 영천이 아니라 바로 언양서 죽은 게로구나, 억쇠는 속으로 짐작을 하며, 그래서 저놈이 이 한 달포 동안은 그렇게

아가리에 술만 들이부은 게로구나, 하는 생각도 들었다.

"그럼 너는 이놈아 상제 노릇을 해야지."

하는 억쇠의 말에, 득보는 무엇을 생각하는지 한참 동안 잠자코 있더니, 흥 하고 그저 코웃음을 한 번 칠 뿐이었다.

술이 거의 다 마쳐갈 무렵이었다.

득보는 돌연히 술상 위에다 날이 퍼렇게 선 단도 하나를 내놓으며,

"너 이놈, 네 죄 알지."

하였다.

그러나 억쇠는 마치 자기 자신도 모르게 그러한 것을 예기하고나 있었던 것처럼 조금도 당황하거나 겁을 집어먹는 빛이 없이, 자칫하면, 또 언제와 같이 웃음이 터져나올 듯한 것을 억지로 누르며,

"흥, 내가 이놈……"

하고, 엄숙한 음성으로 입을 떼었다.

"네놈의 목숨이 하나 오늘까지 남겨온 것은 다 요량이 있었던 거다."

억쇠의 두 눈에도 불이 켜졌다.

억쇠의 장엄한 목소리와 불을 켠 두 눈에서 형언할 수 없는 만족감을 깨달으며, 그러나 득보는 비웃는 듯이,

"너도 사내새끼로 생겨나, 방 안에서 자빠지기가 억울커든 나서거라."

하며, 단도를 도로 고이 춤에 넣어버렸다.

억쇠는 득보를 먼저 안냇벌로 들여보낸 뒤, 자기는 주막에 남아서 술 준비를 시키고 있었다.

"소주는 역시 깔깔한 놈이 좋군."

억쇠는, 안주인이 맛보기로 부어준 사발의 소주를 기울이며 바깥주인을 보고 이런 말을 하였다.

"안주가 마른 것뿐인데……"

하고, 안주인이 문어가리를 들고 나왔다.

"문어가리면 됐지, 뭐……"

억쇠는 문어가리를 꾸려서 조끼 주머니에 넣은 뒤, 소주 두르미(큰병)를 메고 득보의 뒤를 쫓았다.

막걸리 먹은 다음에 소주를 걸친 때문인지, 옛날 처음으로 장가란 것을 가던 때처럼 가슴이 다 설레며, 걸음이 흥청거렸다.

'네놈이 내 초상 안 치르고 자빠질 줄 아나.'

억쇠는 문득, 언젠가 득보가 가래와 함께 뱉어놓던 이 말이 머리에 떠오르며 동시에, 아까 술상 위에 내어놓던 득보의, 그 날이 시퍼렇던 단도가 생각났다.

그 한 뼘도 넘어 될 득보의 단돗날이 자기의 가슴 한복판을 푹 찔러, 이 미칠 듯이 저리고 근지러운 간과 허파를 송두리째 긁어내준다면, 하는 생각과 함께 자기 자신도 모르게 몸서리를 한 번 치고, 문득 걸음을 멈추며, 고개를 들었을 때, 해는 이미 황토재 위에 설핏한데, 한 마장 가량 앞에는 득보가 터덕터덕 혼자서 먼저 용냇가로 내려가고 있었다.

# 찔레꽃

올해사 말고 보리 풍년은 유달리도 들었다.

푸른 하늘에는 솜뭉치 같은 흰 구름이 부드러운 바람에 얹혀 남으로 남으로 퍼져 나가고 그 구름이 퍼져 나가는 하늘가까지 훤히 벌어진 들판에는 이제 바야흐로 익어가는 기름진 보리가 가득히 실려 있다. 보리가 장히 됐다 됐다 해도 칠십 평생에 처음 보는 보리요, 보리 밭둑 구석구석이 찔레꽃도 유달리 야단스럽다. 보리 되는 해 으레 찔레도 되렷다.

"매애 매애."

찔레꽃을 앞에 두고 갓 난 송아지가 울고,

"무우 무우."

보리밭둑 저 너머 어미 소가 운다.

"더러운 년의 팔자야 더러운 년의 팔자야…… 쯧쯧쯧."

순녀의 어머니는 보리 베던 낫을 던지고 밭둑에 주저앉으며 혀를 찼다.

"이 너르고 너른 들판에 땅뙈기 손바닥만치만 가지면 제 배 하나 채우고 살걸, 만주니 어디니 안 가고 못 산단 말인가…… 더러운 년의 팔자도 있다. 더러운 년의…… 쯧쯧쯧."

굶으나 벗으나 스물다섯 해 동안 서로 떨어져본 적 없던 어미와 딸 사이다. 열여덟에 시집이라고 간 것이 또한 이웃이라 출가외인(出嫁外人)이란 말도 그 새를 갈라놓진 못했다. 사남일녀 오남매 중 어머니의 막내둥이로 제 아이를 둘이나 가진 오늘날까지 순녀는 아직 남편의 아내이기보다 어머니의 딸이었다.

그때 이미 같이 가난은 했을망정 그래도 순녀를 두고 말한다면 인물로나 솜씨로나 어디 내놓더라도 남에게 과히 축갈 데 없던 인품으로 그렇게 지지리 가난한 데 아니면 어디 사윗감이 없었으랴만 하루에 두 끼씩을 먹고 사는 한이 있을망정 두고 못 보는 데 비기랴 해서 제 오라범들의 떨떠름해하는 낯빛도 모른 체하고 그냥 그 이웃 총각에게 맡기기로 했던 그 딸이다.

그 이웃 총각이 어른이 된 지 다섯 해 만에 돈을 벌러 간답시고 만주로 간 이후 두 해 동안이나 소식이 없어 죽은 줄만 알고 있던 이즈음, 그의 당숙 되는 영감이 거기서 나왔다.

"아니, 저, 우리 박서방 소식은 어찌 됐답죠?"

곧 이렇게 물은 것은 순녀의 어머니다.

"거기 한데 있지요."

영감의 이 말을 듣고 순녀 어미 딸은 한참 동안 기가 막혔다.

"아아니, 그렇게 있으면서 집엔 통 편지 한 장을 않는답디요,

온."

이렇게 어머니의 목소리는 떨리는 것이나, 그러나 영감은 아주 천연스럽게,

"아니지요, 그새 그 사람은 돈을 좀 잡아보겠다고 다른 데로 돌아다니다 나한테로 들온 건 한 달포 전이지요."

한다.

듣고 보니, 그럴싸도 하다마는 그렇지만 사람의 자식이 원 아무리 경황 없이 만주 바닥에 돌아다닌다손 치더라도 처자를 고향에 두고 두 해 동안이나 소식이 없단 말인가. 순녀의 어머니는 속으로 혀를 차며,

"그래 어쩐답디요, 언제나 나오겠단교?"

하니, 영감은 순녀를 가리키며,

"이번에 나 따라 저 사람도 같이 데리고 들오랍데요."

한다.

순녀의 어머니는 그길로 자리에 눕게 되어 며칠 동안은 밥숟갈을 통 잡지 못했다. 그 번개같이 닫는 기차를 타고도 몇 날 몇 밤을 들어간다는 그곳이다. 산천도 낯설고 사람도 다른 데다 날씨조차 그렇게 험하다는 그곳이다. 게다가 서방이란 작자가 또 그 모양이다. 암만 못난 자식일망정 이렇게 제 당숙이 나오는데 원 제 처에게 편지 한 장을 따로 못 부쳐 보낸단 말인가. 아무리 할 말이 없다, 미안하다 하기로서니, 그래도 제 깐엔 할 말이 있을 텐데⋯⋯ 천하에 인정도 의리도 모르는 자식, 제 딴은 혼자 속으로 틀린 게 있는지 모르겠다 하지만, 모두 제 못난 탓이지 저한테

잘못한 사람이 누가 있기, 그래도 어미는 힘대로 했다…… 여러 며느리 눈치 보아가면서 해마다 목화 따면 목화 필씩 주지 않았나, 콩 때 되면 콩, 녹두 때면 녹두, 어느 오곡 잡곡에 제 안 주고 어미 혼자 먹은 게 있더라고, 전지(田地)야 피차 없는 것, 그까짓 밭뙈기 두어 자리 있는 걸 그걸 설마 제 달란 속은 아닐 테지, 그럼 뭣에 틀리더란 말인고, 틀리긴……

이러한 서방을 찾아 딸을 만주로 보내기란 그지없이 억울한 일이었다. 그러나 달리 어찌할 도리는 더욱 없었다. 아내가 지아비를 쫓는 것은 곧 천측'이 아닌가. 천측을 어기면 천벌을 받는다, 어느 누가 감히 천측을 거역하랴.

역시 딸은 보내는 길밖에 더 있을 수 없어, 머리가 아주 세고 살이 다 빠진 늙은이에게 눈물만이 어디서 그렇게도 곧장 쉴 새 없이 쏟아지는 것인지.

그녀는 소매로 눈물을 훔치고 코를 푼 뒤 다시 낫을 주워 들고 보리를 가려 베기 시작하였다. 오늘 아침엔 이웃집에 찹쌀을 꾸어다 찰밥을 했건만, 그 부드러운 찰밥도 그녀들 어미 딸에게는 그냥 모래를 씹기였다. 거기서 어머니는 문득 어느 해 이맘때 순녀가 떡보리를 먹고 싶어하던 것이 생각나, 그래, 슬그머니 낫을 들고 나온 것이다. 요만한 것쯤야 손자 애들이고 누구를 시켜도 못할 건 아니지만 첫째 그녀 자신 집안사람들이 보지 않는 들 가운데라도 잠깐 혼자 나와 있고 싶었고, 또 보리도 얼마만치 익은 것이 떡보릿감으로 가장 마침맞은 겐지 다른 사람들은 자기만치 잘 모르리란 생각도 있었다.

푸르스름한 보리 이삭을 훑어, 쪄서, 방아 확²에다 넣은 것은 저녁을 치른 뒤였다. 방앗간에는 부연 종이 등불을 걸어놓고, 나무공이를 갈아 박은 뒤, 어머니는 확 곁에 앉고 며느리들은 방아 가리를 밟고 살금살금 찧기 시작하였다.

이번엔 기름도 과히 아낄 줄 몰랐다.

떡보리가 다 된 것을 보고 방으로 들어와

"일어나거라, 야야."

"……"

"얼른 일어나 이거 좀 먹어라, 떡보리다."

이렇게 두 번이나 불러도,

"……"

딸은 아무런 기척도 없이 그냥 잠이 든 체하고만 있다. 하나 어미는 그년의 속을 보나 안 보나 뻔히 알고 있다. 이년은 옛날 시집을 가려던 때에도 며칠 동안을 이러고 자빠져 누웠던 것이다. 겉으로 소리 내어 울 수는 없고 하니 얼마든지 이러고 있으려는 게지, 옜다, 못 먹겠거든 말아라, 먹기 싫은 걸 어미 대접하느라고 한번 집어먹은들 뭐 얼마나 네 몸의 살이 되고, 내 속 시원할 게라고 굳이 권할 것가…… 그녀는 떡보리 그릇을 방구석에 밀어놓고 딸의 손을 만져주며,

"이년의 팔자야, 이년의 팔자야."

수없이 혀를 찼다.

그리고 밤이 새도록 앉아서 딸에게 주어 보낼 무슨 정표가 될

것을 찾아본다.

이래 가면 다시 못 볼 딸에게 무엇을 주어 보낼꼬, 무엇을 주면 이 섭섭한 정이 덜어질꼬, 방 안을 둘러보고 농 구석을 긁어보나 아무것도 이거다 싶은 게 없다. 집에서는 이번에 딸의 여비를 장만하느라고 아직 떼기 이른 송아지를 팔았고, 그래도 모자라서 어미가 아들들 몰래 이웃에 빚을 마흔 양(八圓)이나 내 보태었다. 하지만 여비는 여비고 정표는 정표라야 하지 않겠는가.

네 벽에 올망졸망 달린 것은 무씨 주머니, 배추씨 주머니, 심고 남은 강냉이씨 주머니 또, 이쪽 벽에 걸린 목 짧은 오지병엔 불 켜는 소동 기름이 들었고, 그 곁엔 하얀 바가지가 서너 짝 걸려 있지만 순녀년의 성깔머리에 남부끄러워 그런 건 들고 나서려 하지 않을 게다.

다시 한번 농 구석을 들여다볼밖에 없으나 농 구석 역시 올해 죽을지, 오는 해 죽을지 모르는 늙은이의 일이라 하여 근년엔 통 옷벌을 지어 넣은 일이 없다. 모두가 낡은 저고리, 낡은 치마, 낡은 속것 그런 것뿐이다. 간혹 베끝이나 생기면 이 농짝 속에 들어오기가 바쁘게 들오는 족족 딸에게로 건너가버렸다. 뒤지고 암만 들춰보아야 옷 모양 같은 게 종시 있을 턱이 없고 그래도 그 중에선 좀 멀쩡하다는 것이 이제 두 물밖에 더 안 빤 베속것 한 벌이다.

끝없이 너른 보리밭들에서 딸은 가고 어머니는 보낸다. 가는 것은 정녕 딸이요, 보내는 것은 역시 어머니에 틀림없건만, 이제 그녀들의 가슴속은 보내는 어머니가 가는 딸이요, 가는 딸은 보내는 어머니로 되어 있다.

사방을 둘러보아야 낯익은 고향 산천, 남산은 앞에 있고, 뒷숲은 뒤에 있고, 동으로는 너른 밭들, 서에는 맑은 냇물, 어디 한군데 낯익지 않은 데 없고 정들지 않은 곳이 없다. 저 내 건너 목화송이 잘 피는 산비탈 밭에서는 순녀가 시집갈 때 가져간 이부자리 베와 솜이 나왔고, 저 뒷숲 머리에 시방도 번쩍번쩍 햇빛에 물이 빛나는 물레방아 앞으로는 제가 어려서부터 빨래질을 다니던 오솔길이 하얗게 놓여 있지 않은가.

"언제 볼꼬, 울 엄매야, 언제나 볼꼬."

딸은 이제 목놓아 울고, 어미는 수건으로 눈을 가리며 흐느끼고, 따라 나오는 며느리들의 눈에도 눈물이 글썽글썽하다.

"언제나 볼꼬, 울 엄매야, 우리 성님들아, 언제나 또 볼꼬."

딸의 넋두리에 맞추려는 듯이 뒷숲에서는 뻐꾸기가 한바탕 어우러져 운다.

"옜다, 이 사람아 대강 울어라. 어머님이 섭섭지, 젊은 우리네사 뭐, 볼 날 또 없을라고?"

이렇게 시누이를 위로하느라는 것은 어머니의 조그만 정표 보따리를 들고 따라 나오는 맞올케 형이다.

그렇다, 이래 보면 마지막이다, 눈 익혀 보아두자, 순녀는 몇 번이나 마음을 도사려 먹고 고개를 드는 것이나 이미 눈물에 잠긴 지 오래인 두 눈엔 다만 허옇게 센 머리와 수없이 밀린 주름살이 희미하게 비칠 따름이다.

푸른 하늘에는 솜뭉치 같은 흰 구름이 부드러운 바람에 실려 남으로 흘러 나가고 그 구름이 옮겨 나가는 하늘 끝까지 기름진 보리밭들은 벌어져 있다. 보리밭둑 구석구석이 찔레꽃까지 올해사 말고 웬일로 이리 푸짐하게 피어서 야단인고.

"매—, 매—"

찔레꽃을 앞에 두고 갓 난 송아지가 울고,

"무—, 무—"

어느 보리밭 둔덕 너머 어미 소가 운다.

어미는 이미 다 알고 있었고, 그래서 그 조그만 보따리 속엔 어젯밤에 찧은 그 떡보리와 자기가 입던 베속것 한 벌이 들었고, 그뿐, 별로 아무것도 할 말이 없다.

이제 기차를 타고 끝없이 떠나가는 것은 그 늙은 어머니요, 이 누런 보리밭둑 지름길에 흰머리를 이고 혼자 서 있는 것은 그녀의 젊은 딸이다.

"매애, 매애."

"무우, 무우."

송아지와 어미 소가 울고 있는 찔레꽃 두던 너머로, 올해사 말고 보리 풍년은 유달리도 들었다.

# 동구洞口 앞길

　오늘도 역시 좋은 날씨건만 선이는 아직 보이지 않는다.

　뜰은 아침에 갓 쓸어놓은 그대로 깨끗하고 장독 곁 감나무 그늘 밑엔 새빨간 수탉 한 마리가 웅크리고 누워 있다. 감나무에서는 이따금씩 하얀 감꽃이 하나씩 내려와 장독을 때리고는 뜰로 굴러 떨어진다.

　순녀는 따뜻한 툇마루에서 어린것에 젖을 먹여 재워놓고 아까부터 씻다 둔 고무신짝을 다시 씻기 시작하였다. 씻어보니 의외로 많이 낡아졌으나 그래도 친정어머니나 올케들의 사뭇 맨발로 지낼 것을 생각하니 그나마 깨끗이 씻어 아껴 신고, 그리고 며칠 전에 사다 준 새 신은 이번 친정 갈 때나 가져가고 싶다.

　오늘이 오월 초하루라 인제 보름만 지나면 바로 친정어머니의 생신날이다. 그때엔 이웃집 옥남이에게 어린놈을 업히고 자기는 닭을 안고 어머니를 보러 갈 것을 생각하니 순녀는 시방도 곧 가

164

슴이 두근거린다.

생각하면 그동안이 어느덧 7년, 한 해를 삼백예순 날씩으로만
잡아도 이천하고 오백 날에, 순녀가 진정으로 살아본 성싶은 날
은 그나마 그 한 이레뿐이었다고 생각된다. 한 해에 한 번씩밖에
오지 않는 어머니의 생신이다. 순녀에게 있어서는 일 년 삼백예
순 날이 모두 이 하루를 위해서만 있는 겐지 모른다. 게다가 올해
엔 또 어린놈까지 옥남이에게 업혀서 갈 것을 생각하니 사뭇 즐
겁지 않을 수 없다.

그렇다고 무어 순녀가 이번 첨으로 아이를 낳았다거나 하는 것
은 아니다. 이렇게 살림이라고 든 지 7년 만에 그새 아들만 연달
아 셋을 빼 낳았다. 사십 줄에 들도록 아들 구경을 못해서 잔뜩
기갈이 들었던 참에 갑자기 이런 복덩이들이 셋이나 잇달아 쏟아
졌으매 영감님께서도 이젠 그 아들 기갈이 반이나 풀린 셈인지
이번엔 어째 백날이 다 가도록 업어가는 둥 져가는 둥 하는 말이
들리지 않는다.

그날 영감이 흰 고무신 한 켤레와 시방 저 감나무 밑에 웅크리
고 누워 있는 수탉 한 마리를 사 가지고 와서, 신은 네 신이다 어
디 발에 맞느냐, 닭은 이번 보름날 가져갈 게다 그동안 어디 얼마
나 더 키워서 가는가 보자는 둥 하며 제법 흐뭇한 눈치길래, 그래
이 짬을 타서 순녀도 영감의 복장을 좀 다뤄볼밖에 없어,

"나도 늘 혼자서 너무 심심코 하니 이번 아일랑은 그만 여기서
길러볼난요."

여러 번 두고 벼르던 걸 한번 이렇게 넌지시 물어본즉,

"......"

영감은 그냥 못 들은 체하고 궐련만 빨고 있었다.

이러고 보매 순녀도 한 번은 더 다잡을밖에 없으므로,

"큰댁엔 그렇게 아이들이 둘이나 있고 하니, 마누라님도 늙마에 그것들 기르느라고 매양 그렇게 애쓸 것 없이, 여기선 이렇게 젖도 넘고, 나도 늘 혼자서 너무 서운코 하니……"

한즉, 영감은 그제야,

"그렇게 늘 심심커든 밖에 나가 자꾸 일이나 하지."

하는 것이다.

순녀는 어안이 벙벙하여 그대로 입을 다물어버리려다, 어느덧 속으로 뾰로통한 설움이 솟아올라,

"허기야 뭐 늘 노는 줄만 아십네까, 저 앞 밭에 한번 나가보셨으면, 그 보리랑 감자랑 마늘이랑 목화랑 모두 뉘 손으로 그렇게 가꿔났게요, 것두 낮뿐이면야 무슨 짓을 한들 무에 그리 갑갑할 겝니까, 사철 자나 새나 한번 들여다볼 아이 하나 없고 하니 그런 게지."

아까부터 옷고름은 눈에 갖다 대고 있었으나 그것은 그저 그런 습관뿐이요 눈물은 노상 방바닥으로만 쏟아지는 것이다. 이에,

"......"

영감은 담배만 피우고 앉아 있으면 그만인 것이었다.

순녀도 이번엔 한사코 한번 해보고 말 참이니, 이번조차 그렇게 앗아간다면 사실 그는 세상에 살맛이 조그만큼도 없다. 본래가 부모 형제를 위하여 거의 팔려오다시피 된 몸이라고는 할망정 이

미 아들을 둘이나 앗아갔으면 그만이지 이 위에 또다시 은혜를
더 갚아야 하는 겐가. 또 은혜래야 실상 별것이나 있나, 그때 논
다섯 마지기 얻어 부치게 된 것뿐인걸 그걸 가지고 무어 그리 두
드러진 은혜라고들 하는가.

맥 모르는 이웃 사람들은 언필칭 인사라고,

"그렇게 편하구두 왜 이리 마르누?"

고들 하지만 그러게 사람이란 본래 남의 속 모른다는 게지. 사람
이 마음속이 편해야 편한 게지 옷 밥 굶주리지 않는다고 마르지
않을까. 누구나 자식 낳아 기르지만 제 속으로 난 자식 남에게 앗
기고도 먹는 것이 참으로 살로 갈까. 그것도 십 년이나 이십 년쯤
지난 뒤엘지라도 도로 제 어미라 찾아나줄 게라면, 그만큼 철이
나마 든 것이라면 그래도 그때를 바라고나 살아본다지만, 이건
행여 제 어미 낯이나마 익을까 봐 제 인줄¹도 걷기 전에 들싸안고
가버렸으니 이것이 큰들 나중 가서 제 어미를 어민 줄로나 알아
줄 것인가.

더구나 큰집 마누라의 하는 꼴이란 이건 일껏 아들을 낳아주어
도, 아니 그럴수록 원수로 친다. 본래 제 복에 없던 아들이 셋이
나 늘어져 놓고 보니 인제 순녀는 갈데없이 마누라의 혹이 된 셈
이다. 그러니까, 먼저 아직 이 셋째 놈이 나기 전에만 해도 마누
라는, 허줄한 논이나 댓 마지기 제 앞으로 떼어 주어서 아주 손을
끊어버리라고 영감을 들쑤시더란 소문은 이제 온 동네에 모르는
사람이 없지마는, 그때 영감이 그저 그만하고 있은 것은 무어 마
누라보다 그가 순녀를 그리 끔찍이 더 생각해서가 아니라 아무리

허줄한 논이라고는 할망정 한참에 논을 다섯 마지기나 떼어내 주기란 참말이지 아까워서 못할 노릇이었을 게라고도 또한 이웃 사람들이 쑥덕거리는 그대로다.

속 모르는 친정 오라버니만 공연히 어리석은 헛욕심에 들떠서 제발 영감님이 그러라고만 하거든 두말 말고 선선히 그러란 부탁이다. 하나 이건 남의 속을 몰라주어도 분수가 있지 그까짓 논 댓마지기에 속아 떨어질 순년 줄 아는가 보다. 이젠 친정도 영감도 아무것도 대수롭질 않다. 제 속으로 난 자식을 셋이나 두고 왜 남이 된단 말인가. 그까짓 친정 오라버니야 목이 달든 말든, 그리고 영감이야 돌아보든 말든, 순녀는 인제 아들만 바라보고 살아갈 참이니 열 번 죽더라도 찰거머리가 아니 될 수 없다.

순녀도 처음부터 아주 이렇게만 생각했던 것은 물론 아니다. 첨으로 순녀가 이 살림을 들기로 한 것은 말하자면 순전히 친정을 위해서였다. 아버지는 이제 겨우 한 오십밖에 안 된 이가 벌써 여러 해째 천만으로 드러누워 주야로 들볶더니 약 타령뿐이요 집안일이라곤 손 하나 까딱 할 줄 모르는 형편이고, 그 중에 보통학교 졸업이라도 했다는 둘째 아들은 만준가 '대국'인가로 가버린 채 그뒤 소식도 없고, 그 밖에 들끓는 건 모두 입 벌리고 먹으려고나 하는 어린 조카와 동생들뿐, 맏오라비 혼자 손으로 남의 논 서너 마지기 부치는 걸 가지고 그 많은 식구들이 어떻게 다 입에 풀칠인들 할 수 있겠는가, 이 쌈을 넘겨다보고 윗마을 양주사 영감이 사이에 사람을 넣어서 순녀를 달란다고 하였다.

윗마을 양주사라면 첫째 돈 많고 토지 많은 사람인 줄 이 근처에선 모르는 사람이 없지만 그가 또 여태껏 아직 아들 없는 사람인 줄도 다 안다. 그때 그 중매를 들러 온 하생원의 말을 들으면 누구든지 거기 살림만 들게 되면 제 하나 호강은 다시 말할 것도 없고 저희 친정 한 권속까지 농사 한 가지는 으레 실컷 얻어 부치는 게고 게다가 아들자식 하나만 낳고 보면 그 많은 살림이 모두 뉘 것이 될까 보냐고, 골골골 목구멍에 해소를 끓이며 귓속말로 일러주던 것이다. 순녀라고 그 말을 그대로 다 믿은 것은 아니지만 그래도 그 중에 어쨌든 친정에서 농사 한 가지라도 실컷 얻어 부치리라고 믿지 않았더라면 당초 그의 소실을 들려고는 안 했을 것이었다.

과연 그뒤 동네 사람들이 쑥덕이는 것처럼 그렇게 친정 형편이 정말 제법 늘려진 건 아니지만 그래도 이전보다는 숨 돌리기가 좀 나아졌다고는 그 어머니나 오빠에게서도 듣는 바다.

그러나 이제 와 순녀에게 있어 제일 목마른 문제는 친정도 아니요 살림도 아니요 다만 한 가지 제가 낳은 자식 셋뿐이다. 어떻게 하면 제가 낳은 자식을 제 자식이라 부를 수 있고, 그 자식들을 위하여 마음껏 어머니 노릇을 해볼 수 있을까 하는 것이다, 라기보다도 우선 어떻게 해야 그 그리운 자식들의 얼굴을 한 번이라도 더 만나볼 수 있을까가 더 절실한 소원이다.

그는 시방도 이렇게 따뜻한 툇마루에다 어린것을 재워놓고 바로 그 곁에 앉아 고무신을 씻느란 둥 하는 것도 무어 저 감나무 밑에 웅크리고 누워 있는 새빨간 수탉을 곧장 지켜보련 것도 아니요 그냥 햇볕을 흠씬 쬐어보련 것도 아니고, 실상은 저어쪽 묵은 성(城) 모퉁이를 돌아 이쪽으로 개천을 끼고 들어오고 있을 선이를 기다리는 터다. 아니, 선이를 기다린다기보다 그 선이에게 이끌려올 자기의 맏아들 영준이나 혹은 선이의 등에 업혀서 올 기준이를 맞고자 함이다.

순녀는 선이를 시켜 아이들을 꾀어오게 하는데 지금껏 갖은 애를 다 썼다. 그것도 선이로 보더라도 어른들의 눈을 속이고서 아이들을 꾀어 내오기란 여간 큰 '모험'이 아니다. 한번 들키기만 하는 날이면 그날로 당장 쫓겨나기는 물론이지만 우선 그 매를 어찌 다 맞아내겠는가. 그러매 밥도 주고, 떡도 주고, 혹 엿도 사주고, 꽃주머니도 채워주고 하여 보는 족족 꾀고 달랬다. 나중에는 저희 어머니에게까지 청을 넣고 애원을 하여 마침내 선이도 그 모험을 승낙했던 것이다.

달포 전에 선이는 이 모험에 한 번 성공한 일이 있었다. 그때 선이는 작은놈인 기준이만 업고 왔다. 하나 그것만으로도 선이는 순녀한테서 충분히 환대를 받을 수 있었고 또 순녀 자신으로는 오래 두고 가슴에 새긴 설움을 이에 눈물로 풀기에 족하였던 것이다.

선이를 달래 어른들의 눈을 속이게 하는 것이 결코 떳떳하지 못한 일인 줄은 순녀도 모르는 바 아니나, 하지만, 남의 자식을 낳는 대로 번번이 앗아가서는 여러 해가 되도록 아이들의 코빼기도 보여주지 않는 것은 대체 떳떳한 일인가. 그것도 몇천 리 먼 곳에 떠나가기나 한 것이라면 또 모를 일이지만 바로 동네 하나 사이에 두고 이렇게 몇 해 동안이나 한 번 보기도 어려우니 이 어찌

170

답답할 노릇이 아닌가.

감나무 그늘 밑에 웅크리고 누워 있던 새빨간 수탉이 활개를 털고 일어나 제법 늘어지게 낮울음을 세 번이나 울었다. 저쪽 묵은 성 모퉁이를 돌아 이쪽으로 개천을 끼고 돌아 들어올 선이는 아직 보이지 않는다.

동향채 집 그늘이 뜰로 서 발도 더 내려와 순녀가 그제야 점심을 마악 들고 앉으려 할 때에 토닥토닥 아이들의 발소리가 나기에 가슴이 덜렁하여 눈을 들어보니 이윽고 문에 들어서느니 선이요, 선이 등에 업힌 기준이요, 선이에게 손목을 잡힌 영준이들이다.

순녀는 처음 아이들을 멀거니 바라보고 서서 등신처럼 비죽이 웃고 있었다. 다음 순간, 문득 그는 미친 것처럼 뛰어들어 영준이를 덥석 품에 안았다.

'영준아 영준아 영준아……' 그러나 그 소리는 그의 목구멍 밖에 들리지 않고 영준이의 등 너머로 수그린 그의 낯에서는 눈물만이 쏟아져 내렸다.

선이는 순녀의 형편을 잘 알고 있는 터지만 같이 덩달아 눈물을 흘리기도 쑥스런 노릇이고 그렇다고 그것을 빤히 쳐다보고 구경을 한달 수도 없어서 툇마루 난간에 궁둥이를 대고 비스듬히 선 채 고개만 수그리고 있다.

그러나 그중 놀란 것은 영준이다. 암만 봐야 낯선 사람인데 왜 이렇게 저를 꼭 부둥켜안고는 놓아주질 않는 것일까. 게다가 이 낯선 사람은 눈물까지 흘리는 눈치가 아닌가.

"영준아!"

낯선 사람은 상기 눈에 눈물을 담은 채 이렇게 부른다. 가뜩이
나 울 짬만 엿보고 있던 참이라 이판에 그만,

"응애애."

하고 울음보를 터놓았다.

"왜 울어? 울지 마, 울지 마, 응, 아가."

순녀는 일어나 벽장문을 열고 준비해 두었던 백설기와 사탕가
루와 엿과 과자를 내놓았다.

"자, 이거 먹고 울지 마, 자아, 자아, 그래야 착하지."

순녀는 백설기를 집어 영준이의 손에 쥐어주었으나 영준이는
기어이 주먹을 쥔 채 그것을 밀어내버렸다.

선이가 그것을 보고 딱했던지,

"영준아 받아라. 엄마다."

한즉, 영준이는 잠깐 울음을 그치고 고개를 들어 선이를 빤히 바
라본다.

"받아라, 응 받아라."

이번엔 선이가 손수 그것을 집어 영준이의 손에 들려주려니까
그제야 슬그머니 손을 편다. 순녀는,

"옳지 그래야 착하지, 참 예쁘지……"

이렇게 입은 놀리면서도 문득 눈물이 핑 쏟아졌다.

순녀는 아이들이 보지 않게 얼른 눈물을 닦고 나서,

"영준아 내가 누고? 어디 한번 알아맞혀보렴, 맞히면 내 참 좋
은 거 주지."

"……"

"자아, 어디 내가 누고?"

그러나 영준이는 어리뚱한 눈으로 순녀의 낯을 멍하니 바라볼 뿐이다.

"영준아 엄마다 엄마."

선이가 곁에서 나지막한 목소리로 이렇게 일러주어도 역시 곧 이들리질 않는 눈치다.

그래 순녀가

"너희 엄만 집에서 뭐 하던?"

이렇게 한번 물어본즉, 그제야

"엄마 잔다."

하고 입을 뗀다.

"왜, 아파서?"

"응."

"어디가?"

"머리가."

"어디, 머리가 아파? 아이도 거짓말은……"

하고 선이가 참견을 한즉,

"그때 아팠거던, 그때……"

영준이는 선이를 향해서만 대꾸를 한다.

순녀가,

"그래 너희 엄마 참 좋던?"

한즉,

"……"

영준이는 고개를 끄덕끄덕한다.

선이는 등에 업고 있던 기준이를 끌러 순녀에게 주고 뜰로 내려가 감꽃을 주웠다. 영준이도 따라 내려갔다.

순녀는 기준이를 받아 안고 젖을 먹였다. 영준이가 감꽃을 주워서 좋아라고 뛰어오는 것을 보고,

"영준아 앤 누고?"

하고 또 물어본즉,

"우리 기준이."

"기준이 네 동생이지?"

"그럼."

"그러면 저앤 누고?"

방에 누운 성준이를 가리켰다.

"……"

영준이는 그냥 생긋이 웃었으나 그건 무어 영문을 알아서가 아니라 아이들이 저보다 더 어린애를 보면 으레 잘 웃는 그러한 웃음일 따름이었다.

선이가 있다,

"영준아 네 동생이다 동생."

하고 가르쳐준즉,

"거짓말."

한다.

순녀는 영준이의 대답이 으레 그러려니 하는 생각은 미리부터

들었으나, 횟횟 달아오르는 그 어떤 목마름에 쫓기듯 하며 그래도 행여나 싶어서

"영준아, 너 날 모르겠나? 정말 내가 누군 줄 모르겠나?"

다시 한번 이렇게 물어본즉 영준이는 곧,

"선이 늬 엄마."

하였다. 선이 저희 엄마란 뜻이었다.

순녀는 갑자기 달아나듯 부엌으로 펄쩍 뛰어가 사발로 냉수를 퍼먹었다.


그날 밤으로 큰댁 마누라가 얼굴이 파랗게 되어서 뛰어왔다.

참 할 수 없는 것은 아이들이었다. 돌아가는 길, 집에 가서 암말 말라고 선이가 그렇게 당부를 하고 영준이 제 쪽에서도 이에 응낙하여 약속까지 했건마는 그놈의 백설기랑 감꽃이랑 하는 이야기 통에 그만 선이와의 약속은 깜빡 잊어버리고 말았던 것이다.

이에 눈치를 챈 마누라는 온갖 음식과 노리개로 영준이를 꾈 대로 꾀어서 별별 거짓말까지 다 보태 듣고 나서 이번엔 매를 들고 선이를 닦달하기 시작했던 것이다.

그는 지금까지 이 어린것 둘을 비록 제 몸으로 낳지는 못했을망정 제 자신이 낳은 거나 다름없이 할 양으로 제 어미의 뱃속에서 떨어지는 대로 곧 가져다 유모를 데려 길러오던 것이었다. 그리하여 아이들에게뿐만 아니라 유모와 이웃 사람들과 온 동네 사람들에게까지도 이것을 부탁하여, 행여 눈치나 챌까 봐 주야로 쉬쉬하고 다닌 보람도 없지 않아, 사실 아이들은 마누라의 계획대

로 저희 생모가 달리 있으려니 하는 빛은 보이지도 않던 터였다.
혹 이웃집 마누라쟁이들이,

"아이고 영준네야, 그것들이 질내 그렇기나 하면사……"
할 양이면, 그도,

"아이고 말도 마라, 괭이 새끼 호랑이 되겠나…… 그저 우선
사람 욕심에 그러는 게지……"
하며, 추창한 낯빛을 짓곤 하던 것이었다. 그러니만큼 처음으로
자기의 지금까지의 모든 계획과 노력과 희망이 수포로 돌아간 사
실이 발생한 데 대하여는 한층 더 분하고 억울하고 괘씸했던 것
이었다.

그러나 본래 아이 못 낳는 사람에 대개 차고 모진 이가 많아 이
마누라 역시 그러한 축의 한 사람으로 그 가므파리한 낯빛부터
찬 바람이 일듯 한 서슬이 느껴진다. 워낙이 키는 작은 편이나 광
대뼈에서 어깨통 엉덩판 이렇게 모두 딱딱 발아지게 생긴 체격인
데다 여러 해 동안 무슨 아이 낳는 약이다 속 편한 약이다 하고
별별가지 좋은 약만을 사철 대고 연복을 하고 보니 가뜩이나 늙
마에 너무 편한 몸인지라 곧장 살이 찔밖에 없어 이건 속담 그대
로 아래위가 틈박한 절구봉이 되었다.

마누라는 신돌 위에 신을 벗고,

"에헴."
하며 툇마루로 콩하고 올라서자 마침 기미를 알아차리고 반색을
하며 미닫이를 여는 순녀의 안가슴을 향해 절구통은 그냥 철환[2]이
되어 뛴다.

176

"아이구머니이!"

순녀는 고대 뒤로 휘딱 자빠졌는데,

"허억, 끄륵! 끄륵!"

하고 혀가 목구멍 속으로 당겨 들어가고 얼굴이 금시 흙빛이 되었다.

그러나 마누라의 분통은 아직 절반도 풀리지 않아서,

"흥! 이년! 누구 앞에 엄살이야! 엄살이……"

그래 이번엔 집에서 일껏 벼르고 온 대로 즉 손에 머리채를 회회 감아쥐는 것이었다.

"이녀언! 네 이년!"

마누라는 너무나 억울하고 분이 차서 떨리는 목소리다.

"이녀언! 네 이년! 네 죄 네 알지, 네 이년 네가 누굴 악담해 네 이년, 목을 천 동강을 내어도 쥔 죄대로 남을 년, 네 이년아! 네년의 간을 다 내어 씹어도 원술 못 갚겠다. 간을 씹어도…… 간을…… 네 이년아, 네가 날 죽으라 밤마다 축제 지내고 축수하지, 네 이년! 이년아! 간을 내어 씹어도 쥔 죄대로 남을 네 이년아!"

마누라는 몇 번이나 거듭 이렇게 외치곤 하면서 손에 감아쥔 머리채로 골이 부서져라고 방바닥에 짓쫗고 또 온 낯과 가슴과 젖통을 닿는 대로 물어뜯어서 제 낯과 순녀의 상반신을 온통 피투성이로 만들었다.

이웃 사람들이 와서 말리려고 집적거려보다가 모조리 모진 매만 한 번씩 얻어맞고는 다 물러섰다. 말리는 사람이라고 사정을 두는 일도 없다. 닥치는 대로 물어뜯고 머리채를 잡아 낚고 이 모양으로 두 눈에 불을 켜서 덤비는 데야 바로 제 형제나 제 부모 아니고는 굳이 항거해볼 사람도 없다.

그러나 마누라의 분통은 역시 아직 절반도 풀린 것이 아니다.

순녀의 상반신이 이제 아주 피투성이가 되자 이번엔 그 치마와 속곳을 입으로 뜯고 손으로 찢고 그러고는, 거기 나타난 허연 배와 두 다리 위에 마악 엎어져 입질을 시작하려 할 무렵, 진작부터 이웃 사람들의 기별을 받고 그러고도 그냥 드러누워 한참이나 담배를 피우고 나온 그네 영감이 그때야 비로소 이 방문을 열던 것이다.

"아아니, 이게 웬일들이여! 응? 웬일로 이렇게 야단들이여! 응?"

영감은 방 안에 들어서자 얼굴이 시뻘개져서 방 안이 떠나가도록 고함을 질렀다.

그러자 마누라는 또 한번 목청을 돋우어,

"이녀언 네에— 이년, 순녀야! 이년 네가 날 죽으라 축수한 년 아니가! 네— 이녀언! 간을 내어 씹어도 쇤 죄대로 남을 네 이년, 너 죽고 나 죽자! 네에 이년아!"

이렇게 외치며 또다시 그 하얀 이를 악물고 두 다리 위에 엎어졌다.

보니, 온몸이 피투성이가 되다시피 된 순녀는 아무런 반항도 못할 뿐 아니라 아주 숨기도 멎은 모양이다. 그제야 영감도 가슴이 덜렁하여 황망히 마누라의 덜미를 잡아 뒤로 낚아놓은 다음에 곧 사람을 시켜 의사를 부르게 하였다.

뒤로 한 번 자빠졌던 마누라는 곧 벌떡 일어나 앉아 입에 게거
품을 물고,

"네에, 이년, 순녀야! 이년, 너는 서방 있구나, 나는 서방 없단
다! 너는 자식 있구나, 나는 자식 없단다! 나는 내 혼자뿐이다!
네에 이년 순녀야 일어나거라! 너는 서방 있고 자식 있는 년이구
나, 나는 서방도 자식도 없는 년이다! 네에 이년 일어나거라!"

이렇게 시작한 넋두리는 거의 한 시간이나 계속하여, 의사가 들
어온 뒤 여러 사람들이 억지로 떠밀고 나가기까지 그치지 않았
다. 여자는 제 손으로 제 머리를 다 뜯고, 제 옷을 다 찢고, 제 손
등을 다 물어뜯고, 그리고 그 주먹으로 제 가슴을 마치 방망이질
이나 하듯 두드리며 몸부림을 치다가는 다시 번쩍 일어나 이를
갈고 또 대성통곡을 하는 것이다.

"오냐, 오냐, 이년아, 순녀야, 너는 아들 낳았다, 자식 낳았다,
오냐 그래 늙은 년 괄시 마라, 오냐, 오냐 이년아 서방 있고 자식
있다 불쌍한 년 괄시 마라, 나 같은 년 괄시 마라…… 어떤 년은
팔자가 좋아서 아들 낳고 서방 빼앗노. 아이고, 아이고, 내 팔자
야 분해라 억울해라, 엉이 엉이 엉이, 내 팔자야 내 팔자야 아이
고 원통해라, 절통해라, 엉이 엉이 엉이 엉이……"

상기 주먹으로 가슴이 터져라고 두드리며 입을 벌리고 울어대
는 것이다.

이때 옥남 할머니가 또 밖에서 눈물을 찔끔거리며 추창한 듯이
혀까지 끌끌 차고 한 것은 그새 무슨 순녀의 분하고 원통함을 깜
박 잊은 바는 아니나 마누라의 넋두리에 문득 자기의 맏딸을 생

각하고, 자기의 맏딸도 아직 딸만 둘을 낳고 아들은 하나도 없음을 깨닫고 그래 그 맏딸의 신세를 설워한 것이었다.

의사가 와서 주사를 놓은 지 얼추 한 시간이나 지난 뒤 순녀는 그동안의 혼수 상태에서 다시 한번 이 사파[사바]의 세계로 눈을 뜨지 아니치 못했다.

그날 밤 의사가 돌아가고 온 동네 수탉들이 홰를 칠 무렵까지 동구 앞길 위에선 마누라의 울음소리가 들려왔다.

그리고 이튿날도 역시 아직 기진하여 누워 있는 순녀의 귀에

"어차피 낼모렌 데려갈 아이니까…… 젖이…… 보채고……"

하는, 영감님의 목소리가 꿈결같이 어렴풋이 들렸다.

그런 지 한 보름이나 지난 뒤다.

푸른 수양버들 가지는 아침 햇볕에 젖어 흐르고 제비들은 서로 부르며 어지러이 나는 동구 앞길 위에, 역시 그 낡은 흰 고무신에 새빨간 수탉을 안고 가는 것은 한 보름 전보다 좀더 해쓱해진 순녀의 얼굴이다.

다만 성준이를 업고 그 뒤에 따라야 할 옥남이만은 보이지 않았다.

# 혼구 昏衢
—제1장의 윤리

노인이란 별명을 가진 강정우(姜政佑)는 오늘도 해가 산마루에
걸쳤을 무렵에야 그 부유스름하도록 낡은 검정 외투에 꾸부정한
등허리를 싸고 학교 문을 나섰다.

"로오진 센세이!"[1]

"다바꼬 센세이!"[2]

어디서인지 바람결에 분명히 이러한 소리가 그의 귓전을 울리
고 지나갔다.

'노인'이란 별명 하나가 부족해서 아이들은 다시 '담배쟁이'란
별명까지 하나 더 붙여서 저희들끼리는 흔히들 이렇게 부르는 것
이었다.

"교오 센세이!"

"다바꼬상!"

역시 아까와 마찬가지 이러한 아이들의 목소리와 함께 이번엔

그보다 훨씬 굵은 목소리로,

"선생님!"

하는 소리도 분명히 들렸다. 그래 그 꾸부정한 등허리를 돌리자 바로 그때 저쪽 짚둥치 뒤로 까만 머리들 몇이 사라지는 것이 보였다. 그리고 그다음 순간 그는 자기의 한 여남은 걸음 앞에 검은 안경을 쓰고 역시 검정 외투 밑에 누런 코르덴 당꾸 바지를 입은 키 큰 사내 하나가 자기를 향해 걸어오고 있는 것이 보였다.

"선생님!"

사내는 거기서 모자를 벗어 쥐며 이렇게 불렀다.

"선생님."

곁에 와서 또 이렇게 불렀다.

그 사내는 금방 어느 주막에서 나오는 길인 모양으로 아랫입술엔 빨간 고춧가루까지 하나 붙이고 있었다.

"네, 웬일이십니까?"

정우는 그 사내가 바로 자기 집에서 골목 하나를 돌아서 그쪽 후미끼리³를 향한 한길 어귀에 있는 주막집 주인이고 또 얼마 전 학교 운동장을 넓힐 때 이노우에상이란 사람과 더불어 그 일을 맡아보던 그 송가란 사람임을 깨닫고 이렇게 물었다.

"선생님 일간 날씨 안녕하십니까? ……네에 전 이런 사람이올시다."

사내는 품에서 명함 한 장을 내주며,

"네에 전 송또쟁이올시다."

하였고, 명함엔 '토목공사경험자 송차상(土木工事經驗者 宋且

祥)'이라 박혀 있었다.

정우도 한쪽 손으로 그 명함을 받는 일방 다른 한쪽 손으론 자기의 모자를 반쯤 벗으며,

"네 그렇습니까?"

한즉, 송가는

"에에또 그런데 시방 선생님께 여쭐 말씀은 다름이 아니라, 저어 우리 집 계집애 하나 말씀예요, 왜 아시겠지요, 오학년에 다니는 송학숙이란 년 말씀입니다, 에에또, 그런데, 이년이 그만 학교에 다니기가 싫답니다. 간단히 말씀드리면 그뿐이에요, 죽어도 제가 싫다는 데야 암만 부모라도 구처 있습니까?"

"송학숙? 네에 그렇습니까? 학숙이가 학교에 다니기 싫답니까?"

"네, 네, 그렇습니다. 송학숙이올시다. 송학숙이가 퇴학올시다."

"그렇지만 소학교에선 특별히 아이들이 가다가 뭐라고 하든간 부모 되시는 분이 항상 훈계해줄 필요가 있습니다. 저도 내일 학교에 오면 잘 타일러보겠지만 댁에서도 다시 한번 충분히 훈계해주시기 바랍니다."

"네, 네, 그러습지요, 두말할 여부가 있습니까? 충분 훈계해야 된다뿐입니까? 그렇지만 이건 당자가 반대니까 구처 없단 말씀이올시다."

"좌우간 댁에서 한 번 더 훈곌 해주십시오, 저도 내일 한 번 이야기해보겠습니다."

"네, 네, 그러면 충분 부탁입니다, 자아 소관 보십시오."

정우는 이튿날 방과 후에 학숙(學淑)을 불렀다. 말을 듣고 보니 그런지 이 며칠 동안 학숙은 평소보다 그 동작에 과연 활기가 훨씬 없어 보이고, 얼굴에도 수심기가 떠돌고 있어, 오늘도 정우가 자기를 좀 따라오라고 한즉 학숙은 낯빛이 파랗게 질렸다.

"학숙이 너 학교에 다니기 싫다고 한 건 정말이냐?"

"……"

학숙은 새빨개진 낯을 숙이며 대답을 하지 않았다.

"응? 그런 일이 있었니? 있었으면 있었다고 바로 대답을 해야지, 거짓말이냐?"

"……"

"응 대답을 해야지, 너의 집에서 와서 그러는데 정말 그랬니?"

"네."

학숙은 나지막하나마 또렷한 목소리로 마침내 그것을 승인하였다.

정우는 도리어 어떤 기대에 어그러진 듯한 불만을 느끼며,

"거 무슨 소리냐? 왜 그랬단 말이냐?"

"……"

"응? 왜 그랬어?"

"……"4

"학숙아."

"네."

"선생님이 묻는데 대답을 해야지."

"……"

　그러나 학숙은 대답 대신 까만 두루마기 소매로 이마를 가리며 느껴 울기를 시작하였다. 참으려고 무진 애를 쓰다 드디어 터져 나오는 듯한, 그렇게 설움이 복받치는 울음이었다.

　그러자 정우도 담배를 붙여 물고, 한 오 분간이나 모로 서서 느껴 우는 학숙의 옆얼굴을 정신 나간 사람처럼 멀거니 바라만 보고 있었다. 정우의 이러한 점을 가리켜서 아이들은 '노인'이란 둥 '담배쟁이'란 둥 하는 별명을 지은 모양이고, 또 가다가는 동료들까지도 역시 이러한 별명으로써 그의 위인을 간주하려는 형편이었다. 그러나 실상 그것은 그의 위인의 소치는 아니었고, 그보단 7년간이란 흥미 없는 교원 생활에서 얻은 한 개 버릇이라는 편이 옳았다. 그것은 물론 십 년 이십 년씩이나 같은 생활을 겪은 사람들에 비겨서 그다지 오랜 세월은 아니었으나, 정우 자신의 말투를 빌리면 그것은 날마다 아무런 흥미도 정열도 없는 기계적 반복이었고 이러한 기계적 반복이란 단 7년간도 그에게는 영원과 같이 길고 지루한 세월이었고, 그러한 지루한 세월에 부대끼느라 그러한 야릇한 버릇까지 익혀진 것이었다.

　"학숙아."[5]

　"……"

　학숙은 대답 대신 젖은 눈초리로 그를 쳐다보았다.

　"네가 무슨 이유로 그런 말을 했는지는 잘 모르겠다마는 어쨌든 그러지 말고 학교에 그냥 다녀라, 응, 알겠니? 어저께 너의 아버지께서도 대단 걱정이신 모양이던데, 네가 학교에 안 다닐랜다구…… 지금까지 일껏 착실히 해오던 걸 오학년이나 되어서 갑자기 그만둔다니 너의 부모도 부모지만 학교에서도 퍽 섭섭단 말이지, 응, 알겠니? 그러면 다니도록 약속하는 거야, 응?"

"네."

학숙은 이렇게 대답하였다.

그러나 이튿날부터 학숙은 학교에 나타나지 않았다.

평소에 워낙 상냥하고 착실하던 아이인 만큼 저의 동무들뿐 아니라 교장 이하 다른 여러 선생들까지도 모두 궁금해하였다.

그러자 정우는 그동안 오학년 아이들 사이에 뜻하지 아니한 이야기가 돌고 있음을 들었다. 그애는 바로 학숙의 이웃집에 있는 저희 동무였는데, 걔 말을 들으면 학숙은 제가 다니기 싫은 것이 아니라 저희 집에서 보내주질 않는다는 것이었다. 정우는 그때 속으로 이상한 충동이 일어났으나 여러 해 동안의 기계적 습성과 또 그것이 아이들의 말이란 이유로 더 캐어묻질 않고 그냥 덮어 두었던 것이었다.

그뒤 사흘째 되던 날이었다. 정우가 학교에서 나와 자기 집(주인집)으로 돌아가는 길 학숙의 집 앞을 지나려니까 거기 깨끗한 택시 한 대가 서 있고, 그 집 안에서는 여자의 노랫소리와 장구 소리가 뒤섞여 들려 나왔다. 본래가 술집이라 으레 그런 게려니 하며 그 앞을 얼른 지나가려니까 그때 막 안에서,

"선생님!"

하는 굵은 사내 목소리가 들려왔다. 본즉 며칠 전 '토목공사경험자 송차상'이란 명함을 꺼내주던 학숙의 아버지란 사내였다.

"선생님 실례의 말씀 같습니다만 자, 잠깐 이리로 좀 들어와주십시오. 자아!"

술에 취해서 혀도 잘 돌아가지 않는 말씨로 이렇게 말하며 그의 앞에 그 넓적한 두 손바닥을 펴 뵈는 것이었다.

"네 좋습니다. 여기서 이야기하십시오."

한즉,

"아아니 이리로 좀 들어오시라는데."

사내는 오른쪽 손으로 그의 외투 자락을 덥석 잡았다. 정우는 얼굴이 새빨개져서,

"놓으십시오, 나 좀 바쁘니 할 말씀 있거든 예서 하십시오."

분명히 떨리는 목소리로 이렇게 말했다.

"아아니 이리로 좀 들오시라는데, 원."

사내는 외투 자락을 잡고 끌었다.

정우도 자기 외투 자락을 잡고 힘껏 버텼으나 이 사내의 완력엔 도저히 대항할 길이 없었고 또 자칫하면 술 취한 작자에게 어떠한 봉변을 당할는지도 알 수 없는 일이라 작자가 끄는 대로 그냥 끌려 들어가는 수밖에 도리가 없었다.

안채 아랫방이었다. 밖으로 걸린 문고리를 벗기고 작자가 끄는 대로 끌려 들어가다 그는 문득 그 방구석에 서서 당황하는 학숙을 발견하였다. 그것은 저희들(학숙과 학숙의 남동생과 어린 계집애 하나)이 거처하는 방인 모양으로 저희들의 책상과 침구 들이 놓여 있었다.

정우가 들어오는 것을 보자 학숙은 새빨개진 얼굴을 숙이며 곧

밖으로 나가려 하였다. 그것을 송가는,

"가만써, 어딜 나가?"

하고 호령을 한즉, 학숙은 그 가냘픈 어깻죽지를 오들오들 떨며 그 자리에 그냥 발이 붙어버리는 것이다. 그러자 송가는

"꼼짝 말고 가만써!"

다시 한번 다지고는 밖을 나갔다.

방 안에는 학숙과 그 두 사람만이 남아 있었다. 그는 거기서 학숙을 보기는 본의가 아니었고 그러므로 그에게 무슨 말을 건네보고 할 경황도 있을 턱이 없었다. 송가의 뒤를 따라 마땅히 그는 그 방을 나가야 할 일이었고 또 나간댔자 그 자리에선 우선 아무도 그의 외투 자락을 잡고 누울 사람도 없을 성싶었다. 그렇건만 그는 일어나질 못하고 그대로 앉아 있는 것이었다. 마치 꿈속에서와 같이 일방 곧 일어나려고 하면서도 일방 또 자기도 모를 그 어떤 다른 힘에 지배되어 오금이 떨어지지 않는 듯도 하였다.

곁방에서는 역시 여자의 노랫소리와 이에 화창하는 남자의 목소리와 장구 소리와 웃음소리가 끊길 새 없이 뒤섞여 들려왔다. 그는 그 한 일 분 동안에 자기의 전 생활과 질서가 송두리째 뒤집어질 듯한 그러한 불안과 초조를 느끼면서도 의연히 그 노랫소리와 장구 소리와 웃음소리에 그냥 귀를 팔고 앉아 있는 것이었다.

이윽고 송가는 제 손으로 술상을 들고 들어왔다. 송가는 술상을 방 가운데 척 놓고는 그리 바쁘게 서둘러 손에게 술을 권하는 법도 없이,

"선생님 용서하십시오."

이렇게 딴은 은근히 점잔을 뽑아보는 셈인 모양이기도 하였다.

"제가 오늘 술기가 좀 있습니다, 이 점만큼 선생님께서 좀 용서
해주셔야 하겠습니다."

이렇게 다시 한번 다져놓고는,

"그런데 다름 아니라요, 오늘 제가 선생님한테 조용히 한번 여
쭤볼 말씀이 있어서, 에에 또 이와 같이 누추한 방이지만."

송가는 여기서 잠깐 말을 끊고, 술주전자를 들어 비로소 술을
치더니,

"자아 드십시오."

하고 정우의 손에 술잔을 건네놓고는 다시 말을 이었다.

"에에 또, 그런데 다름 아니라요, 제가 오늘 선생님께 꼭 여쭤
고자 하는 얘기는 제가 이전부터 늘 선생님께 하던 말씀드리고자
하던 것인데 에에 또 간단히 말하면 우리 저년 말씀이에요, 학숙
이란 년 말씀이에요…… 선생님, 시방 전 염치 불구하고 선생님
께 얘깁니다, 그런데 말씀이죠, 시방 제가 염치 불구하고 선생님
께 말씀드리는 데 대해서 간단히 말하면 전 전부터 근본 무식한
놈이올시다. 제 아버진 옛날 군노⁶올시다. 네? 알아듣겠습니까?
선생님 제 아버지가 옛날 군노란 말씀입니다, 아주 불악무식⁷한
상놈들이지요, 허지만 요새 세상에야 상놈이고 양반이고 다 마찬
가지 되잖았습니까? 허지만 난 언제든지 말합니다. 우리 아버진
옛날 군노다! 나는 상놈이다! 고. 허허허허허, 선생님 알아듣겠습
니까? 나는 상놈이다! 울 아부진 군노다! 이런단 말씀입니다. 허

허허허허."

송가는 눈썹에서 사측으로 걸쳐 비낀 번들번들한 흉터를 불빛에 번쩍거리며 이렇게 유쾌한 듯이 웃어대었다. 화로와 고기가 들어왔다.

송가는 젓가락을 집어 정우의 손에 쥐어주며,

"자, 안주 듭시다, 아아니 참 이거 왜 이러시는 겝니까? 술은 왜 이래 여태 그냥 두고 앉아 있는 겝니까? 원, 자, 얼른 듭시다, 그리고 안주도 좀 들어봅시다, 자아!"

드디어 술잔을 들어 또상은 강제로 권하기 시작하였다.

정우는 처음부터 모면할 수 없는 봉변이라곤 하였지만 더구나 바로 곁에 학숙을 두고 술을 먹기란 참으로 견딜 수 없는 굴욕이었다. 하나, 굴욕이기로 말하면 당장이라도 놈의 따귀나 한 대 힘껏 후려갈겨주고 일어나야 할 일이었다. 그렇건만 그러지도 못하고 또 이럴 수도 없다고 해서 권하는 술도 받지 않고 고기도 먹지 않고 그냥 가만히 앉아 있는 것이라면 이건 더욱이 사내의 명색으로선 말이 못 되었다. 그런데 그다음 순간 그가 어느덧 자기의 술잔을 한숨에 들어 마시어버린 것은 무어 이러한 경우를 추궁한 결과였다는 것, 보다는 역시 꿈속에서와 같이 자기 자신도 어찌할 수 없는 그 어떤 불가항력적 힘에 휩쓸려 그리 되었던 것인지도 알 수 없었다. 그 밖에 거기 굳이 그 자신의 의식을 캐어본다면 그것은 그렇게 해서라도 자기의 그 당장의 굴욕을 조금이라도 속히 잊어보려는 데서였다고나 할까?

그는 연거푸 석 잔을 들이켰다. 속이 좀 후련해진 듯도 하였다.

"아아 안주도 좀 듭시다, 자아!"

또상이가 권하는 대로 그는 화로 위의 고기도 집어 먹었다.

"선생님 그럼 내 이야기를 마저 하리다."

또상은 연방 입에다 고기를 집어넣으며 이렇게 다시 말을 잇는 것이다.

"선생님도 아시다시피 난 원래가 토목경험자올시다, 그러자니까 학교에 가서 학문 공부하는 것과는 남이올시다, 반대올시다, 네에 아시겠습니까? 그러자니까 평생 가야 늘 이렇게 술이나 먹고, 에에 또 말씀드리긴 죄송합니다만 간단히 말하면 노름이나 하고 그게 일이지요, 평생 가야 술이나 먹고 노름이나 하고, 네, 아시겠습니까? 그러니 어느 하가에[겨를에] 학문 공부 들여다볼 시간이 있겠습니까? 그러자니 만날 가야 선생님 같은 이와 유식한 말이라고 해볼 하가가 어디 있겠습니까 그저 늘 토목공사나 하고 그게 일일밖에⋯⋯"

또상은 그새 자기가 하려는 이야기의 실마리를 잊어버리고 이렇게 또 딴전을 벌이는 눈치더니 그때 문득 학숙이 앉아 있는 쪽을 힐끔 보고 나서,

"으음 그런 게 아니라 선생님! 선생님께 꼭 한 가지 여쭤볼 이야기가 있습니다. 간단히 말하면 저년 학숙이란 년에 대한 이야기올시다, 네, 아시겠습니까? 선생님도 잘 아시다시피 난 본래가 재산가가 아니올시다, 무산자올시다, 간단히 말하면 이 손 하나로 벌어먹고 살아가는 기술자 노동자란 뜻올시다. 자아, 그럼 아시겠습니까? 비가 오나 바람이 부나 단지 이 손 하나만 믿고 사는

기술자! 이 손 하나 없으면 우린 다 굶어죽습니다, 네, 선생님 똑똑히 듣습니까? 굶어죽습니다. 누가 먹여 살려줍니까? 그런데 이 보십시오, 이건 지금으로부터 오 년 전에 다친 흉터올시다."

또상은 오른쪽 팔을 걷고, 바로 한 치 길이나 넘어 되는 흉터를 내놓았다.

"오 년 전 저 낙동강 철교 놓을 때 다친 것올시다. 여기를 아주 분질러서 이 술을 먹고 하자니까 좀체 낫질 않고 그래서 오래 고생을 했지요. 그뒤로 이 팔은 끝내 못 쓰게 됐습니다. 지금도 무거운 걸 들거나 날씨가 흐리거나 하면 그만 이 팔은 통히[도무지] 못 씁니다. 그러니 우리 식구가 모두 어떻게 삽니까? 선생님, 어떻게 살아온 줄 아십니까? 생각해보십시오, 그렇지만 선생님 우리 인생이란 절대적으로 굶어죽는 물건이 아니올시다. 네, 아시겠습니까? 전 이와 같이 날마다 술이나 먹고, 그럭저럭 상업 일도 보고 그리고 놀지 않습니까? 그리고, 저 학숙이란 년과 그다음 놈은 다 학교엘 다니고, 제일 끝의 년은 또 내년에 학교에 입학할 겝니다. 어디서 돈이 납니까? 네, 선생님 이 점을 좀 깊이깊이 생각해보십시오. 그 돈이 다 어디서 납니까? 간단히 말씀드리면 순전히 모두 딸에서 나옵니다, 딸에서! 단단히 아시겠습니까? 시방 도 저쪽 방에서 바로 내 딸이 듣고 있지만 순전히 그 딸에서 납니다. 사위 되는 사람도 바로 저 방에서 시방 듣고 있겠지만 순전히 저 딸이 우리 식구를 모두 먹여 살려주는 겝니다. 시방 저 방에 있는 내 사위 되는 사람은 전북 도의원의 한 사람이올시다. 그리고 부자올시다. 에에 또 간단히 ˙말하면 부자올시다. 양반이올시다. 즉 특등인물이올시다. 선생님, 자 생각해보십시오, 내 딸은 본래 기술자의 딸이올시다. 상놈의 딸이올시다, 즉 하등인물이올시다. 단단히 생각해보십시오, 그러면 내 딸이 무슨 재주로 어찌 어찌해서 오늘날과 같은 인물이 됐겠습니까? 내 딸은 지금 부자 올시다. 그리고 양반이올시다, 이 점을 단단히 생각해주십시오, 본래 그와 같은 하등인물이 무슨 재주로 어떻게 해서 오늘날과 같은 특등인물이 됐겠습니까? 다른 게 아니올시다, 단지 이 목 하나올시다, 이 목에서 나오는 노래뿐이올시다, 단지 노래 한 가지로써 이와 같은 상지상등(上之上等) 인물이 된 것이올시다. 선생님 생각해보십시오, 이 점을 깊이깊이 생각해보십시오, 만약 내 딸이 처음부터 노래를 배우지 않고 세상에 꽉 찬 다른 여자들과 같이 질쌈질이나 바느질 같은 걸 배웠으면 지금 어떻게 됐겠습니까? 또, 저 학숙이년 모양으로 학교나 했으면 지금 어떻게 됐겠습니까? 선생님, 생각해보십시오, 모두 뻔한 일입니다, 나 같은 상놈의 집 딸이 아니더라도, 버젓한 보통 사람의 딸이라도 그 장래가 어떤지 그걸 한번 보십시오, 어디 멀리 가 볼 것이 아니라 바로 우리 이웃집 여자들을 보십시오, 하루에 죽 한 끼도 어려울 때가 퍼언합니다. 시방 저 우리 집 부엌에서 부엌일을 하고 있는 내 사촌누이 하나가 있습니다. 서른네 살에 남자가 죽은 뒤부터 여기 와서 부엌일을 거들고 늙어갑니다. 세상 천지간에 여자들 살림살이 맛이 어떻단 것은 저 늙은이한테 물으면 잘 압니다. 평생 누더기로 살을 가리고 죽 국물로 목에 풀칠을 하다가 늙어 죽더라도 서방한테 모진 매나 맞지 않고 지독한 구박이나 받지 않으

면 그건 여간 상팔자가 아닙니다, 그만 간단히 말하면 열에 아홉
은 한번 시집이라고 가놓으면 못 죽어 사는 겝니다, 못 죽어, 선
생님 깊이깊이 생각해보십시오, 나는 상놈이올시다, 그리고 기술
자올시다. 그러면 학숙인 지금 학교 공부를 하고 바느질을 배워
서 시방 저 부엌에서 일을 하고 있는 제 고모와 같이 시집을 가야
옳겠습니까? 저의 형과 같이 노래를 배워야 옳겠습니까? 난 학숙
이더러 꼭 나를 먹여 살리란 건 아닙니다, 내 살기 때문이라면야
큰딸 하나로 만족합니다, 난 다만 제 일신 하나를 생각해서 하는
말입니다, 단단히 알아듣겠습니까? 제 하나 특등인물 만들고자
해서 하는 말입니다. 선생님, 그년 제한테 한번 물어봐주십시오,
제 고모같이 되기가 원인가, 제 형같이 되기가 원인가고, 난 언제
든지 제 좋도록만 해주려고 했습니다. 좀 물어봐주십시오 네, 선
생님!"

또상은 한쪽 손에 술잔을 잡은 채 정우와 학숙을 한참 동안 번
갈아 보며 이렇게 정우의 의견을 재촉하였다.

"후후후후 학숙에게! 후후후후."

정우는 그동안 실상 송가의 눈썹 위의 번쩍거리는 흉터만 바라
보고 앉아 있다 이렇게 대중없이 대고 웃는 것이었다.

"음! 이년, 썩 이리 와서 선생님께 술 쳐드려라 응! 그래도 당장
이리 안 와?"

"학숙! 흐! 별말씀! 훗훗훗훗."

정우는 아무런 요량도 없이 이렇게 대고 곧장 웃었다.

"네? 선생, 아시겠습니까? 제가 오늘 선생님께 특별히 여쭌

말씀에 대해서 어떻게 생각하시냐 말씀이올시다, 단단히 생각해 보십시오, 학숙이란 년 바로 여기 와 앉아 있습니다. 여기 선생님 잔에 술 쳐! 네? 선생님, 이년한테 한번 물어봐주십시오, 제 고모가 되기 원인가, 제 형 되기가 원인가고 난 언제든 제 좋도록만 해주려고 하는 사람이올시다."

"제 좋도록만…… 네…… 학숙이 좋도록만 말씀이지요, 네, 네, 훗훗훗훗."

정우는 역시 이렇게 대중없이 웃으며 또 술잔을 기울였다.


바람이 불고 달이 훤한 밤이었다. 자기는 군데군데 빗물이 고인 동네 안 골목을 철버덕거리며 걸어가고 있었다. 문득 자기는 뒤에서 누가 무서운 매를 들고 자기를 쫓아옴을 깨달았다. 자기는 힘껏 걸음을 재게 놀렸으나 뒤로부터 쫓아오는 무서운 매는 미구에 곧 자기의 뒤통수를 찌를 것만 같았다. 골목을 돌아 큰 홰나무 밑을 지나려니까 거기서 그 무서운 사내는 자기의 앞을 가로막고 섰다. 순간 자기는 그 앞에 쓰러져버렸다. 사내는 큰 발로 자기의 가슴을 밟고 그 무서운 매로 온몸을 내리 훑쳤으나 웬일인지 조금도 아프지 않았다. 도리어 시원하였다. 시원할 뿐만 아니라 말할 수 없이 즐거웠다. 문득 그 사내는 자기의 죽은 아내의 형제라는 것이었다. 갑자기 한없이 한없이 울고 싶어졌다.

눈을 뜬즉 밤은 얼마나 되었는지 방 안엔 전등이 그대로 환히 켜져 있고, 그의 머리맡엔 분명히 까만 치마저고리의 소녀 하나가 앉아 있었다. 한순간 호옥 이것이 꿈중이나 아닐까 하는 생각이 들어서 그는 자기 자신을 시험하듯 일어나 앉아보았다. 소녀는 의연히 앉아 있다. 책상 위에 뺨을 대고 소녀는 잠이 들어 있었다. 그는 몹시 갈증이 남을 깨달았다. 그는 샘으로 나가 찬물을 실컷 들이켜고 나서 몸을 부르르 떨었다. 그리고 앞뒤를 살펴보아야 분명히 그의 주인집이요, 또 방은 틀림없이 자기의 방이요, 책상 위의 시계는 오전 세시 반이 좀 지나 있었다. 그는 소녀를 깨우려다 말고 그대로 사뿐 안아다 이불 속에 넣어주었다. 또 몸이 부르르 떨렸다. 그는 두 손으로 외투 깃을 여미며 한참 동안 소녀의 자는 얼굴을 들여다보았다.

'이애가 언제 여길 왔을까?'

그는 외투 주머니에서 담뱃값을 내어 담배 하나를 붙여 물었다. 그러자 문득 어제 저녁 일이 머리에 떠올랐다. 그의 눈앞에는 상기도 그 시뻘겋게 취한 송또상의 얼굴과 술상과 화로와 그런 것이 어른거리는 듯하였다. 그리고 그 옆방의 노랫소리와 장구 소리와 웃음소리와 그런 것도 뒤섞여 들려오는 듯하였다. 송또상은 시방도 그에게 무엇을 군정군정 지껄이고 있는 것만 같았다. 그러나 정작 그때 송또상이 딴은 통정[8]이라고 늘어놓던 그 지루한 이야기는 한마디도 뚜렷이 귀에 남아 있는 것이 없었다. 그러면서도 그 사내가 한 이야기 가운데는 무엇인지 자못 중대한 문제가 들어 있는 듯하였다. 그리고 그 문제란 자기가 해결짓지 않으면 아니 될 자기의 전 인격과 운명에 관련된 그 어떤 문제인 듯도 하였다.

'그렇지만 학숙이 어찌해서 여길 들어온 것일까?'

어렴풋이 생각나는 바로는 흐윽 학숙이 어젯밤 정신없이 취한 자기를 이끌고 예까지 바래다준 것이나 아닌가 하는 것이었으나 그렇다고 하더라도 여기서 으레 저희 집으로 돌아갔어야 할 학숙이 어찌해서 방 안에까지는 들어왔으며, 또 들어와서는 거기 그렇게 앉아 있어야 했던 것이었는지 이에 대해서는 아무리 해도 짐작할 도리가 없었다. 다만 한 가지 이것은 분명히 어젯밤의 그 어떤 중대한 문제란 것에 관련된 것이려니 하는 생각은 직감적으로 곧 깨달아졌다. 그리하여 그것은 그뒤 얼마 되지 않아서 학숙의 잠이 깨자 곧 확실해졌다.

그때 마침 그는 일기책을 펴놓고 책상 위에 엎드려 있는데 뒤에서 이불을 젖히는 소리가 나기에 돌아다본즉 학숙이 자리에서 일어나고 있었다.

"왜 더 자지 벌써 일어나?"

"……"

학숙은 아무런 대답도 없이 잠자코 있더니 한참 뒤에 고개를 들어 겨우 들릴 듯한 목소리로,

"저희 집에서, 안 찾아왔어요?"

하고 물었다.

"안 왔다. 왜?"

"……"

거기는 대답이 없고, 또 한참 뒤에,

"아무도 안 왔어요? 저희 아버지도 어머니도?"

"아무도 안 왔다."

"저희 형아가 와도 없다고 해주셔요."

"그러마, 그렇지만, 왜?"

"저희 어머니가 와도 없다고 그러셔요."

"글쎄 그러마고 하잖냐?"

그러자 갑자기 학숙은 두 손으로 낯을 가리고 느껴 울기 시작하였다. 마치 무슨 발작과도 같이 솟아오르는 설움에 그의 조그만 몸뚱이는 너무도 가볍게 흔들렸다.

정우는 담배를 피워 물었다. 그러자 어젯밤에 겪은 그 모든 광경이, 한꺼번에, 먼저보다는 훨씬 선명한 윤곽으로 그의 머릿속에 떠올랐다. 그와 동시에 지금 이 학숙의 여러 가지 야릇한 행동까지도 한참에 모두 알아질 듯하였다.

"너희 형이 이번에 널 데려가려느냐?"

학숙의 울음이 좀 진정되려 할 무렵에 그는 이렇게 물었다.

"네에."

학숙은 연방 비쭉거리는 입술로, 그러나 분명한 어조로 이렇게 대답하였다.

왜? 하고 정우도 조금하면 잇달아 물을 뻔하던 것을 얼른 도로 삼켜버렸다. 어젯밤 송가의 그 장황한 통정과 지금의 학숙의 행동만으로도 그는 그것을 족히 짐작할 수 있을 일 같았다. 그리고 이제 그것을 학숙에게 물을 필요는 없었고 또 물어서는 안 될 일이기도 하였다.

"그렇지만 학교는 네가 다니기 싫다고 하잖았냐?"

"거짓말이에요, 제 책과 책보는 모두 어머니가 감춰버렸어요,

불에 넣어버렸어요. 그리고……"

"그래도 그날은 네가 싫다고 하잖았어?"

"네. 아버지가 벌써 선생님께 말씀하시더란 걸 그럼 어떡해요?"

날이 훤히 샜다.

"너 인제 집에 가야지?"

"……"

"너희 형은 언제 가니?"

"어쩌면 갔을 거예요. 전날 보니 그러다 꼭 밤중 되어 찰 타고 돌아가더구먼요."

"가끔 오니?"

"네."

"그럼 인제 없을 터이니 너 돌아가도 괜찮을 테지?"

"……"

학숙은 고개를 떨어뜨린 채 대답을 하지 않았다.

한참 뒤에 학숙은 눈에 이상한 광채를 가득히 담고서,

"선생님."

하고 불렀다.

"어젯밤 아버진 선생님한테 의논해서 헐란다고 그러잖았어요? 선생님께 모든 걸 물어서 헐란다고 하잖았어요?"

"……"

정우는 고개를 끄덕여서 그것을 승인하였다.

"선생님! 말해주셔요, 안 된다고! 전 죽어도 안 된다고 그러세요! 네? 선생님, 전 죽어도…… 죽어도, 안 된다고! 전."

학숙은 다시 발작과 같은 설움에 휩쓸려 정우의 무릎 위에 쓰러졌다. 그는 학숙이 그의 방엘 들어온 이유를 그제야 분명히 깨달을 수 있었다. 그리하여 학숙이,

"선생님…… 선생님, 네? 전……"

하고 애원하듯 명령하듯 다시금 다졌을 때, 그는 묵묵히 학숙의 싸늘한 손을 꼭 쥐어주었다.

그날 정우가 학교에서 돌아온즉 주인집 노파는 대뜸,

"오늘 학숙이 학교에 안 왔지요?"

하고, 물었다. 그래 그렇다고 한즉,

"낮에 개 즈 어머니가 와서 학숙이 어젯밤에 선생님을 모시고 나가서 여태 안 들온다면서 찾아다니드니만 점심때가 지내서야 어디서 붙잡았는지 끌고 들어가더구먼요."

그러고는 다시 묻지도 않는 것을,

"그 집엔 딸을 잘 둬서 인제 아주 살게 됐답니다. 그렇게 한 번씩 자동찰 타고 친정에 오면 돈을 수백 환씩 쓰고 간답니다. 그 사내가 아주 썩 활량이래요. 그렇게 가끔 처가에 각시를 데리고 와서는 노래를 부르고 술을 먹고 아주 온 동네가 들먹하도록 한바탕 놀다 가지요. 그리고 오고 가고 할 때 타고 다니는 그 가시끼리⁹도 학숙 어머니 말로는 바로 그 사위 것이라나요. 아, 아무라도 돈만 있으면 그런 차를 맘대로 사서 타고 다니는 거유?……
허지만 인물이야 제 동생보다 못하지요. 그래 저희 어머니도 그

런다는데요, 큰딸이 만 냥짜리면 작은딸은 이만 냥짜리라고, 어쨌든 그 집엔 딸 덕분에 팔자가 늘어졌지요. 아무라도 다 그럴 바에야 누가 아들 낳겠다고 앨 쓸까? 온 동네서 누가 하나 안 부러할까?"

이렇게 동네 사람들보다도 우선 노파 자신의 부러움을 감추지 못하는 것이었다.

정우는 실상 오늘 학교에서 나오는 길로 그의 집에 들르기로 학숙이와 아침에 약속이었으나 그 집 앞까지 오도록 아무리 생각해도 이 사건에 대한 자기 자신의 태도가 스스로 확실하지 못함을 깨닫고 역시 좀더 생각해서 갈밖에 없다고 그냥 지나와버렸던 것이었다. 그러나 집에 올 때까지도 또 집에 와서 저녁상을 받을 때까지도, 다시 저녁상을 물리고 나서 인제 가봐야 된다고 생각했을 때까지도 의연히 이에 대한 자기의 태도란 한결같이 애매한 데는 스스로 놀라지 않을 수 없었다.

어젯밤 송또상이

'선생님 난 학숙이년더러 꼭 날 먹여 살리란 건 아니올시다…… 학숙이란 년 제 자신의 장래를 위해서 하는 말이올시다. 제 하나 특등인물 만들기 위해서 하는 말이올시다.'

라고 하던 말이 다시금 그의 머릿속에 떠올랐다.

정우는 오늘 학교에서 일을 보는 동안에도 온종일 자기는 학숙을 어떻게든지 해주어야 한다는 막연하면서도 절박한 의무감을 깨닫긴 하였으나 그것이 꼭 어떻게 해야 된다는 생각은 쉽사리 떠오르지 않았다. 설령 학숙의 의견을 좇아 그 부모들의 의견에 반대를 하고 그들의 계책(計策)으로부터 굴레를 벗겨주는 것이 학숙을 구원하는 일이요 또 이것이 정의의 길이라고 하더라도—— 그리고 이것이 정우의 평소의 소신이기도 하였지만——그러나, 여기에 그는 어떠한 말로써 능히 송가의 고집을 설복할 것이며 그에게서 학숙을 구원할 것이냐 하는, 즉 송가의 생활감정의 세계에서는 유령(幽靈)보다도 더 허황하게만 들릴 '영혼'이니 '생명'이니 하는 문구를 비켜놓고, 송가와 더불어 현실적이요 물질적이요 육체적인 견지에서, 그리고 또 어디까지 합리적이요 상식적인 논리를 어떻게 추출할 수 있으며, 그리하여 그것으로 송가와 학숙 사이의 선악과 흑백을 과연 어떻게 가릴 수 있느냐 하는 것이었다.

어젯밤 송또상이,

'선생님 어째야 되겠습니까? 학숙을 위해서 어느 길로 들어서라고 해야 옳겠습니까? 네? 학숙이넌더러 한번 물어봐주십시오. 제 고모같이 되기가 원인가, 제 형같이 되기가 원인가?'

이렇게 몇 번이나 거듭 닦달이었음에도 불구하고 번번이 주책없는 웃음과 술잔을 기울임으로써 이것을 때워 넘기곤 한 것이 반드시 그때 송가의 폭력을 저어함이나 술에 취한 탓만이 아니었음을 이제 새삼스레 깨닫지 않을 수 없었다.

자기는 이즈음도 가끔 밤이 깊도록 바이블(주로 『신약전서』)이나 『논어』를 읽는 일이 있지만 예수나 공자 같은 이가 이것을 부인한 바와 같은 이유로 해서 오늘날의 자기가 그것을 그대로 좇기란 사실 겸연쩍은 일이었다. 그것은 그네들이 포착한 자연(自

202

然)—세계—의 질서와 조화를 위한 윤리였으나, 그 자연의 모
든 원칙이 혹은 기계(機械) 혹은 황금이란 괴물에게 여지없이 유
린된 오늘날 오히려 그것의 질서와 조화를 위한 윤리만을 이들에
게 요구해야 할 이유가 어디 있겠느냐고 해도 그는 이것이 반드
시 파괴주의자의 구변에 그칠 것만은 아닐 성싶었다. 그러나 그
렇다고 하면 그는 오히려 또상의 용단을 동정해야 할 일이며 세
상 사람들의 모든 그릇된 상식과 인습으로부터 그를 변호해야 될
일이지 자기가 유독 팔을 걷고 나서서 그를 항거해야 할 이유가
어디 있을까? 그리고 또 오늘 아침의 학숙의 눈물이라고 하더라
도 그것을 꼭 인간의 고귀한 영혼이나 혹은 생명의 발로라고 생
각한다면 문제는 절로 다르겠으나 그러나 그것 역시 다만 총명한
인습과 변동에 대한 불안일 따름이지 그 무슨 절대의 선(善)이라
고만 일컬을까 보냐고 우긴다면 자기는 그 말의 진실성을 또한
무엇으로 부정할 것이며 그 눈물의 신성성(神聖性)을 어떻게 변
호해야 할 것인가 자기 자신에게 물어보지 않을 수 없었다. 그렇
거늘 그 눈물에 처음부터 감동을 하여 쉽사리 학숙의 손을 쥐어
주고 한 자기의 신념을 부인할 수 있으며 자기의 평소의 이성(理
性)은 거부할 수 있는가?

　그러나 정우는 자기 자신을 부인할 수도 의심할 수도 없었다.
오히려 그러한 논리로써 그 사건 자체의 흑백을 분명히 따질 수
가 없으면 없을수록 학숙을 그대로 송가의 처분에 맡겨두고는 도
저히 한시라도 그냥 배길 수는 없을 일 같았고 어떻게 해서든지
그에게 항거를 하지 않고는 자기 자신이 무서운 죄악의 짐을 져

야 될 것만 같았다. 아니, 그렇기 때문에 그것은 잠시도 잊어볼 수도, 모른 체해볼 수도 없는, 참으로 견딜 수 없는 고통이기만 하였다.

정우는 지금까지 자기의 인격으로써 족히 판단할 수 있는 모든 선과 악은 그때마다 이에 대한 자기의 태도만을 확실히 인식함으로써 교묘하게도 번번이 그것을 묵과할 수가 있었다. 학교에 나가선 날마다 정해진 시간을 기계와 같이 반복을 하고 집에 돌아와서는 밤이 깊도록 책상 앞에 우두커니 앉아 얼마든지 궐련을 태우고 이리하여 그는 자기의 구구한 생명을 구차히 변명하려고도 않고 그대로 그렇게 늙어가면 그만이라고 생각했던 것이었다. 그러나 그는 일방 자기의 이러한 생활이 그의 일생의 운명과 과연 어김없이 맞아떨어질 것이며, 자기 운명이란 과연 자기의 이러한 생활 속에 절로 포용될 수 있는 것일까 하는 점에 있어서는 언제나 한 타래의 불안과 회의를 가지지 않을 수 없었다.

그것은 일찍이 사랑해본 적도 없던 아내였으매 아직 중학 삼학년이란 어린 나이에 '쓰마기도꾸'[10]란 전문을 받고도 그 어두운 하숙방에서 그냥 대수 문제를 풀고 앉아 있었던 것이 그뒤 그의 일생을 두고 져야 할 무거운 부채(負債)로서 스스로 인정하지 않을 수 있었던들 이렇게 밤마다 책상 앞에서 담배를 피워서 허비하는 시간으로 혹은 좀더 빛난 다른 인생을 꾀해볼 수도 있었을 것이며 이제 와 이렇게 하필 학숙의 운명에 기어이 연대(連帶)를 서지 않고서도 어떻게든지 배겨날 길은 절로 있었을 것이 아니냐고도 그는 생각하는 것이었다.

외투를 입고 책상 앞에 앉은 채 문종이에 희부연 새벽빛이 어릴 무렵엔 잠깐 눈을 붙였던 모양으로 머리를 몽땅 잘라버리고 새하얗게 옷을 갈아입은 학숙이 문밖에서 머리만 방 안으로 들이밀고는,

"선생님…… 선생님……"

부르는 것이다. 자기는 곧 고개를 든다는 것이 그러나 학숙은 기다리다 못해,

"아이, 선생님! 전 가요…… 전 떠나요……"

그리고는 그가 고개를 들어 그 부허연 창문을 보았을 땐 학숙은 이미 없었고, 방문은 그냥 닫혀 있었고, 때마침 먼 산모퉁이를 돌아 나가는 기적(汽笛) 소리가 이날따라 유달리 목이 잦게 울었다.

이런 것을 가리켜 몽환이라 부르는지 꿈이라고 하기엔 너무도 현실 같고 현실이라 하려니 실상이 없고, 아아, 얼른 가야 된다, 얼른 가봐야 된다! 이렇게 혼자 속으로 거듭거듭 중얼대며…… 방문을 여니 밖은 흐리터분한 하늘에 눈보라가 치고 있었다.

그러나 습관인지 의무인지 아침엔 역시 학교로 나갔고, 아아 얼른 가봐야 된다 가봐야 된다 이렇게 마음속으로는 몇 번이나 되뇌면서 그러나 학숙의 집 앞은 그대로 지나쳐버렸다.

점심 시간에 동료들은 모두 도시락을 펴고 앉았고 정우는 쓰디쓴 담배를 빨고 있는데 교원실 문이 빠끔 열리며 거기 누런 코르덴 바지에 검정 외투를 걸치고 시뻘건 얼굴에 거먼 안경을 쓴 키

큰 사내 하나가 나타나더니, 사내는 바로 교장 앞으로 걸어가,

"전 이런 사람이올시다."

하며 품에서, 명함 한 장을 내어 교장에게 들이밀며 다시 한번,

"네에 전 송또생이올시다."

하는 것은 틀림없이 예의 '토목공사경험자 송차상'이었다.

"내 딸년을 퇴학하러 왔는데 참 그년이 오늘 학교에 안 왔습니까?"

송또상은 대뜸 이렇게 말을 부딪뜨렸고, 교장은 이를 눈치로 짐작한 모양으로,

"아아 송학숙 말이오? 학숙인 벌써 여러 날째 결석인걸요."

한즉, 송또상은 그저 두어 번 고개를 끄덕일 따름으로 별로 의외란 빛도 보이지 않고,

"아, 그런데 그년이 대체 학굘 안 다닐란다구 그래요, 그렇지만 집에선 모두 가랄밖에, 그래서 자꾸 가라고들 했더니만 지난밤엔 아마 선생님한테 글 배우러 간 모양인데, 아, 여태 들어오질 않으니까 이런 법이 어딨단 말이오?"

"지난밤에?"

"네 지난밤이지요, 하긴 내가 없었으니까 밤인지 새벽인지 그건 똑똑히 몰라도 좌우간 자고 나니 없단 말씀이죠, 그러니 필시 선생님한테나 갔을밖에, 아 그렇잖소?"

"......"

교장은 잠자코 고개를 모로 재웠다.

"아 아니 이년을 어째야 되겠습니까? 학교는 그럼 그만두라고

해야 되겠지요? 그렇지만 대체 이년을 원 어디 가 찾습니까?"

"무엇보다 강제적으론 하지 마시오, 언제든지 아동 의사를 존중해서 아무리 내 자식이더라도 내 맘대로만 하려고 하지 말고 잘 타이르고 서로 상의해서 하시오…… 학숙은 학교에서 성적도 좋고 행위도 착실했소."

"네에, 아무렴 그렇다뿐입니까? 이게 어느 세상이라고 강제적으로 해서야 세상사가 어디 될 리가 있소? 그럼 자 소관 보십시오."

송또상은 의자에서 일어나더니 그제야 교원들 있는 쪽을 획 돌아다보고 거기서 강정우를 발견하고,

"선생님 이리 좀 나옵시다."

하는 한마디만 휘딱 던져놓고는 제 먼저 앞서 나가버렸다.

정우는 동료들을 돌아다보고 얼굴을 붉히며 묵묵히 송가의 뒤를 따라 나갈 수밖에 없었다.

멀리도 가지 않아 바로 현관 앞까지 나와서 송또상은 주춤하고 서며,

"오늘이 반공일날 아니오?"

한다.

"그렇습니다."

"오늘 선생님을 좀 만나야 될 일이 있습니다…… 학숙이란 년 일로, 알아듣겠습니까?"

"……"

"선생님 형편은 어떻습니까? 만약에 오늘이 꼭 안 됐으면 내일

로 미뤄도 상관없습니다."

"오늘도 별로……"

"네에 그렇습니까? 그럼 오늘 밤에 좀 만납시다. 저녁 잡숫고…… 아니 저녁을 그만 나하고 같이 하면 어떻겠습니까?"

"……"

"그 점만큼 선생님 자유대로 하십시오. 그리고 오실 때 말씀이죠, 제 집을 들를 것 없이 바로 저 후미끼리 너머 샘골 주막으로 오십시오, 단단히 알아듣겠습니까? 샘골 주막으로, 새암거리 후미끼리 건너 샘골 주막 말입니다 아십니까?"

"……"

정우가 고개를 들어 바라보았을 때는 송또상은 벌써 운동장 가운데를 걸어가고 있었다.

샘골 주막으로! 순간 그는 어떤 불길한 예감으로 몸이 부르르 떨렸다. 장날 밤마다 사고가 난다는 그 후미끼리 건너 샘골 주막으로 혹은 학숙은 팔려가버린 것일까, 그리하여 혹은 그 후미끼리에 조그만 몸뚱이를 내어버린 것이나 아닐까? 아니 그렇다면 오늘 송가의 태도가 그렇게 태연할 리가 있을까? 그러나 왜 하필 그 샘골 주막으로 오라는 것일까? 거리의 불빛 한 점 비치지 않는 그 외지고 어두운 곳으로 오라는 것일까? 이러한 무거운 불안에 머리가 휑하도록 휩쓸리면서도 다만, 가야 된다는 의식만은 그의 전 의지를 봉쇄해버린 듯하였다.

'가야 된다, 가야 된다.'

그는 학교에서 나오는 길로 자기가 혼자서 가끔 다니는 우편국

뒷골목 '노파술집'을 찾아갔다. 혼자서 조그만 술집을 경영하고 있는 그 노파가 정종 한 가지를 꼭 그의 비위에 맞게 데워주므로 그는 그것을 노파술집이라 부르고 겨울 한 철 동안 종종 다니는 곳이었다.

"오늘은 많이 고단하신 게죠, 아주 얼굴빛이 안됐구면요."

노파는 처음 정우를 보고 이렇게 말했다.

"아아 아니요, 좀 추워서……"

"아아 그렇구면요."

하고 그제야 얼굴을 펴고 고뿌[1]에 술을 놓았다.

정우는 잔을 잡기가 바쁘게 입에다 들어부었다.

그렇게 석 잔을 거푸 들이켜고 나니 지금까지 사뭇 떨리기만 하던 속이 좀 후끈해지며 이마엔 땀방울이 맺혔다.

"인제 그전 얼굴이 됐습니다."

노파는 그의 낯을 바라보며 기뻐하였다.

"에에……"

정우는 어느덧 자기의 혀가 맘대로 잘 돌아가지 않음을 깨달았다. 며칠 밤 연거푸 잠을 설친 위에 또 오늘 온종일 거의 빈속에다 담배만 피우고 난 다음이매 따뜻한 정종 서너 잔에 금시 술기가 돌아버린 모양이었다.

그러나 그는 그때부터 술은 정말로 자꾸자꾸 먹어야 할 것같이만 생각되어, 나중엔 노파가 술 놓기를 거절했으리만큼 그저 자꾸 들어부었던 것이다.

정우가 술집을 나온 것은 열시가 남짓해서였다.

'가야 된다, 송가를 만나야 된다.'

다만 이 한 가지 의식 밑에 그의 몸은 움직이는 것이었고, 그러나 그의 두 발은 그의 의식에 그다지 알뜰한 역군은 아니던 모양으로 몇 번이나 진흙 속에다 그의 몸을 내던지곤 하였다.

그러나 다시,

'가야 된다, 가야 된다!'

이 한 가지 의식은 잠시도 잊을 수 없어 진흙에도 구르고 시궁창에도 빠지고 하면서 그 먼 거리의 불빛 한 점도 보이지 않는 후미끼리 밑 주막을 찾아 골목을 지나고 집 모퉁이를 돌아 캄캄한 어둠에서 어둠 속으로 사실 그의 몸은 가고 있는 것이었다.

# 혈거부족 穴居部族

## 1

  산이라고 해도 층암절벽은 아니었다.

  삼선교(三仙橋)와 돈암교(敦岩橋) 사이에 놓인 그다지 높지 않은 구릉, 그러나 언덕이라기보다는 분명히 산줄기의 끝이었다. 이 산줄기를 타고, 허연 신작로가 널따랗게 커브를 그리며 돌아간 산지 일대(山地一帶)의 구멍들 속에 그들은 살고 있었다.

  굴(구멍) 앞을 훤하게 닦아 올라간 신작로 바닥이라, 앞 가릴 장송노백(長松老栢)이라거나 우뚝 솟은 바위 같은 것도 없이, 해와 바람과 하늘이 노 드리붓듯이 사철 충만해 있어, 혈거 지대(穴居地帶)치고는 자못 명랑하고 화창한 편이기도 하였다.

  "사철 여름 같았으면……"

  그들은 아득한 옛날 그들의 조상들이 부르짖던 그와 꼭 같은 의미의 말을 역시 되풀이하곤 하였다.

물줄기같이 퍼붓는 햇볕, 푸른 하늘을 수놓는 금빛 구름, 부드러운 바람, 무성한 나뭇잎, 타는 듯이 붉은 꽃, 맑은 물속에는 은어 피라미 붕어 송사리 눈치 들이 떼를 지어 다니고, 거리마다 수박 호박 참외 오이 들이 점점이 나부릿뜨려져 있고…… 그러나 이러한 여름도 한 나흘씩 혹은 이레씩 연달아 비가 질금거리고 간간 바람서껀 휘몰아와서 홍수가 지고 하면 어느덧 하늘은 씻은 듯이 높아지고, 산기슭 밭고랑 사이에 햇꿩 소리를 듣기도 바쁘게 천지는 다시 눈과 얼음 속에 잠기고 마는 것…… 그리하여 그들은 조용히 그리고 끈기 있게 이 길고 지루한 겨울과 싸워야 하는 것이었다.

"옥히네도 판대길 한 벌 더 놔주야지."

할머니는 아들(황생원)을 보고 혼잣말같이 걱정을 하였다.

"거죽 뙈기는 몇 벌 더 있디만 쌍놈의 나무 판대길 어드래 구한단 말인가?"

아들은 삼선교 앞 옛 성 위에 까맣게 떼를 지어 앉아 있는 까마귀들을 바라보며 곰방대에 담배를 붙여 물고 있었다.


2


순녀가 이웃집 할머니의 인도로 이곳 혈거부족의 한 사람이 된 지도 벌써 반년이 넘어 되었다. 그것은 이른 여름이었다. 등에서 배가 고파 우는 옥히를 언제까지나 그냥 뒤흔들어서만 재울 양으로, 한쪽 손을 뒤로 돌려 어린것의 궁둥이를 쥐어박아가며, 품속에서 담배 몇 갑을 꺼내 들고는, 남자 손님이 지나칠 적마다,

"서양 담배 사세요, 서양 담배!"

온종일 이리 뛰고 저리 달리고 하는 순녀와는 그다지 멀지 않은 거리에서, 삶은 고구마를 팔고 앉아 있던 할머니는, 보다 못해 고구마 한 개를 옥히의 손에 쥐어주며,

"아가, 이거 먹고 울디 말라, 오냐, 오냐, 끌끌……"

어린것의 얼굴을 한참 동안 들여다보다 혀를 다 차고 나서야 도로 앉았다. 저희 어머니를 닮아 조금도 천(賤)티 없는 얼굴이었다.

"아이고 고마압……"

순녀는 얼굴을 붉혀 할머니에게 인사를 하며 품에서 돈을 꺼내려 하였다. 할머니는 순녀의 손을 잡았다.

"임재네한테 누구레 그거 팔랜다구 했갔오?"

"아이고, 그래 되겠입니꺼? 미안합니더."

평안도와 경상도의 사투리들이었다.

"어린것이 아츰보타 보챌 것 같에서……"

"아이고, 네에, 미안합니더."

"임재두 아마 고당이 서울은 아닌 거디?"

"네에, 경상도올시다."

"겡상도 어디?"

"경상북도 영천이올시다."

"겡상두서 어드케 돼서 이꺼지……"

"고향은 경상도지만, 만주서 나왔입니더."

"만주서?"

"네에, 이번 해방 돼서 만주서 나오다……"

"만주서 어드케 됐어? 상텅은 지금 뭘 하구 있오?"

"……"

순녀는 그때야 비로소 그 무척 아름답게 생긴 두 눈을 커다랗게 떠서 노파의 주름살투성이인 얼굴을 똑바로 바라보았다. 그리하여, 머리를 돌릴 때 그의 낭자머리 끝에 희끄무레한 베 댕기가 드려져 있음을 보고 노파는 속으로,

'흥 상제'로구나.'

했다.

무어 그리 살뜰코 탐탁스럽던 남편도 아니었다. 해방이 되기 반년 전부터 되놈과 싸워 어혈²이 든 이래로 남편은 이미 순녀에게 있어서는 가볍지 않은 짐이기만 하였다.

"이 보, 날 어쩌든지 고향까지만 데려다주."

해방이 되었다고 온 이웃이 발칵 뒤집히다시피 떠들던 날 밤, 남편은 조용히 바람벽에 등을 기대고 앉은 채 순녀를 보고 이렇게 탄원했던 것이었다. 그러나 남편의 그러한 애달픈 부탁이 아니더라도, 이제 해방된 고국을 두고 이역 벌판에 외롭게 남아 살자 할 순녀도 아니었고, 그렇다고 병든 남편을 떼쳐두고 제 혼자 훌쩍 달아나버릴 배짱을 가졌을 리는 더구나 없었다.

"그럼 돌아 안 가고 되놈의 땅에 묻힐라고?"

순녀는 톡 쏘듯이 대답했다. 속속들이 그런 것도 아니면서 남편의 얼굴만 쳐다보면 공연히 뾰로통한 화가 치밀곤 하던 그즈음의 순녀였다. 그러나 이미 병들고 기백마저 쇠잔한 남편은, 아내의 조그마한 화풀이에도 곧잘 두 눈에 불을 켜기만 일쑤요, 말끝마다 각박스레 새겨듣던 편이기도 하였다. 그는 한참 동안 고개를 수그린 채 말없이 앉아 있었다.

"글쎄 나도 고향에나 가 묻히고 싶어서……"

남편의 고까운 듯한 얼굴이었다.

순녀는 갑자기 울음이 복받쳐오름을 깨달았다. 지금까지는 성공이나 하면 돌아가자던 고향땅이었다. 그러나 이제 해방된 고국에 돌아가는 데야 무슨 성공과 실패가 따로 있으랴, 그저 몸이나 성해 돌아가면 장하지…… 하지만 움쑥 들어간 두 눈, 움퍽 파인 두 볼, 시시로 요강에 뱉어내는 혈담, 그리하여 희망이란 것이 다만 고향에 가 묻히기나 하고 싶다는 남편이 아닌가.

"인제 해방이 됐으니까 병도 물러가겠지, 고향에 돌아가 개나 몇 마리 구해 먹고 하믄 그만한 병줄쯤이야 설마 안 떨어질라꼬?"

달포 지난 뒤 세간도 이리저리 팔 건 팔고 버릴 건 버리고 나서 보퉁이 몇 개만 마차에 싣고, 기차역을 찾아 나오며, 이러한 말로 순녀의 위로와 격려를 받아야 했던 남편이었다. 그러나, 만주서 떠난 지도 두 달이나 되어 겨우 서울역에 닿았을 때의 남편의 온몸은, 그 야릇한 광채가 떠도는 두 눈을 제하고는 이미 죽은 사람의 그것이었다.

'고향에 돌아간다.'

두 눈에 불을 켜듯 하여 있는 그 야릇한 광채는 이렇게 말하고 있는 듯하였다. 그의 전 생명, 그의 전 의욕, 그의 전 희망은, 일념, 고향에 돌아간다는 야릇한 광채가 되어 그의 두 눈에 불을 켜고 있는 듯하였다. 그러나 서울역에 내린 그들의 행장 속에서는 거기서 다시 고향까지 돌아갈 여비를 짜낼 것이 없었다. 설령 무임승차권을 탄다 하더라도 그것을 마련하기까지의 며칠과, 다시 차중에서의 며칠 동안 먹고 써야 할 최소한도의 비용은 기어이 손에 쥐어야 할 형편이었으나 봉천서 안동서 신의주서 평양서 이미 팔 건 다 팔고 잃을 건 다 잃고 난 그들의 보퉁이 속에는 냄비 하나와 숟가락 셋과 그리고는 어린것의 기저귀 몇 벌이 들어 있을 뿐이었다. 순녀는 모든 체면도 염치도 다 집어치우고 보는 사람에게마다 손을 내밀며 구걸을 했으나 그것으로는 간신히 세 사람의 입에 풀칠을 하고 남음이 있을 수 없었다. 남편의 숨은, 인제 아주 목과 가슴에서만 발딱거릴 뿐이었다. 순녀에게 남은 것은 오직 한 가지 길, 마지막으로 몸을 팔아서라도 남편의 목숨이 붙어 있는 동안에 고향으로 돌아가야만 할 것이라고 생각을 하고, 그러나, 순녀가 그것을 실천에 옮기기 전에 행인지 불행인지 남편의 두 눈에서 불을 켜고 있던 그 야릇한 광채는 점점 사라져 가고 말았던 것이다.

순녀는 고개를 돌려서 코를 풀었다.

"열녀다 열녀야…… 누구레 상팅한테 그만치 하갔다고."

노파는 혀를 찼다.

이틀 지난 뒤, 두 여인은 보퉁이 둘을 하나씩 머리에 나눠 이고, 지금의 이 '방공굴(防空壕)'이 가지런히 뚫려 있는 새하얀 신작로를 오르고 있었다.

"이것두 집이라구 어띠나 들란다구들 하는듸."

노파는, 산허리를 닦아 올라간 신작로 바닥에서 왼손편 산벼랑 쪽으로 빠끔빠끔 여남은 개가량이나 가지런히 뚫린 전날의 소위 '방공굴'을 가리키며 이렇게 말했다.

순녀가 차지하게 된 구멍은 치드리 열 개 가운데서는 제일 동쪽 편 막바지의 것이었다. 아홉째가 할머니와 황생원 그들 모자의 집이요, 이제 순녀의 집이 된 제일 끝의 열째 구멍은 그동안 이미 여러 차례나 들려는 사람이 있는 것을, 황생원이, 벌써 든 사람이 있다고 거짓말을 해가며 적당한 사람을 고르고 있었던 것이라 하였다. 거적과 궤짝까지 전부 마련되어 있어, 순녀는 가지고 온 보퉁이와 냄비와 간장병을 들여놓으면 그대로 살림을 들게 되는 셈이었다.

"할머니 은혜를 어떻게 갚아요?"

순녀는 황생원이 손질을 다 해주고 물러가자 할머니를 보고 이렇게 인사를 하였다.

"이전 아츰저녁 서루 보게 됐으니꺼니, 아, 은혜구 무어구 누구레 그런 걸 물으랬오?"

"그렇지만 보는 건 보는 거고……"

"아, 암만해두 내레 임재네 폐 끼티게 되디 머, 아, 그르디 말구 그 어린것 젖이나 좀 멕이우."

"……"

순녀는 어린것에게 젖꼭지를 물리며 가만히 한숨을 내쉬었다.

그날 저녁때 노파가 물양동이를 들고 나서는 것을 본 순녀는,

"할머니 인 주세요, 물은 지가 길러오겠입니더."

하고, 노파의 손에서 물양동이를 받아 들었다.

"고롬 둥엣건 인 달라구. 내레 안구 봐주디."

순녀는 옥히를 내려서 노파에게 맡겼다.


# 3


"옥히네 그리디 말구 우리 함께 살자구."

할머니는 순녀더러 가끔 이런 말을 건넸다. 그러나 순녀는 언제나 얼굴을 조금씩 붉힐 뿐으로 승낙을 하지 않았다.

"너무 늙어서 싫은가? 옥히네가 올해 스물여섯이래디, 우리 집아 애비가 올해 마흔너이이니꺼니 꼭 열여덟 해 우이로구먼."

"아이고 할머니도 괜한 말씀을 다……"

"고롬 뭘 그렇게 애쓸 게 있담? 뭐 본마누라가 있을까 봐? 그건 내레 늘 말했디, 그저 홀몸이라구, 아 여북해 집이랑 세간이랑 모두 내팽가티구 여기 와 이 고생을 하갔나? 우리 메누리야 시방 살아 있으믄 사람이야 얌전했디, 그 원숫놈에 병덩들과 도죽놈덜한테 부뜰레가 그 욕만 안 당했으믄 앞으로 곧 독립되갔다구 하는데 저두 와 대동강물에 빠제 죽구 말았갔나? 사람이야 그만하믄

결곡하구 장했디. 야아 그 도죽놈덜의 원수를 어떻게 갚나?"

노파는 뿌드득 소리를 내며 이를 갈았다. 여름밤이었다. 하늘
에는 훤한 달이 걸려 있었다. 동소문 쪽에서 이따금씩 시원한 바
람이 솔솔솔 불어오곤 하였다. 그러나 순녀는 역시 잠자코만 있
었다.

조금 전부터 곁에 와 앉아서 궐련을 피우며 노파의 이야기를 드
문드문 엿듣고 있던, 치드리 둘째 굴에 사는 애꾸눈이 윤서방이
이때 침을 찍 뱉고 나서 말참견을 시작했다.

"지금 할머니 말씀도 일린 있는 말씀입니다. 마는, 지금 이 시
대로 말하면 공산주의 자유 시대라고 말할 수가 있는데 말씀이
죠, 그렇게 공산 사상에 대해서 냉정히 비판할 필요성은 없을 듯
한데……"

여기서 그는 말을 끊고 순녀 있는 쪽으로 몸을 돌이켰다.

"이 아주머니로 말하면 몸은 비록 이렇게 누추한 데 살고 있지
만 그 마음만큼은 고상한 부인이라 말할 수 있는 데 대해서 할머
니께서 밤낮 그런 일본제국주의 사상적으로만 말씀드리고 있으니
이 점에 대해서 아주머니께서 오해하시지 않도록 말씀드리는 것
인데 내 친구에 또길이라고 경상도 대구 사람으로 상당히 사상가
라고 말할 수 있는데 저도 이 친구에게 사상적에 있어서 많은 교
육을 받았다고 말할 수 있는 만큼 아주머니께서도 고향이 같은
경상도시라니 특별히 한 말씀……"

"에보."

노파의 노기를 띤 목소리였다.

"넌덜끼리 말하는데 남뎡네가 참견은 무슨 참견을 하갔다 구."

"네, 실례가 많습니다. 그런데 이 시대로 말하면 공산주의 자유 시대라고 말할 수 있는데, 내 친구에 또길이라고 상당한 사상가지요, 그런데 이 아주머니께서도 고향이 같은 경상도시라니까 말씀드리는 겐데……"

"에보, 듣기 싫수다, 데켄으루 물러가우, 당신네 여펜네가 그 꼴을 당해보야 알갔다문……"

노파는 말을 끊고 분노에 찬 두 눈으로 윤성달의 얼굴을 똑바로 노려보았다.

"그 양반이 또 주기가 있는 모양이군."

곁에서 듣고 있던 여섯째 굴의 노인이 한마디 거들었다.

"오늘 밤만큼 이 사람이 실례가 많았다고 말할 수 있습니다, 그러나 할머니 아주머니, 이 시대로 말하면 절대로 공산주의 자유 시대라고 말할 수 있는 데 대해서 그러나 우리는 절대로 신탁통치를 반대하는 것이 사실이올시다."

그는 순녀를 한 번 더 흘겨보고 나서 한성여중 있는 편으로 비틀비틀 걸어가고 있었다. 그는 그즈음 술에 취하기만 하면 반드시 궐련을 피워 물고 순녀를 찾아와서는 무슨 수작을 붙여보다 돌아가곤 하는 것이었다. 한번은 저희 친구라 하면서 키가 나지막한 양복쟁이 하나를 데리고 와서, 순녀의 굴에서 술을 먹겠다고 하였다. 순녀가 거절을 했더니, 그래도 듣지 않고 백원짜리 지폐 석 장을 억지로 순녀의 손에 쥐어주며 그러지 말고 약주나 한

병하고, 오징어나 두어 마리 사다달라고 졸랐다. 순녀는 순녀대로, 그만한 것으로 각박스럽게 닦아세우기도 야박한 노릇이라 해서 좋은 얼굴로 거절을 했는데 저편에서는 순녀가 은근히 마음을 움직인 줄 오해를 하고, 한참 동안 실랑이를 한 일도 있었다.

"그래도 우리 이웃에서는 젤 식자³가 든 양반인데."

여덟째 구멍에 사는 여자가 윤가의 뒷모양을 바라보며 이렇게 말했다.

"아, 금년엔 모기가 한 마리도 없어, 신통한 일이야."

여섯째 구멍에 사는 노인이 갑자기 화제를 돌려버렸다.

"미국 비행기가 공중에서 소독을 쳐서 그렇다지요?"

셋째 구멍의 사나이가 받았다.

"쌍놈의 새끼들, 소독이야 주든지 말든지 독립이나 얼른 좀 시켜줬음 좋갔수다."

좀 뜬 곳에서 담배를 문 채 잠자코 먼 산만 바라보고 앉아 있던 황생원이 담뱃대를 땅에 대고 떨며 이렇게 한마디 툭 하였다.

"이승만 박사가 미국서 임시정부를 꾸며서 나왔다니까 인제 곧 되겠지요."

또 여섯째 구멍의 노인이 이렇게 받았다.

"아, 누구레 왔갔게 인제 독립이 되갔다오?"

황생원의 모친이 깜짝 놀란 듯이 이렇게 물었다. 이 노파는 무엇이든지 조선 문제에 대한 무슨 놀라운 소문이 있다고 하면, 곧 그것을 '조선독립'이라고 혼자 정해버리는 버릇을 가진 것이었다.

"신탁통치가 된다는 사람도 있더만서도……"

여덟째 구멍의 여인이 혼잣말같이 이렇게 중얼거리니, 황생원 모친은 또 깜짝 놀란 듯이,

"아 신탁통치레 독립인가?"

하였다.

"독립은 아닌 모양인 게지."

하는 것이 여섯째 구멍의 노인,

"아, 그러갓게 우리레 이런 고생 하디 독립됐음야 이러고 있잤 오."

하는 것은 또 황생원 모친이다.

"독립돼도 별수없을 게라는 사람도 있더만서도……"

여덟째 구멍의 여인이 또 혼잣말같이 이렇게 말하니, 황생원 모친과 여섯째 구멍의 노인이 한꺼번에

"누구레, 그런 쌍……"

"천만엣……"

하고, 분연히 반박을 했다.

"독립만 되면야 이럴 리가 있나요?"

한 것은 셋째 구멍의 사나이의 말. 그러자,

"독립이나 얼른 돼봤으면 죽어도 원이 없겠다."

순녀도 한마디 하였다.

황생원은, '으으응' 하고 신음하는 소리와 같이 한숨을 내쉬었다.

그러자, '신탁통치'가 되면 태극기도 못 쓰게 되리라는 소문에, 이왕이면 그것으로 숙자의 앞치마라도 만들어줄까 보다고 망설이

다 둔, 그 여섯째 구멍의 여인도, 이러고 보면 역시 그대로 둬두기를 잘했다고 혼자 속으로 가만히 한숨을 내쉬었다.


4


굴 밖에서는 부슬부슬 비가 내리는 밤이었다. 벌써 여러 날째 계속되는 장마 날씨였다.

잠결에 순녀는 무엇이 가슴을 내리누르는 듯한, 숨이 답답함을 깨달았다. 간신히 잠이 깨어 눈을 떴을 때, 캄캄한 어둠 속에 과연 무엇이 그녀의 몸 위에서 가슴을 누르고 있었다. 순녀는 문득 소리를 지를 뻔하다가, 몸을 오싹 떨며 가슴 위의 것을 힘껏 떠밀어 떨어뜨린 뒤 자리에서 일어났다.

"누구야?"

"……"

"누구야?"

"……"

"아이구 얄구져라!"

순녀는 소리를 질렀다.

순간, 남자는 또다시 왈칵 뛰어들어 순녀의 목을 껴안았다. 남자의 입에서는 술 냄새가 훅 끼쳤다.

"도둑이야!"

순녀는 힘껏 소리를 질렀다.

그러자 사내는 굴 밖으로 달아나려 하였다. 거적문 곁에서 더듬 더듬 신발을 찾는 모양이었다.

"도죽이야!"

굴 밖에서 황생원이 소리를 질렀다. 그러자 사내는 신발을 찾다 말고 굴 밖으로 튀어 나가는 모양이었다. 캄캄한 어둠이었다.

"어느 도죽놈이!"

황생원이 후려갈긴 몽둥이는 사내가 맞는 소리였다.

"데놈이야, 데놈!"

"데놈이야, 데, 치드리 둘째 굴에 사는, 데 윤가란 놈 그놈이 야."

할머니는 바싹 마른 소리로 이렇게 외치고 있었다.

"쌍놈의 새끼."

황생원의 휘휘한 목소리였다.

"멀 가져간 건 없나?"

노파는 촛불로 굴 안을 이리저리 비쳐보며 이렇게 물었다.

"별로 없나 봅니다."

순녀는 흐트러진 머리를 쓰다듬어 비녀를 고쳐 찌르고 있었다.

"임자 욕이나 안 당했나?"

할머니는 순녀의 얼굴을 똑바로 들여다보며 이렇게 물었다.

"할머니 아니드면……"

순녀는 할머니의 시선을 피하려는 듯이 무르팍 위에 안고 앉은 옥히의 머리를 쓸며 이렇게 대답하였다.

한참 동안 굴 안은 잠잠하였다.

"이놈의 비는 웬걸 날마다 부슬부슬 내리구 있어."

황생원이 굴 밖에서 혼잣말같이 이렇게 중얼거리고 있었다.

"옥히네 우리하구 한집에 살믄 어드르캤나?"

노파는 아무런 주저도 없이 또 이렇게 바로 쏘기 시작하였다.

"……"

순녀는 잠자코 고개를 수그리고 있었다.

"너른 서울 바닥에서 우리네 이만치 지내게 된 것두 연분이라 구 할 수 있는데 이만하면 속두 서루 알아볼 만하구 하니께니 말 이디."

"전들 그걸 모릅니꺼."

순녀의 안타까운 목소리였다.

'죽은 사람이 그렇게도 고향에 가고 싶어하던걸……'

순녀는 목이 메어 잠깐 말을 그쳤다가,

"어차피 이리됐으니까 소상⁴이나 지내놓고 나서 어떻게 아즈바 이 같은 이 따라 살았으면 해서……"

낯을 돌이켜 코를 풀었다.

"옥히네 말도 고마운 일이야, 남쪽이구 북쪽이구 사람 사는 인 정은 마찬가진데 그 그렇구말구, 끌끌."

노파는 혀를 차가며 순녀를 위로하였다.

"그러니께니, 속이라두 서로 알 만하니께니 하는 말 아니갔나, 옥히네레 그동안 봤으믄 알겠디만 우리 야 애비레 어디 허튼말 한마디나 하는 위인이갔나? 나두 암만 우리 집 야 애비드래두 술 잔이나 먹구 다니는 쌍놈의 새끼나 같으믄 옥히네레 따라 살갔다

와도 도루 쫓아내갔디, 뭐, 내 욕심만 채우갔다구 놈의 신세레 골
라놓갔대?"

노파는 잠깐 말을 그쳤다.

촛불이 찌르르 녹아내리면서 푸드득 춤을 추었다.


같은 날 밤.

새벽녘이나 되어 막 혼곤히 잠이 들려 하는데 굴 밖에서 여러
사람들의 절박한 비명 소리가 들렸다. 그러자 조금 있으니 굴마
다 사람들이 뛰쳐나가는 소리요, 아아, 아아, 하고 그들은 절망하
듯 한 소리를 질렀다.

"굴이 무너졌다!"

누가 이렇게 소리를 질렀다. 떨리는 목소리였다. 여자와 아이들
의 소리가 들렸다.

"옥히네 자나! 저 아래 치드리 넷째에 굴이 무너졌다. 얼른 나
오너라!"

할머니의 목소리였다.

순녀가 뛰어나왔을 때는 벌써 굴마다 사람들이 모두 나와 있었
다. 날은 희부옇게 새어가고 있었으나 비는 아직도 부슬부슬 내
리는 중이었다. 넷째 구멍 앞에는 여자와 아이들이 첩첩이 둘러
싸고, 굴 안에서는 남자들이 흙을 담아내고 있었다.

마흔한 살 먹은 남자와 일곱 살 난 계집애가 흙 속에 묻혀버렸
다는 것이다.

"어이구! 어이구! 어이구! 어이구!"

죽은 사람의 아내인 키가 나지막한 여자는 머리를 흩트린 채 온 얼굴을 눈물과 콧물로 씻듯이 하고 있었다. 열한 살 난 사내아이는 그 어머니의 치맛자락을 잡고 서서 오들오들 떨고 있을 뿐이었다. 이 사내아이와 그 어머니는 앞에서 자고 그 아버지와 어린 딸이 안에서 자고 있었는데 그 아버지와 딸이 자고 있던 안쪽에서부터 흙이 무너졌다는 것이었다.

"아이고 불쌍해라, 불쌍해라!"

둘째 구멍의 윤서방의 아내는 치마폭으로 코를 풀었다. 두 눈도 뻘겋게 부어올라 있었다.

"본 고장이 어디지요?"

여덟째 구멍의 여인이 물었다.

"어이구! 어이구! 어이구! 어이구!"

여자의 입에서는 이 소리밖에 아무것도 나오지 않았다.

"충청남도 논산이에요."

윤서방의 아내가 대신 대답을 하였다.

"사람이 나온다!"

굴 안에서 흙을 담아내고 있던 사람 중의 하나가 이렇게 소리를 질렀다. 굴 앞에 모여 있던 사람들이 굴속으로 와아 몰려들려 하였다.

"미구에 이쪽 앞에 흙도 곧 떨어질 텐데 괜히들……"

하고, 셋째 구멍의 남자가 몰려들어오는 여자와 아이들을 모두 내쫓았다. 피투성이가 된 남자의 시커먼 얼굴이 드러났다.

"어이구! 어이구! 어이구! 어이구!"

여자는 눈도 반쯤 감은 채 머리를 흩트린 채 자꾸만 굴속으로 뛰어들려 하였다.

　"어린애도 팔이 나온다!"

　계집애의 머리는 그대로 흙덩이가 되어 있었다.

　"어이구! 어이구! 어이구! 어이구!"

　여자는 눈도 아주 감아버린 채 자꾸만 굴속으로 밀고 들어가는 것이었다. 열한 살 난 사내아이는 굴속에 들어와, 이제 반쯤 드러난 그 아버지의 상반신과 누이동생의 흙덩어리 그대로인 얼굴을 보았을 때 으악하고 소리를 지르며 그 어머니의 치마폭에 얼굴을 묻어버렸다.

　"저리 가세요, 저리, 이 앞의 흙도 언제 떨어질는지 모르는데."

　셋째 구멍의 사내는 여자와 아이를 밖으로 떠밀어내며 또 이렇게 소리를 질렀다.

　"앞에다 거적 뙈길 하나 가져다 깔아놔야디."

　황생원은 부들부들 떨리는 두 팔로 계집애의 시체를 안고 굴 앞으로 나오며 이렇게 말했다. 그리하여 날이 훤하게 새었을 때는 마흔한 살 난 아버지와 일곱 살짜리 계집애와 두 사람의 시체가 굴 앞에 가지런히 누운 채 거적으로 덮여 있었다.

　"어이구! 어이구! 어이구! 어이구!"

　여자는 거적 위에 눈물과 콧물을 내리쏟기만 하였다.

　"자, 이걸 좀 마셔보라구!"

　할머니가 흰죽 한 그릇을 들고 와 권했으나 여자는 그저 두 눈을 꼭 감은 채,

"어이구! 어이구! 어이구! 어이구!"

할 뿐이었다.


5


밤사이에 소복소복 눈이 쌓이곤 하더니만 날씨는 갑자기 혹한에 들어가버렸다.

앞으로 사흘만 지나면 남편의 소상날이 다가와 있는 이 무렵에 그러나, 순녀는, 황생원과 볼 때 입어야 할 흰 갑증[5] 저고리를 꾸미고 앉아 있었다.

'고향으로 간다!'

그렇게 여러 날 동안 물 한 모금 못 마신 채 주리고 떨어가며, 두 눈에 불을 켜듯 하고 있던 그 남편은 이제 한줌의 재가 되어 저 조그만 궤짝 속에 들어 있거니 생각하니 다시금 바늘 끝이 흐려지곤 하였다.

'인제 해방이 됐으니까 병도 물러가겠지, 고향에 돌아가 개나 몇 마리 구해 먹고 하면 그만한 병줄쯤이야 설마 안 떨어질라꼬?'

한 것은, 일 년 전 아직 만주 벌판을 달리고 있는 마차 위에서 순녀가 남편을 위로하던 말이었다. 그러자 두 달 동안이나 도중에서 고생을 하던 일, 그리고 그 어느 순간에 마지막 숨을 모을는지도 모르는 남편을 남겨두고, 미친 것처럼 서울역 부근을 돌아다니며 보는 사람마다 염치도 체면도 돌볼 새 없이 손을 내밀고 하던 일이 이제 환등처럼 눈앞에 나타나곤 하였다. 순녀는 눈을 감았다. 순간, 순녀의 감은 눈에서는 자기도 모르게 눈물 방울이 뚝뚝 떨어졌다. 아차, 하고 눈을 떴을 때는, 들고 있던 옷감 위에 분명히 눈물 자국이 떨어져 있었다. 할머니에게 미안한 생각이 들었다. 어저께 할머니는 자기의 보퉁이 속에서 이 옷감을 꺼내 순녀에게 주면서,

"옥히네, 자 야 애비한테보다 나한테 절 맨제 하라고."

웃으며 이렇게 말하던 것이었다. 할머니한테라고 두 벌인들 있을 리 없는, 혹은 마지막으로 흙 속에 가 묻힐 때 입으려고, 그 넘기 어려운 삼팔선을 넘어서까지 간신히 가지고 온 할머니의 수의(壽衣)감인지도 모를 흰 갑증 저고리를 이렇게 하염없는 눈물로 망치게 되었다는 것을 만약 안다면 할머니는 얼마나 섭섭해할 것인가? 순녀를 위해서는 진정으로 아무것도 아낄 줄을 모르는 그 주름살 많은 할머니에 비해 자기는 얼마나 무심코 쓸쓸한 사람인가? 굴 밖에서는 아까부터 황생원과 며칠 전에 새로 이사온 치드리 둘째 구멍의 박서방이란 사람과 둘이서 무슨 이야기를 건네고 있는 모양이었다.

"윤가하구는 그전부터 알았댔소?"

"아니올시다. 황금정서 가역[6]일을 같이 하다 첨으로 알았지요."

"윤가도 일을 합데까?"

"하는 둥 마는 둥이지요."

"그래 궐이 여기 사는 줄은 어드케 알아보았소?"

"제가 집 걱정을 했지요, 그랬더니 윤서방이 있다 하는 말이 저의 집을 팔려고 내놨으니 살 템 사라고 하잖겠어요? 그래, 난 없는 사람이 돼서 아주 집을 사서 들고 할 처지는 못 된다고 했더니, 그 윤서방 말이, 아, 왜 아닐까 보냐고, 없는 놈이 없는 놈의 사정을 서로서로 보아주지 않으면 어느 놈이 와서 보아주겠느냐고, 아무리 요새가 공산주의 자유 시대라고는 할 수 있지마는 없는 놈 배곯기는 마찬가지 아니냐고, 이 작자가 눈은 애꾸고, 보기엔 꺼츠레하게 생겼어도 식자는 많이 든 모양으로 말은 그럴듯이 곧잘 하겠지요…… 박으세요, 제가 여길 잡겠습니다……"

박서방은 황생원이 과동⁷ 준비로, 굴 안에 장치할 나무판자에 못을 박는 일을, 거드는 모양이었다.

"몇 마디 얻어들은 풍월이갔디 뭐…… 그쪽으루 손을 내어잡으시오."

황생원이 똑딱똑딱하고 못을 치는 소리가 났다.

"그렇지만 동정은 동정이구 매매는 매매가 아니냐고 한즉, 아 여부가 있느냐고, 허지만 걱정할 필요는 없으니까 저녁에 술이나 한잔 사라고 그러겠지요, 저도 뭐 윤서방의 말을 꼭 믿은 것도 아니지만 궐자 하는 말씨가 그럴듯해서 알고 속는 셈 치고 술을 샀지요, 그랬더니 술이 반취나 양전히 되어서 하는 말이, 집은 집이지만 삼선교 뒷산에 있는 방공굴이라 그러겠죠, 저도 너무 어이가 없어서 그래 방공굴을 두고 집이라고 하느냐고 한즉, 궐자 말이 그 대신 값이 싸다는 거예요."

"흥, 값이 싸다!"

황생원은 역시 장도리 쥔 손을 쉬지 않고 판자에 못을 박아가며
이렇게 콧소리를 내는 것이었다.

"그래, 싸면 얼마나 받을 테냐고 한즉 한 장만 달라겠죠, 한 장
이 얼마냐고 한즉 천 원이래요, 그렇지만 남이 파놓은 방공굴을
천 원씩이나 받고 파는 법이 있느냐고, 오백 원만 받으랬지요, 그
랬더니 궐자가 아주 눈을 크게 뜨며, 아, 천 원이래두 누구의 돈
을 먼저 받아야 될는지 모른다고, 아주 뻐기고 나더니, 그렇지만
우리 무산자끼리 서로 동정하지 않으면 어느 놈이 해주겠느냐고,
너의 사정도 딱하고 하니 칠백 원만 내라고 그러겠죠, 그러나 어
딜 가겠어요? 시재⁸ 거리에라도 나가야 할 형편인 데야. 그래도
설마 거리보다야 낫겠지 하고…… 그것도 저한테 웬 돈 칠백 원
이나 한꺼번에 생길 리가 있겠어요, 주인집에서 얼른 쫓아내려고
하는 수작이겠지만 최고 천 원까지는 이사 비용으로 보태주겠다
고 했으니까 그걸 믿고 한 게죠."

"결국 그럼 칠백 원은 윤가한테 줬갔수다레!"

"헐 수 없지요…… 듣고 보니 역시 칠백 원 가치는 되는 듯합니
다."

하고, 박서방이 히죽 웃는 모양으로, 황생원도 소리를 내어 허허
웃었다.

"아, 메칠만 더 참았으면 여기 굴이 하나 부이는 걸 참 잘못했
수다."

황생원은 분명히 지금 순녀가 들어 있는 굴을 가리키며 하는 말
인 모양으로

"현재 사람이 들어 있잖어요?"

하는, 박서방의 말에

"이제 메칠 안 되어 부이게 되갔수다."

한다.

밖에서 건네고 있는 이런 말을 듣고 있는 동안 순녀는 별안간 가슴이 떨리기 시작하였다. 며칠 전부터 감기가 들어 아무것도 먹지 못하는 옥히는 순녀의 등에 업힌 채 또 얼마나 열이 오르는지 등줄기가 온통 화끈거린다.

"아, 무슨 선약⁹이나 없을까?"

순녀는 누구의 급한 병환을 당할 때마다 언제나 생각하는 이 말을 입버릇같이 입속으로 뇌고 있을 때 불현듯 그녀의 눈앞에 나타난 환상은, 또 한번, 죽은 남편의——두 눈에 불을 켜고 있던, 그

'고향으로 간다!'

하고, 외치는 듯하던, 야릇한 광채였다. 순간, 순녀는 또 눈을 감아버렸다. 그러나 이번에는 조금 전 갑증 저고리 위에 뚝뚝 떨어지던 눈물 방울 대신, 등줄기에 홧홧 달아오르는 옥히의 숨결에 또 정신이 나갔다.

'아, 하느님, 선약을……'

순녀는 불식간에 또 한번 이렇게 맘속으로 외쳤다. 바로 그때다.

"야아 독립이다."

누가 밖에서 이렇게 외치는 소리가 났다.

"독립이다!"

"독립이다!"

여러 사람들의 목소리가 한꺼번에 들렸다. 그와 동시에

"울—"

하고, 하늘에서는 비행기 소리도 들렸다.

"모두 나오너라!"

"모두 태극기 들고 나오너라!"

"조선 독립이다!"

여러 사람의 목소리 속에는 분명히 황생원네 할머니 소리도 섞
여 있었다.

"옥히네 빨리 기 들고 나오라우, 야아, 이전 독립이 됐댄다!"

할머니는 숨을 시근덕거리며 이렇게 힘껏 외치고는 자기도 국
기를 찾으러 굴속으로 뛰어 들어가는 모양이다.

"비행기에서는 머이 내려오나 봐라!"

"아주 독립장을 박아서 뿌리나 보지!"

이런 말도 들렸다. 물론 순녀도 국기를 찾아 쥐기가 바쁘게 굴
밖으로 뛰어나왔다. 구멍마다 아이 어른 할 것 없이 모두 뛰어나
오고 있다.

"만세!"

"만세!"

"독립 만세!"

그들은 제가끔 태극기를 휘두르며 만세를 불렀다.

"만세! 독립 만세!"

할머니는 국기를 찾느라고 좀 늦게 뛰어나와서는 목이 잠기도록 소리를 질렀다. 이 혈거부락에 가장 남 먼저 '독립 소식'을 전한 사람이 또한 할머니였다. 할머니는 옥히의 감기약을 구하러 한길 아래 내려갔다가 그 집 사람들에게서 오늘부터 독립이 된 것을 들었다는 것이었다. 아주 '법'으로 독립이 된다고 하더라는 것이었다. (할머니는 이 '법'이란 말에 특히 힘을 넣어 말했다.) 그래서 그 사람들도 모두 사무를 쉬고 집에서 술이나 먹고 있더라는 것이었다. 그 밖에 또 무슨 말을 했는지 할머니는 미처 다 듣지도 않고 뛰어왔던 것이었다. 더구나 가슴은 이미 뛰고 두 귀는 먹먹한 할머니에게 그 이상은 아무것도 더 듣고 싶지도 않았던 모양이었다. 독립이 되고, 법이 생겼다는데 또 더 무엇을 바랄까 보냐, 노파는 옥히의 감기약도 잊어버린 채 숨을 헐떡이며 뛰어왔던 것이었다.

"그런데 아랫동네에서는 왜들 모도 잠잠하고 있을까?"

여섯째 구멍의 노인이 첨으로 이런 말을 하였다.

"잠잠한 게 뭐요? 아 일들도 가지 않고 집에서들 술이나 먹고 놀고 있갔는데 뭐……"

"그렇지만 정말 독립이 됐으면야 집 안에만 박혀 있겠어요?"

박서방의 말이었다.

"아, 백혀 있다니요, 종로 네거리에서는 시방 야단이 났갔수다. 먼 데 비행기 뜬 거만 봐두 다 알갔디, 뭐……"

할머니는 박서방의 말을 일소에 부치려 하였다.

그때, 한길 아래쪽에서 새까만 양복바지의 여학생 둘이 이야기를 하며 올라오고 있었다.

"예보, 체네, 오늘, 독립이 정말 됐갔디?"

할머니가 숨이 가쁘게 물었다.

"네?"

여학생 하나는 눈을 똥그랗게 떠서 할머니에게 도로 묻는 얼굴이요, 하나는 손으로 입을 가리며 호호호 하고 웃고 있었다.

"아아니, 오늘 독립이 된 걸 모르고 있디, 시방, 바루 데 아래서, 독립두 되구 법두 생겼다구 술이랑 먹구들, 놀게 내레 독립이 됐느냐 하니, 아, 됐다는 걸 이 귀루 듣구 봤는걸 모른다문 말이되나?"

할머니는 두 손으로 자기의 양쪽 귀를 뚜드려가며 학생들의 놀란 듯한 얼굴을 흘겨보았다.

"무어, 법이 선다구요."

"아, 법이 선다면 독립두 됐갔디, 뭐……"

"오오, 입법 기관 말이로군?"

웃던 학생이 먼저 소리를 질렀다.

"오라, 참 그렇군!"

다른 학생도 양쪽 손바닥을 딱 붙이며 이렇게 외쳤다.

"아아 거, 입법 기갱이라는 건 독립 아닌가?"

할머니는 지지 않으려는 듯이 물었다.

"아니에요."

"아니에요."

두 학생은 설명을 하려고도 않고 다만 이렇게만 말하고는, 비스듬히 커브를 돌아간 허연 신작로 위로 걸어가버렸다.

태극기를 든 채 학생들의 뒷모양을 한참 동안 멍하니 바라보고 있던 순녀는 할머니의 두 어깨가 아래로 축 늘어지는 즈음에서 차마 그 얼굴을 보지 않으려는 듯이, 고개를 돌려 하늘을 쳐다보았다. 머리 위에서는 연방,

"울—"

하는 소리가 천둥같이 울려오고 있었으나, 삼선교 앞 옛 성 위를 넘어, 남산도 지나, 한강도 건너, 멀리멀리 새파란 남쪽 하늘가에 떠 있는 것은, 그러나 비행기도 아니었다.

# 달

 

노(櫓)를 저을 때마다 작은 나무배는 삐거걱 소리를 내며 검은 물 위로 미끄러져 흘러내렸다. 하늘에는 별들이 유난히 빛나고 있었으나, 동쪽 강 언덕의 울울한 숲 그늘은 칠야[1]같이 강면을 뒤덮어 있었다.

"물이 좀 흐르는가."

경보(景甫)—달이의 외삼촌—는 머슴에게 이렇게 물었다.

'예기소'에서 합친 서천(西川) 알천(閼川) 두 갈래 물은, 금장(金丈) 나루를 지나자 다시 두 줄기로 벌어져 흘러내리는 것이었다. 서쪽 넓은 바닥으로 퍼져 흐르는 것이 흐름의 줄거리로 보아서는 역시 형산강(兄山江) 본류로 되어 있었으나, 그 수심(水深)에 있어서는 동쪽 줄기에 비길 나위가 없었다. 동쪽 줄기는 본디 바닥이 깊고 언덕이 높은 데다 두어 마장[2] 아래는 울창한 고목 숲이 가로놓여 있고, 그 숲머리에다 봇[洑]둑을 막아서 짙푸른 물은

호수같이 언제나 고요히 담겨 있었다.

"흐르긴 좀 흐르는데……"

한참 뒤에 앞집 머슴은 노 잡은 손을 잠깐 쉬며 혼잣말같이 이렇게 중얼거렸다. 언덕 위 숲 속에서는 비드득비드득 밤새가 울었다. 윗머리 나루에서 멱을 감던 사람들도 거의 마을로 들어가 버린 모양으로, 강가 모래 위에 찬란히 오르던 모닥불도 어느덧 깜박깜박 사그라져가고 있었다.

"뱃머리를 좀 돌리게."

달이의 외삼촌은 장대로 물속을 더듬으며 이렇게 말했다.

"뭐가 걸리능교."

머슴이 고개를 돌이키며 물었다. 그러나 갈퀴 끝에 걸려 올라온 것은 달이의 시체가 아니라, 썩은 나무토막이었다. 달이의 외삼촌은 나직하게 한숨을 내쉬며 담배를 피워 물었다.

"여기서 빠지는 걸 똑똑히 보긴 봤다는가."

"글쎄요, 숙희가 봤다니까……"

제 눈으로 못 보았기는 마찬가지였다.

어젯밤 그들이 물레방앗간 곁에서 막 첫잠을 한숨이나 자고 났을 때 보 위에서 처참한 계집아이의 비명 소리가 들려왔다. 그들이 잠을 깨어 소리 나는 곳을 찾아 뛰어왔을 때는 이미 물 위에 빈 배 한 척만 덩그렇게 떠 있을 뿐이었다.

"아아, 달이 물에 빠졌다!"

"달이 빠져 죽었다!"

그들은 거의 즉각적으로 이렇게 외쳤다. 머리 위에는 열이레 달이 거의 하늘 한가운데 와 있었다.

"숙희는 어디 갔어, 숙훤?"

그들은 조금 전 비명 소리를 낸 것이 숙희였음을 누구나 다 알고 있었다. 숙희는 제 눈으로 보았다고 하였다. 달이 그 작은 나무배를 타고 물 위에서 혼자 놀고 있다가 물속에 비친 달을 들여다보며 웃는 얼굴로, 친구와 이야기하듯 무어라 중얼거리다 배에서 떨어져버리더라는 것이었다.

그길로 여태껏 배는 삐거걱삐거걱 소리를 내며 이 물 위에서 맴을 도는 것이나, 어찌 된 노릇인지, 물밑에서 그 새하얀 얼굴에 웃음을 머금고 반반이 누워 있을 달이의 시체는 아직까지도 갈퀴 끝에 좀처럼 걸리지 않았다.

"아아 물속에 무슨 굴이 있나 보다. 굴속으로라도 끌려 들어갔는갑다."

달이의 외삼촌 경보는 한숨을 지었다.


달이(達伊)는 달, 또는 달득(達得)이라고도 불렸다. 그 어머니 모랭이[毛良] 무당이 꿈에 달을 품고 낳은 아들이라 하여 그가 여남은 살 가까이 될 때까지 보통 '달아' '달아' 하다가 열 살이 넘어, 간신히 글방에 넣을 수 있었을 때부터 그의 외삼촌 경보가 달득이란 이름을 그에게 지어주었던 것이었다. 달득이 역시 달님으로부터 얻은 아이란 뜻이었다.

무당 모랭이가 달득이를 배게 된 것은 지금으로부터 열여덟 해 전, 과부 된 지 5년 만에, 그때까지 시름시름 까닭 없이 앓고 있던 병 끝에 우연히 무당 귀신이 들려, 새 무당이 났다고 한창 소문이 자자했던, 그녀의 나이 갓 서른 살 됐을 때였다.

나원당(동네 이름) 동네에서 굿을 마치고 물을 건너 숲 속을 지날 때였다. 같이 굿을 마치고 돌아오던 화랑이——그는 모랭이가 사는 봇마을을 지나서 또 십 리나 더 가야 할 사람이었다——와, 그 어두운 숲 속에서 지금의 달이를 배게 되었던 것이었다. 풀밭에는 너무 이슬이 자욱하여 보드라운 모래 바닥을 찾아 그들은 자리를 잡았던 것이었다.

고목이 울창한 숲을 휘돌아, 봇도랑의 맑은 물은 흘러내리고, 쉴 사이 없이 물레방아 바퀴는 소리를 내며 돌아갔다. 여자의 몸에는 시원한 강물이 흘러들기 시작하였던 것이었다. 보름 지난 둥근 달이, 시작도 끝도 없는 긴 강물처럼 여자의 온몸에 흘러드는 것이었다. 끝없는 강물이 자꾸 흘러내려 나중엔 달이 실낱같이 가늘어지고 있었다. 그 실낱같은 달이 마저 흘러내리고 강물이 다하였을 때 여자의 배와 가슴속엔 이미 그 달고 시원한 강물로 가득 차 있었던 것이었다. 여자의 몸엔, 손끝까지, 그 희고 싸늘한 달빛이 흘러내려, 마침내 여자의 몸은 달 속에 혼곤히 잠기고 말았고, 그리하여 잠이 들었던 것이었다.

'아아, 신령님께서 나에게 달님을 점지하셨다.'

모랭이는 혼자 속으로 굳게 믿었다.

이리하여 낳은 아이의 얼굴은 희고 둥글고 과연 보름달과 같이 아름다웠다. 모랭이는 여러 사람이 보는 데서 자랑 삼아 그를 달아, 달아, 하고 불렀다. 그러나 이 달이는 열여섯 살 먹던 해 늦은 봄에 그만 글방에서 쫓겨나고 말았다.

　글방의 사장(師丈)님에게는 그해 열일곱 살 나던, 정국(貞菊)
이란 딸이 있었다. 그해 설에 달이가 흰 두루마기를 입고 사장님
께 세배를 마치고 나오려니까, 뜰 앞의 짚둥치 사이에 숨어 있던
정국이 그의 두루마기 소매를 잡아당겼다. 놀라서 돌아다보니,
정국은 부끄러운 듯이 두 눈을 반쯤 내리감으며, 웃는 얼굴로, 새
하얀 창호지로 조그맣게 싼 것을 달이의 손에 쥐어주었다.

　"가져가서 펴 봐라."

　달이는 가슴이 와들와들 떨려, 얼른 집으로 돌아와 그 종이에
싼 것을 펴 보았다. 종이를 펴자 조그만 꽃주머니 하나가 나오고
꽃주머니 속에는 다시 첩첩이 접은 종이쪽지 하나가 나왔다. 종
이쪽지에는 이렇게 씌어 있었다.

　'선도산월반륜추(仙桃山月半輪秋). 영입형산강수류(影入兄山
江水流). 일석정아향서책(日夕貞兒向書冊). 사군부견사인수(思君
不見使人愁)'(선도산은 하도 높아 달도 반만 둥근데, 그림자는 형산
강 물속에 흐르는구나. 정국은 날마다 책을 펴놓고 앉아 있지만 머릿
속엔 그대 생각만 가득하여 애달플 뿐이다).

　이백(李白)의 「아미산월가(峨嵋山月歌)」를 딴 것이었다. 달이
는 별안간 정국이 왈칵 그리워졌다.

　그는 기쁨에 못 이겨 그 꽃주머니를 허리끈에 차고 밖으로 나
갔다.

　"꽃주머니 그거 어디서 났노."

　숙희가 대뜸 이렇게 물었다. 그해 열다섯 살 나던 숙희는 집이

바로 달이네와 앞뒤에 있었고, 또 어렸을 때부터 유달리 달이에게 따르던 터라 외사촌간이라 해도 친누이동생처럼 그와는 가까이 지냈던 것이었다.

(정국은 달이보다 한 살이 더하여 그해 열일곱이었던 것이다.)

"저기, 누구한테 얻었어."

달이는 얼굴을 붉히며 이렇게 어물거렸다.

"저기, 어디서?"

숙회는 갑자기 두 눈에 광채를 띠며 바짝 대들었다.

"저기, 누구누구한테⋯⋯"

달이는 숙회의 손을 뿌리치고 달아나버렸다.


글방 앞 우물가에 살구꽃이 허옇게 핀 봄날 밤이었다. 선도산 마루에는 파란 초생달이 걸려 있었다. 달이는 정국과의 약속에 의하여 남몰래 혼자 글방에 나와 있었다. 조금 있으니 정국이 사뿐히 방문을 열고 들어왔다.

"사장 어른 계시나?"

달이는 숨을 죽여가며 들릴 듯 말 듯한 낮은 목소리로 먼저 이렇게 물었다. 정국은 고개를 끄덕하였다.

"사모님도?"

"⋯⋯"

정국은 고개를 돌렸다.

"어디 가셨노?"

"저어기 양산 좀 가셨다."

"그럼 꽤 오래되겠구나."

"……"

정국은 또 고개를 끄덕였다.

"사장님 지금 뭘 하고 계시노?"

달이는 한참 뒤에 숨을 쌔근거리며 또 이렇게 물었다.

"주무신다."

정국은 의외로 침착한 목소리였다. 정국의 이 침착한 목소리에 용기를 얻은 달이는 그때야 비로소 정국의 얼굴을 바로 바라다보았다. 다음 순간 그 둘은 어떻게 해서 입술이 닿게 되었는지도 깨닫지 못했다. 다만 간이 얼어붙는 것같이 시리기만 했다. 정국은 눈을 사르르 내리감으며 반듯하게 드러누워버렸다. 달이는 정국의 가슴 위에 손을 얹었다. 그는 숨이 차서 가슴이 터질 것만 같았다.

달이의 손이 들썩들썩하도록 정국의 가슴도 뛰고 있었다.

'아아, 이것이 무서운 꿈속이 아닐까.'

달이는 괴로움에 못 이겨 문득 이런 생각도 해보았다. 앞 골목에서 개가 쿵쿵 짖었다. 구름이 지나가는지 방문에 검은 그림자가 비쳤다. 달이는 정국의 가슴 위에 얹고 있던 손끝을 부르르 떨며 비실비실 방문 앞까지 와서는 부스스 방문을 열었다. 정국은 그새 잠이나 든 것처럼 꼼짝도 하지 않고 가만히 누워 있었다. 달이는 무슨 도망질을 치듯이 어두운 골목을 한숨에 달아나버렸다.

이튿날 밤도 그들은 또 그 자리에서 그렇게 만났다. 정국의 연꽃같이 슬프고 아름다운 얼굴에는 어젯밤보다도 더 황홀한 미소가 떠돌고 있었다.

"늬 울 아부지가 그렇게 무섭나."

정국이 어젯밤보다는 훨씬 대담한 태도로 이렇게 물었다.

"늬는 괜찮나?"

"울 아부진 저녁에 내가 술상만 보아 들여놓으면 혼자서 부어 잡숫고 새벽까지는 아무 말씀도 없이 주무신다."

또 한참 동안 침묵이 흘렀다.

"늬 어젯밤에 개 짖은 소리 들었나?"

"……"

정국은 대답 대신 달이의 머리카락을 만지고 있었다.

봇머리 숲 속에서는 밤 뻐꾸기 우는 소리가 들려왔다. 방문에, 또 어젯밤과 같은 검은 그림자가 비쳤다. 달이 지는지도 몰랐다. 달이는 그만 돌아가리라 생각했다.

"난 물에 빠져 죽어버릴 게다."

정국은 달이의 얼굴을 똑바로 바라보며 이렇게 속삭였다. 그러나 달이는 정국의 속삭임엔 지극히 무심한 얼굴로

"늬는 글재주가 있으니까."

엉뚱스레도 이런 말을 불쑥 했다.

"늬는 내가 죽으면 좋지?"

정국은 또 이렇게 물었다.

"늬는 늬 어머니가 가라면 시집가서 아이 낳고 살겠나."

"늬는?"

"나는 싫다."

"나도."

정국은 달이의 손목을 잡은 채 또 어젯밤과 같이 눈을 사르르 내리감으며 반반히 드러누워버렸다. 달이는 자기 자신도 모르게 정국의 가슴 위에 손을 얹었다. 순간 가슴은 또 걷잡을 길 없이 뛰기 시작하며, 끙끙 신음 소리를 내도록 숨결도 괴로워졌다. 앞 골목에서 개 짖는 소리가 들렸다. 달이는 또 어젯밤과 같이 방문 있는 곳으로 비실비실 달아나려 하였다. 그러나 정국은 달이의 손목을 꼭 잡은 채 놓지 않았다. 정국은 자기 손에 힘을 주어서 달의 손으로 자기의 가슴을 누르게 하였다.

"내가 꼭 죽을 걸 늬는 모르나?"

정국은 또 이렇게 물었다.

"늬는 그걸 어떻게 알아?"

"저절로 알아졌다."

"언제부터?"

"금년 설에, 늬가 우리 집에 세배를 다녀갔을 때부터……"

"그 시를 지어준 땜에?"

"아니 벌써 늬가 첨으로 우리 집에 글 배러 왔을 때부터 난 어쩌면 그런 생각이 들었을 거다."

순간 달이는 정국이가 와락 무서워졌다. 그는 힘을 다하여 정국의 손을 뿌리쳐버리고는 또 어젯밤에와 같이 어두운 골목으로 달아나버렸다.

이튿날 저녁때 숙희가 와서

"득이 오빠 너 정국이 즈 엄마 돌아온 거 아나?"

하였다.

그러나 정국이의 어머니가 그 친정집으로 다니러 갔었다는 것을 숙희가 어떻게 알고 있는지 그것부터 이상스러웠다.

"모른다, 왜?"

"아까, 저녁때 돌아왔다."

하고 숙희는 너희들의 비밀은 내가 다 알고 있다는 듯이 생글생글 웃는 얼굴로 달이의 얼굴을 쳐다보고 있는 것이다.

"너 그럼 모도 엿들었나?"

달이의 약간 떨리는 목소리였다.

숙희는 잠자코 고개를 숙여버렸다. 순간, 달이의 머릿속에는, 어젯밤, 그리고 전전날 밤에도, 방문에 비치던 검은 그림자가 떠올랐다. 그러면 그것은 그때마다 구름이 지나간 것이 아니라 숙희의 그림자였는지도 모른다고 헤아려졌다.

"너 아무한테도 말 내지 마라."

"저번때 그 꽃주머니 날 주믄……"

"그래."

달이는 정국에게서 얻은 꽃주머니를 숙희에게 주었다. 그러나 바로 그 이튿날엔 달이와 정국의 사이가 온 동네에 알려지게 되었고, 그런 지 다시 한 달 뒤엔 정국이가 봇머리 깊은 물속에 몸을 던지고 말았던 것이다.


정국이 죽은 뒤 한 해가 가까이 되도록 달이는 집 안에서 시를 짓고만 처박혀 있었다.

"정국이 죽은 데 시묘(侍墓)살이를 하나?"

하고 숙희가 이따금 와서 이죽거리곤 해도, 달이는 들은 체도 하지 않았다.

달이의 정신이 이상해진 것이라고 숙희는 생각하였다. 허구한 날을 어쩌면 그렇게 방 안에만 드러누워 배기는지 야릇한 노릇이라 하였다.

정국이가 죽은 지도 두 해가 지난 뒤였다. 마을에는 골목마다 살구꽃이 허옇게 피어 있고, 하늘에는 초여드레 새하얀 조각달이 걸려 있었다. 달이는 하늘의 달이 아주 기울 때까지 혼자서 휘휘 봇둑에 오르내리고 있었다. 솔솔 부는 저녁 바람은 찔레꽃 향기를 풍겨오고 언덕 위 어두운 숲 속에서는 비드득비드득하고 밤새 우는 소리가 들려왔다. 그때 물속에 비친 달그림자를 들여다보던 순간, 달이는 우연히 가슴이 찌르르 아픔을 깨닫게 되었다.

이튿날도 사흘째도 마찬가지였다. 상현(上弦)달이 하현으로 이울 때까지 그는 하늘에 달이 걸린 밤이면 언제나 강가에 나와 있게 되었다.

숙희가 어두운 숲 그늘에 숨어서 달이의 동정을 살피며 따라다닌 것은, 처음엔 그가 혹 물에 몸을 던질까 보아 그걸 지키느라 했던 것이라 하였다.

"오빠 너 요새도 정국이 생각을 하나?"

어두운 강가에서, 스무날 달이 뜨기를 기다리고 서 있는 달이에게 숙희가 이렇게 물었다.

"아아니."

하고, 달득은 의외로 경쾌한 목소리로 고개를 흔들었다.

"거짓말."

"아아니."

달이는 역시 아까와 마찬가지로 도리질을 하였다.

"그럼 왜 밤마다 혼자서 강가에만 나와 어정거리노?"

"달을 보려구."

"거짓말."

"……"

달이는 잠자코 고개만 돌렸다.

"그렇지만 정국이 살았을 땐 요새처럼 안 그랬지 뭐."

숙희의 이 말엔 달이도 별로 아니라 하지 않았다. 그러나 달득은 달을 보고 반드시 정국을 생각하는 것 같지도 않았다. 그저 달을 보는 것만이 즐겁고 자꾸 그리운 것 같았다.

열아흐레 스무날 즈음하여 하늘의 달이 이울기 시작하면 그의 가슴은 그지없이 어둡고 쓸쓸해졌다. 스무사흘, 나흘 즈음에, 밤도 이슥하여, 동쪽 하늘 끝에 떠오르는 그믐달을 바라볼 때엔 자기 자신이 임종이나 하는 것처럼 숨이 가쁘고 가슴이 답답했다. 한 달에도 달을 못 보는 한 열흘 동안, 그는 동면하는 파충류처럼 방 한구석에 이불을 뒤쓴 채 낮이고 밤이고 잠으로만 세월을 보내는 것이었다. 그리하여 초사흘 초나흘께부터 다시 서쪽 하늘 가에 실낱같은 초생달이 비치기 시작하면 날로 더 차가는 달의 얼굴과 함께 그의 가슴은 차츰 부풀어오르며 숨결도 높아지는 것이었다. 이리하여 초아흐레에서 열아흐레까지 한 열흘 동안이 그에게 있어서는 행복의 절정인 듯했다. 무엇에 홀린 사람처럼 입맛도 잃고, 정신도 어리뚱해진 듯, 숙희의 얼굴까지 피해가며 온 밤을 이슬에 함빡 젖어 다니다 날이 부옇게 새어갈 무렵에야 휘휘 한걸음으로 돌아오곤 하였다.

"오빠 너 달한테 씌는 게지?"

"씌다니?"

"몰라."

"듣기 싫어!"

"……"

달이는 숙희를 바로 보지 않으려고 외면하였다. 그러나 숙희는 숙희대로 달이의 얼굴을 아무리 들여다보아도 자꾸 더 보고 싶기만 했다.

'나도 정국이처럼 달이한테 상사병이 들렸는갑다.'

숙희는 속으로 이렇게 생각하고, 하루라도 속히 잊어야 되겠다고 하면서도 좀처럼 잊혀지지가 않아, 그 많은 사람들의 눈을 피하느라고 캄캄한 숲 속 첩첩이 엉킨 찔레 가시를 헤쳐가며 그의 뒤를 밟아 다니곤 하였다.

"오빠 너 정말 그럴래?"

"무얼 그러노?"

"너 사람을 너무 괄시하지 마라."

"……"

달이는 말없이 숙희의 손목을 잡았다. 캄캄한 숲 속이었다. 어느 나무에선지 부엉이가 워헝워헝 울었고, 찔레꽃이 만발한 봇도

랑가 숲 속에서는 비둘기들이 푸드덕푸드덕 쉴 새 없이 댓가지를 흔들었다. 아직도 달이 뜨려면 한 시간가량이나 기다려야 하였다. 울울한 나뭇잎 사이사이로 내다뵈는 하늘에는 파란 별들이 숲 속의 비밀이나 엿보려는 듯 반짝이고 있었다.

"한 달에 사흘 밤씩만 내가 이 배를 빌리기로 했다."

달이는 나무 둥치에 매어둔 뱃줄을 풀며 이렇게 말했다.

"이렇게 어둔데 오빠 너 배를 타나?"

"타면 어때?"

"여기 너 몇 길 서는 줄 아나?"

"두 길."

"그러지 말고 너 달 뜨거든 타라."

"그럼 잘 가거라."

그는 한시라도 바삐 숙희의 곁을 떠나려는 듯이 줄을 끄르자 곧 배에 올라 뻐거걱하고 노를 젓기 시작하였다.


언덕 위로 숲 사이로 허옇게 피어 있던 찔레꽃도 거의 다 지고, 밤이면 마을 여자들이 냇물을 찾아 나오게 되는 한여름이었다.

낮에 그 삼촌 경보와 함께 고모(모랭이 무당)네 보리타작을 해 주고 난 숙희는 저녁을 마치자 곧 동무들과 더불어 냇물에 멱을 감으러 나와 있었던 것이었다.

"야 빨리 씻고 나오너라, 달 뜨면 머슴아들한테 욕묵는다."

한 아이가 숙희더러 하는 말이었다.

"아이들도, 달 뜨도록 더 감지 와 그래?"

숙희는 그냥 물속에 남아 있었다.

"숙희 늬는 밤마다 멱을 감으러 댕기면서 뭘 그리 오래 감노?"

또 다른 아이가 이렇게 말하자, 그녀들은 한꺼번에 깔깔깔 웃어
대었다.

"가시나도 지가 밤마다 멱을 감고 다니면서."

숙희는 그 아이에게 눈 흘기는 시늉을 해보이며 물 밖으로 나
왔다.

윗머리에는 사내아이들이 모래 위에 모닥불을 놓고 둘러서서
떠들고 있었다. 그들도 낮에 타작을 한 모양으로 옷을 벗어 불 위
에 대고 있었다.

"숙희 느의 달득이 오빠 낮에 뭘 하노?"

한 아이가 이렇게 물었다.

"하긴 뭘 해? 온종일 죽은 것같이 늘어져 자기만 하지."

"밥도 안 먹고?"

"밥이라니, 얘, 저녁때나 돼서 일어나면 겨우 미음 한 그릇밖에
못 먹는다."

"그래도 즈이 작은아부지들이 그대로 보고 두나?"

"그렇지만 어쩌겠노. 제절로 마음이 고쳐질 때까지 그냥 두고
보지, 그것도 병이라는데."

숙희는 이런 말을 하며 그녀들과 함께 마을로 들어오는 체하다
가 물레방앗간 곁에서 혼자 숲 속으로 빠져 들어와버렸다.

낮이라도 사람 하나 겨우 지나다닐 만치 뚫려 있는 숲 속 길이
라 나뭇가지와 가시덤불이 낯을 긁고 머리를 찌르곤 하였다.

'득이가 아직 있을까, 벌써 어디로 배를 저어 가버렸을까?'

숙희는 두근거리는 가슴을 눌러가며 달이의 조그만 배가 매여 있는 곳을 찾아갔다.

"철버덩."

물소리가 들렸다. 그러고는 잠잠하였다. 나무에서 무엇이 떨어지는 소리였다.

"끼엇…… 까르르 끼릭!"

하고 까치가 놀란 듯이 두어 소리 지저귀곤 다시 잠잠해졌다. 까치 둥우리가 헐리는 소리였는지도 모른다고 숙희는 생각하였다.

"철버덩!"

또 물소리가 났다. 그러자 분명히 그 늙은 감나무에서 풋감이 떨어지는 소리임을 깨달았다.

물 위로 기다랗게 뻗쳐나가다 반쯤 썩어서 분질러진 늙은 감나무 가지 위엔 새파란 별들이 반짝이고 있었다.

'풋감이 떨어지는구나.'

숙희는 혼자 속으로 중얼거렸으나, 그 늙은 감나무 둥치에 매어 두었을 달이의 조그만 나무배는 이미 거기 있지 않았다.

'아이도 그새 배를 끌러 갔구나.'

숙희는 그 먹탕같이 새카만 강물을 바라보며 혼자 속으로 이렇게 중얼거렸다. 이날따라 달이가 한결같이 더 야속하기만 했다. 앞 숲에서 뻐꾸기가 울었다.

"풀꿀, 풀꿀."

다람쥐처럼 나무에 오르내릴 수 있으면, 하고 숙희는 생각하였다. 그녀는 저 까치 둥우리가 있는 높은 나뭇가지 위에 올라가 달이 돌아올 때까지 숨어서 기다려보았으면 싶었다. 나뭇잎을 한 잎 두 잎 따서, 나중 달이 오거든 달이의 머리 위에 떨어뜨려봤으면 싶었다. 달은 놀라서 나무 위를 쳐다볼 것이다. 그러면 자기는 나뭇가지에 앉아서 내려다보고 있을 것이다. 아아, 그렇게 달이의 얼굴을 바라볼 수 있으면 얼마나 즐거울까, 숙희는 가만히 한숨을 내쉬었다. 그러고는 다시, 강가로 나왔다.

열이레 달이 하늘 한가운데 나와 있을 때였다. 숙희는 어두운 숲 그늘을 타고 강가를 오르내리고 있었다. 강물 위에는 달이가 작은 배 위에서 조용히 노를 젓고 있었다. 그의 얼굴은 달빛에 반사되어 거울같이 희고 둥글며 아름다워 보였다. 그는 빙글빙글 웃는 얼굴로 물속에 비친 달을 들여다보며 무어라 중얼중얼 혼자서 중얼거리고 있었다. 흡사 누구와 무슨 정다운 이야기를 나누고 있는 듯 그의 얼굴은 어떤 즐거움에 빛나고 있었다. 달득이 시방 꿈을 꾸고 있는 것인지도 모른다고 숙희는 생각하였다. 꿈속에서 정국이와 만나 저렇게 이야기를 하고 있는 건지도 모른다고 숙희는 생각하였다.

달이는 물을 들여다보고 무엇을 묻고 있는 모양이었다. 오냐, 하고 고개를 끄덕끄덕하는 것이었다. 바로 그러는 순간이었다. 달이는 배에서 물속으로 떨어지며 있는 것이었다. 숙희는 마치 꿈속에서와 같이 소리를 지르려고 무진 애를 썼으나 한참 동안은 숨이 막힌 채 틔어지지 않았던 것이었다.

254

배는 어젯밤 달이가 떨어졌다는 자리에서 다시 맴을 돌았다. 그 위치에서 아래로 몇 번이나 갈퀴를 넣어보았으나 헛일이었다.

"여기서 위로 거슬러 올라갔을 리는 만무지."

하면서 역시 위로도 갈퀴를 넣어보지 않은 데가 없었다.

"김도령…… 김도령."

보 아랫머리에서 무당 모랭이가 횃불을 쳐들고 그들을 찾아 올라오고 있었다.

"아직 나오지 않나?"

무당은 강 언덕에서 소리를 질렀다.

배는 말없이 언덕에 닿았다.

"자, 이걸 잡고 내려오소."

달이의 외삼촌 경보는 언덕에서 배에 올라타려는 무당에게 장대를 건네주었다. 세 사람을 태운 배는 아까보다 좀더 삐거걱 소리를 내며 물 위로 미끄러졌다.

"여기는 물이 몇 길이나 서노?"

무당은 횃불로 물 위를 휘휘 비쳐보며 이렇게 물었다.

"두 길은 설걸."

동생이 대답했다.

"횃불을 두르니 더 어둔 것 같소."

머슴이 중얼거렸다.

"횃불을 꺼버릴까?"

무당이 물었다.

"꺼버리소."

머슴이 대답했다.

"열여드레니까 달이 곧 뜨겠지."

경보가 이렇게 중얼거리자, 무당은 또

"숲에 가려 그렇지, 열여드레 달이 여태 있을라꼬."

횃불가지를 물 위에 던져버리며, 이렇게 말했다.

"그해 조 아래서 정국이가 빠졌을 때는 한 시간도 못 돼서 시체를 건져냈지요."

머슴이 또 이런 말을 했다.

"그러니 말이지, 물속의 무슨 이무기 굴속으로나 끌려 들어간 것 같아."

경보가 알 수 없다는 듯이 또 한번 한숨을 내쉬었다.

"얄궂다, 얄궂지요."

머슴도 이상해 못 배기겠다는 듯이 또다시 고개를 기웃거렸다.

무당은 말없이 검은 물 위만 멍멍히 바라보고 있었다.

"그러지 말고 굿을 한번 해주이소."

머슴이 또 이런 말을 했다.

"굿을 하재도 시체를 먼저 건져놓아야지."

동생이 무당의 대답을 가로맡았다.

"그럼 정국의 굿을 먼저 해주이소."

머슴이 또 이렇게 말했다. 그러자 경보도

"참 정국이가 데려갔는갑다."

하며, 무당의 얼굴을 바라보았다. 무당의 얼굴에는 숲 위를 솟아오르는 달빛이 비치기 시작하고 있었다. 그녀는 그렇게 넋 나간 사람처럼 숲 쪽으로 얼굴을 쳐들고만 있었다.

"아니 누님, 정국의 굿을 먼저 해주면 어떨까?"

무당을 보고 경보가 또 한번 이렇게 물었다. 그러나 무당은 고개를 저었다. 그녀는 아까부터 갑자기 무슨 귀신에라도 홀린 듯한 얼굴이었다. 갑자기 그녀는 아무것도 보이지도 들리지도 않는 채, 어떤 한 가지 생각에만 정신이 팔려 있는 모양이었다. 숲 위를 둥실 올라온 달이 그녀의 얼굴을 정면으로 환하게 비쳤을 때였다. 그녀는 갑자기 놀란 듯이 배에서 왈칵 뛰어 일어나며

"아아, 저기 달이!"

하고 목이 터지도록 고함을 질렀다.

두 사람도 손에서 갈퀴와 노를 놓아버리고, 무당이 손을 들어 가리키는 쪽을 얼빠진 사람들처럼 멍하니 바라보았다. 그 바다같이 깊고 어두운 수풀 위에 주름살 한 가닥 없이 활짝 핀 달의 얼굴은 과연 떠올라 있는 것이었다. 세 사람은 물속의 달을 아주 잊은 것처럼 하늘의 달만 쳐다보고 있었다.

# 역마 驛馬

　'화개장터'의 냇물은 길과 함께 세 갈래로 나 있었다. 한 줄기는 전라도 땅 구례(求禮) 쪽에서 오고, 한 줄기는 경상도 쪽 화개협(花開峽)에서 흘러내려, 여기서 합쳐서, 푸른 산과 검은 고목 그림자를 거꾸로 비친 채, 호수같이 조용히 돌아, 경상 전라 양도의 경계를 그어주며, 다시 남으로 남으로 흘러내리는 것이, 섬진강(蟾津江) 본류(本流)였다.

　하동(河東), 구례, 쌍계사(雙磎寺)의 세 갈래 길목이라, 오고 가는 나그네로 하여, '화개장터'엔 장날이 아니라도 언제나 흥성거리는 날이 많았다. 지리산 들어가는 길이 고래로 허다하지만, 쌍계사 세이암(洗耳岩)의 화개협 시오리를 끼고 앉은 '화개장터'의 이름이 높았고, 경상 전라 양도 접경이 한두 군데일 리 없지만 또한 이 '화개장터'를 두고 일렀다. 장날이면 지리산 화전민(火田民)들의 더덕 도라지 두릅 고사리 들이 화갯골에서 내려오고, 전라도 황화물장수'들의 실 바늘 면경 가위 허리끈 주머니끈 족집게 골백분 들이 또한 구렛길에서 넘어오고, 하동길에서는 섬진강 하류의 해물장수들의 김 미역 청각 명태 자반조기 자반고등어 들이 들어오곤 하여, 산협(山峽)하고는 꽤 은성한 장이 서는 것이기도 하였으나, 그러나 '화개장터'의 이름은 장으로 하여서만 있는 것은 아니었다.

장이 서지 않는 날일지라도 인근(隣近) 고을 사람들에게 그곳이 그렇게 언제나 그리운 것은, 장터 위에서 화갯골로 뻗쳐 앉은 주막마다 유달리 맑고 시원한 막걸리와 펄펄 살아 뛰는 물고기의 회를 먹을 수 있기 때문인지도 몰랐다. 주막 앞에 늘어선 능수버들 가지 사이사이로 사철 흘러나오는 그 한(恨) 많고 멋들어진 진양조 단가 육자배기 들이 있기 때문인지도 몰랐다. 여기 가끔 전라도 지방에서 꾸며 나오는 남사당 여사당 협률(協律) 창극광대 들이 마지막 연습 겸 첫 공연으로 여기서 반드시 재주와 신명을 떨고서야 경상도로 넘어간다는 한갓 관습과 전례(前例)가 '화개장터'의 이름을 더욱 높이고 그립게 하는 것인지도 몰랐다.

가운데도 옥화(玉花)네 집은 술맛이 유달리 좋고, 값이 싸고, 안주인(즉 옥화)의 인심이 후하다 하여 화개장터에서는 가장 이름이 들난 주막이었다. 얼마 전에 그 어머니가 죽고 총각 아들 하나와 단 두 식구만으로 안주인 옥화가 돌아올 길 망연한 남편을 기다리며 살아간다는 것이라 하여 그들은 더욱 호의와 동정을 기울이는 것인지도 몰랐다. 혹 노자가 달린다거나 행장이 불비할 때 그들은 으레 옥화네 주막을 찾았다.

"나 이번에 경상도서 돌아올 때 함께 회계하지라오."

그들은 예사로 이렇게들 말하곤 하였다.

늘어진 버들가지가 강물에 씻기고, 저녁 바람에 은어가 번득이고 하는 여름철 석양 무렵이었다.

나이 예순도 훨씬 더 넘어 뵈는 늙은 체장수 하나가, 체 바퀴와 바닥가음 들을 어깨에 걸머진 채, 손에는 지팡이와 부채를 들고 옥화네 주막을 찾아왔다. 바로 그 뒤에는 나이 열대여섯 살쯤 나 뵈는, 몸매가 호리호리한 소녀 하나가 조그만 보따리를 옆에 끼고 서 있었다. 그들은 무척 피곤해 보였다.

"저 큰애기까지 두 분입니까?"

옥화는 노인보다 '큰애기'의 얼굴을 바라보며 이렇게 물었다. 노인은 조용히 고개를 끄덕였다.

그날 밤 저녁상을 물린 뒤 노인은 옥화에게 인사를 청했다. 살기는 구례에 사는데, 이번엔 경상도 쪽으로 벌이를 떠나온 길이라 하였다. 본시 여수가 고향인데, 젊어서 친구를 따라 한때 구례에 와서도 살다가, 그뒤 목포로 군산으로 전전하였고, 나중 진도로 건너가 거기서 열여덟 해 사는 동안 그만 머리털까지 세어져서는, 그래 몇 해 전부터 도로 구례에 돌아와 사는 것이라 하였다. 그렇지만 저런 큰애기를 데리고 어떻게 다니느냐고 옥화가 묻는 말에 그러잖아도 이번에는 죽을 때까지 아무 데도 떠나지 않으려고 했던 것인데, 떠나지 않고는 두 식구 가만히 굶을 판이라 할 수 없었던 것이라 했다.

"그럼, 저 큰애기는 할아버지 딸입니까?"

옥화는 '남폿불' 그림자가 반쯤 비낀 바람벽 구석에 붙어 앉아 가끔 그 환한 두 눈으로 이쪽을 바라보곤 하는 소녀의 동그스름한 어깨를 바라보며 이렇게 물었다.

노인은 또 고개를 끄덕였다. 그리 평생 객지로만 돌아다니고 나니 이제 고향 삼아 돌아온 곳(구례)이래야 또한 객지라 그들 아비 딸이 어디다 힘을 입고 살아가야 할는지 아무 데도 의탁할 곳이 없다고, 그들의 외로운 신세를 한탄도 했다.

"나도 젊었을 때는 노는 것을 좋아했지라오, 동무들과 광대도 꾸며 갖고 댕겨봤는디, 젊어서 한번 바람들어놓게 평생 못 잡게 마련이랑게…… 그것이 스물네 살 때 정초닝게 꼭 서른여섯 해 전일 것이여, 바로 이 장터에서도 하룻밤 논 일이 있었지라오."

노인은 조용히 추억의 실마리를 더듬는 듯, 방 안을 두리번거리며 살펴보곤 하는 것이었다.

"어이유! 참 오래전일세!"

옥화는 자못 놀라운 시늉이었다.

이튿날은 비가 왔다.


화개장날만 책전을 펴는 성기(性騏)는 내일 장 볼 준비도 할 겸 하루를 앞두고 절에서 마을로 내려오고 있었다.

쌍계사에서 화개장터까지는 시오리가 좋은 길이라 해도, 굽이 굽이 벌어진 물과 돌과 산협의 장려한 풍경은 언제 보나 그에게 길멀미를 내지 않게 하였다.

처음엔 글을 배우러 간다고 할머니에게 손목을 끌리다시피 하여 간 곳이 절이었고, 그다음엔 손윗동무들의 사랑에 끌려다니다 시피쯤 하여 왔지만, 이쯤 와서는 매일같이 듣는 북소리 목탁 소리, 그리고 그 경을 치게 희맑은 은행나무 염주나무[菩提樹], 이런 것까지 모두 다 싫증이 났다.

당초부터 어디로 훨훨 가보고나 싶던 것이 소망이었고, 그러나 어디로 간다는 건 말만 들어도 당장에 두 눈이 시뻘개져서 역정을 내는 어머니였다.

"서방이 있나, 일가친척이 있나, 너 하나만 믿고 사는 이년의 팔자에 너조차 밤낮 어디로 간다고만 하니 난 누굴 믿고 사냐?"

어머니의 넋두리는 인제 귀에 못이 박일 정도였다.

이러한 어머니보다도 차라리, 열 살 때부터 절에 넣어 중질을 시켰으니, 인제 역마살(驛馬煞)도 거의 다 풀려갈 것이라고, 은근히 마음을 늦추시는 편이던 할머니는, 그러나 갑자기 세상을 떠나버렸다. 당사주(唐四柱)라면 다시는 더 사죽을 못 쓰던 할머니는, 성기가 세 살 났을 때 보인 그의 사주에 시천역(時天驛)이 들었다 하여 한때는 얼마나 낙담을 했던 것인지 모른다. 하동 산다는 그 키가 나지막한 명주 치마저고리를 입은 할머니가 혹시 갑자 을축을 잘못 짚지나 않았나 하여, 큰절(쌍계사)에 있는 어느 노장에게도 가 물어보고, 지리산 속에서 도를 닦아 나온다던 어떤 키 큰 영감에게 다시 뵈어도 봤지만 시천역엔 조금도 요동이 없었다.

"천성 제 아비 팔자를 따라가려는 게지."

할머니가 어머니를 좀 비꼬아 하는 말이었으나, 거기 깊은 원망

이 든 것도 아니었다. 그러나 이런 말엔 각별나게 신경을 쓰는 옥화는,

"부모 안 닮는 자식 없단다. 근본은 모도 엄마 탓이지."

도리어 어머니에게 오금을 박고 들었다.

"이년아 어미한테 너무 오금 박지 마라. 남사당을 붙었음, 너를 버리고 내가 그놈을 찾아갔냐, 너더러 찾아달라 성화를 댔냐?"

그러나 서른여섯 해 전에 꼭 하룻밤 놀다 갔다는 젊은 남사당의 진양조장단에 반하여 옥화를 배게 된 할머니나, 구름같이 떠돌아다니는 중과 인연을 맺어서 성기를 가지게 된 옥화나 다 같이 '화개장터' 주막에 태어났던 그녀들로서는 별로 누구를 원망할 턱도 없는 어미 딸이었다. 성기에게 역마살이 든 것은 어머니가 중 서방을 정한 탓이요, 어머니가 중 서방을 정한 것은 할머니가 남사당에게 반했던 때문이라면 성기의 역마운도 결국은 할머니가 장본이라, 이에, 할머니는 성기에게 중질을 시켜서 살을 떼려고도 서둘러보았던 것이고, 중질에서 못다 푼 살을, 이번에는, 옥화가 그에게 책장사를 시켜서 풀어보려는 속셈인 것이었다. 성기로서도 불경(佛經)보다는 암만해도 이야기책에 끌리는 눈치요, 중질보다는 차라리 장사라도 해보고 싶다는 소청이기도 하여, 그러나, 옥화는 꼭 화개장만 보이기로 다짐까지 받은 뒤, 그에게 책전을 내어주기로 했던 것이었다.

성기가 마루 앞 축대 위에 올라서는 것을 보자 옥화는 놀란 듯이 자리에서 일어나 앉으며

"더운데 왜 인제사 내려오냐?"

곁에 있던 수건과 부채를 집어 그에게 주었다.

지금까지 옥화에게 이야기책을 읽어 들려주고 있은 듯한 낯선 계집애는, 책 읽던 것을 멈추고 얼굴을 들어 성기를 바라보았다. 갸름한 얼굴에, 흰자위 검은자위가 꽃같이 선연한 두 눈이었다. 순간, 성기는 가슴이 찌르르하며, 갑자기 생기 띤 눈으로 집 앞에 늘어선 버들가지를 바라보았다.

얼마 뒤, 계집애는 안으로 들어가고, 옥화는 성기의 점심상을 차려 들고 나와서,

"체장수 딸이다."

하였다. 어머니도 즐거운 얼굴이었다.

"체장수라니?"

성기는 밥상을 받은 채, 그러나 얼른 숟가락을 들려고도 않고, 그의 어머니의 얼굴을 쳐다보았다.

"구례 산다더라. 이번에 어쩌면 하동으로 해서, 진주 쪽으로 나가볼 참이라는데 어제 저녁에 화갯골로 들어갔다."

그리고 저 딸아이는 그 체장수의 무남독녀인데 영감이 화갯골 쪽으로 들어갔다 나와서, 하동 쪽으로 나갈 때 데리고 가겠다고, 하도 간청을 하기에, 그동안 좀 맡아 있어주기로 했다면서, 옥화는 성기의 눈치를 살피듯 그의 얼굴을 물끄러미 바라보았다.

"화갯골에서는 며칠이나 있겠다는고?"

"들어가보고 재미나면 지리산 쪽으로 깊이 들어가볼 눈치더라."

그리고 나서, 옥화는 또,

"그래도 그런 사람의 딸 같이는 안 뵈지?"

하였다. 계연(契妍)이란 이름이었다.

성기는 잠자코 밥숟가락을 들었다. 그러나 밥은 반도 먹지 않고 상을 물려버렸다.

이튿날 성기가 책전에 있으려니까, 그 체장수 딸이 그의 점심을 이고 왔다. 집에서 장터까지래야 소리 지르면 들릴 만한 거리였지만, 그래도 전날 늘 이고 다니던 '상돌 엄마'가 있을 터인데 이렇게 벌써 처녀 티가 나는 남의 큰애기더러 이런 사환(使喚)을 시켜 미안하단 생각이 들었다. 그러나 정작 그녀의 쪽에서는 그러한 빛도 없이, 그 꽃송이같이 환한 두 눈에 웃음까지 담은 채, 그의 앞에 밥함지를 공손스레 놓고는, 떡과 엿과 참외 들을 팔고 있는 음식전 쪽으로 곧장 눈을 팔고 있었다.

"상돌 엄만 어디 갔는듸?"

성기는 계연의 그 아리따운 두 눈에서 흥건한 즐거움을 가슴으로 깨달으며, 그러나 고개는 엉뚱한 방향으로 돌린 채, 차라리 거친 음성으로 이렇게 물었다.

"손님이 마루에 가뜩 찼는듸 상돌 엄마가 혼자서 바빠 서두닝게 어머니가 지더러 갖고 가라 했어요."

그동안 거의 입을 열어 말하는 일이 없었던 계연은, 성기가 묻는 말에, 의외로 생경한 전라도 쪽 토음(土音)으로 이렇게 말했다. 그 가냘프고 갸름한 어깨와 목하며, 어디서 그렇게 힘차고 콸콸한 음성이 울려 나오는 것인지 알 수가 없었다. 한 줌이나 될 듯한 가느다란 허리와 호리호리한 몸매에 비하여 발달된 팔다리와 토실토실한 두 손등과 조그맣게 도톰한 입술을 가진 탓인지도 몰랐다.

"계연아 오빠 세숫물 놔드려라."

이튿날 아침에도 옥화는 상돌 엄마를 부엌에 둔 채 역시 계연에게 성기의 시중을 들게 하였다. 세숫물을 놓는 일뿐 아니라 숭늉 그릇을 들고 다니는 것이나 밥상을 차려오는 것이나 수건을 찾아주는 것이나 성기에 따른 잔시중은 모조리 그녀로 하여금 들게 하였다. 그러고는,

"아이가 맘이 컴컴치 않고, 인정이 있고, 얄미운 데가 없어."

옥화는 자랑 삼아 이런 말도 하였다.

"저희 아버지는 웬일인지 반억지 비슷하게, 거저 곧장 나만 믿겠다고, 아주 양딸처럼 나한테다 맽기구 싶은 눈치더라만……"

옥화는 잠깐 말을 끊어서 성기의 낯빛을 살피고 나서 다시,

"그래, 너한테도 말을 들어봐야겠고 해서 거저 대강 들을 만하고 있었잖냐…… 언제 한번 데리고 가서 칠불(七佛) 구경이나 시켜줘라."

하는 것이, 흡사 성기의 동의를 구하는 모양 같기도 하였다.

그러고 나서 옥화는 계연의 말을 옮겨, 구례 있는 저희 집이래야 구례읍에서 외따로 떨어진 무슨 산기슭 밑에 이웃도 없이 있는 오막살인가 보더라고도 하였다.

"그럼 살림은 어쩌고 나왔을까?"

"살림이래야 그까짓 거 뭐 방문에 자물쇠 채워두었으면 그만 아냐, 허지만 그보다도 나그넷길에 데리고 나선 계연이가 걱정이

지."

이러한 옥화의 말투로 보아서는 체장수 영감이 화갯골에서 나오는 대로 계연을 아주 양딸로 정해둘 생각인 듯이도 보였다. 다만 성기가 꺼릴까 보아 이것만을 저어하는 눈치 같았다. 지금까지 몇 번이나 옥화는 성기더러 장가를 들라고 권했으나 그는 응치 않았고, 집에 술 파는 색시를 몇 차례나 두어도 보았지만 색시 쪽에서 간혹 성기에게 말썽을 낸 적은 있어도, 성기가 색시에게 그러한 마음을 두는 일은 한번도 있은 적이 없어, 이러한 일들로 해서, 이번에도 옥화는 그녀로 하여금 성기의 미움이나 받지 않게 할 양으로, 그녀의 좋은 점만 이야기하는 듯한 눈치 같기도 하였다.


아랫집 실과 가게에서 성기가 짚신 한 켤레를 사 들고 오려니까, 옥화는 비죽이 웃는 얼굴로, 막걸리 한 사발을 그에게 떠주며,

"오늘 날씨가 너무 덥잖냐?"

고 하였다. 술 거를 때 누구에게나 맛보기 떠주기를 잘하는 옥화였다. 계연이는 방에서 옷을 갈아입고 있었다.

"계연아 너도 빨리 나와 목마를 텐데, 미리 좀 마시고 가거라."

옥화는 방을 향해서도 이렇게 소리를 질렀다.

항라 적삼에 가는 삼베 치마를 갈아입고 나오는 계연은 그 선연한 두 눈의 흰자위 검은자위로 인하여 물에 어린 한 송이 연꽃이 떠오르는 듯하였다.

"꼭 스무 해 전에 내가 입었던 거다."

옥화는 유감(有感)한 듯이 계연의 옷맵시를 살펴주며 말했다.

"어제 꺼내서 품을 좀 줄여놨더니만 청승스레 맞는구나, 보기보단 품을 여간 많이 입잖는다. 이앤…… 자, 얼른 마셔라 오빠 있음 무슨 내외할 사이냐?"

그러자 계연은 웃는 얼굴로 술잔을 받아 들고 방으로 들어가 마시고 나오는 모양이었다.

성기는 먼저 수양버들 밑에 와서 새 신발에 물을 축였다. 계연이도 곧 뒤를 따라 나섰다. 어저께 성기가 칠불암(七佛庵)까지 책값 수금 관계로 좀 다녀올 일이 있다고 했더니, 옥화가, 그러면 계연이도 며칠 전부터 산나물을 캐러 간다고 벼르는 중이고, 또 칠불암 구경은 어차피 한 번 시켜주어야 할 게고 하니, 이왕이면 좀 데리고 가잖겠느냐고 하였다.

성기는 가슴도 좀 뛰고, 그래서, 나물을 내가 어떻게 아느냐고, 싫다고 했더니, 너더러 누가 나물까지 캐라느냐고, 앞에서 길만 끌어주면 되잖느냐고 우겨, 기승한 어머니에게 성기는 더 항변을 못하고 말았던 것이다.

성기는 처음부터 큰길을 버리고, 사람이 잘 다니지 않는, 수풀 속 산길을 돌아가기로 하였다. 원체가 지리산 밑이요, 또 나뭇길도 본디부터 똑똑히 나 있지 않은 곳이라, 어려서부터 자라난 고장이라곤 하지만 울울한 수풀 속에서 성기는 몇 번이나 길을 잃고 헤매곤 하였다.

쳐다보면, 위로는 하늘을 찌를 듯한 높은 산봉우리요, 내려다보면, 발아래는 바다같이 뿌연 수풀뿐 그 위에 흰 햇살만 물줄기처럼 내리 퍼붓고 있었다. 머루 다래 으름은 아직 철이 일러 파랗고 가지마다 새빨간 복분자(나무딸기) 오디(산뽕나무의)는 오히려 철이 겨운 듯 한 머리 까맣게 먹물이 돌았다.

성기는 제 손으로 다듬은 퍼런 아가위나무 가지로, 앞에서 칡넝쿨을 헤쳐가며 가고 있는데, 계연은 뒤에서, 두릅을 꺾는다, 딸기를 딴다, 하며 자꾸 혼자 떨어지곤 하였다.

"빨리 오잖고 뭘 하냐?"

성기가 걸음을 멈추고 서서 나무라면, 계연은 딸기를 따다 말고, 두릅을 꺾다 말고, 그 조그맣고 도톰한 입술을 꼭 다물고는 뛰어오는 것인데, 한참만 가다보면 또 뒤에 떨어지곤 하였다.

"아이고머니 어쩔거나!"

갑자기 뒤에서 계연이가 소리를 질렀다. 돌아다 보니 떡갈나무 위에서, 가지에 치맛자락이 걸려 있다. 하필 떡갈나무에는 뭣 하러 올라갔을까고, 곁에 가 쳐다보니, 계연의 손이 닿을 만한 위치에 그 아래쪽 딸기나무 가지가 넘어와 있다. 딸기나무에는 가시가 있고 또 비탈에 서 있어 갈 수가 없으니까 그 딸기나무와 가지가 서로 얽힌 떡갈나무 쪽으로 올라간 모양이었다. 몸을 굽혀 손으로 치맛자락을 벗기려면 간신히 잡고 서 있는 윗가지에서 손을 놓아야 하겠고, 손을 놓았다가는 당장 나무에서 떨어질 형편이다. 나무 아래서 쳐다보니, 활짝 걷어 올려진 베치마 속에, 정강마루까지를 채 가리지 못한 짤막한 베고의가 흰한 햇살을 받아 그 안의 뽀오얀 것을 그대로 보여주고 있었다.

성기는 짚고 있던 생나무 지팡이로 치맛자락을 벗겨주려 하였
으나, 지팡이가 짧아서 그렇겠지만, 제 자신도 모르게, 지팡이 끝
은 계연의 그 발그스레하고 매츨한 종아리만을 자꾸 건드리고 있
었다.

"아이 싫어! 나무에서 떨어진당게!"

계연은 소리를 질렀다. 게다가 마치 다람쥐란 놈까지 한 마리
다래 넝쿨 위로 타고 와서, 지금 막 계연이가 잡고 서 있는 떡갈
나무 가지 위로 건너뛰려 하고 있다.

"아 곧 떨어진당게! 그 막대로 저 다램이나 때려줬음 쓰겠는
디."

계연은 아랫도리를 거의 햇살에 훤히 드러낸 채 있으면서도 다
래 넝쿨 위에서 이쪽을 건너다보고 그 요망스런 턱주가리를 쫑긋
거리고 있는 다람쥐가 더 안타까운 모양으로 또 이렇게 소리를
질렀다.

"요놈의 다램이가……"

성기는 같은 나무 밑둥치에까지 올라가서야 겨우 계연의 치맛
자락을 벗겨주고, 그러고는 막대로 다시 조금 전에 다람쥐가 앉
아 있던 다래 넝쿨도 한 번 툭 쳤다. 이 소리에 놀랐는지 산비둘
기 몇 마리가 '푸드덕'하고 아래쪽 머루 넝쿨 위로 날아갔다.

"샘물이 있어야 쓰겠는디."

계연은 치맛자락을 걷어올려 이마의 땀을 씻으며 이렇게 말
했다.

모롱이를 돌아 새로운 산줄기를 탈 때마다 연방 더 우악스런 멧

뿌리요, 어두운 수풀을 지나 환하게 열린 하늘을 내다볼 때마다 바다같이 질펀한 골짜기에 차 있느니 머루 다래요, 딸기 칡의 햇넝쿨들이다. 산속으로 산속으로 들어갈수록 여기저기서 난장판으로 뻐꾸기들은 울고, 이따금씩 낄낄거리고 골을 건너 날아가는 꿩 울음소리마저 야지의 가을벌레 소리를 듣는 듯 신산(辛酸)을 더했다.

해는 거의 하늘 한가운데를 돌아 바야흐로 머리에 불을 끼얹고, 어두운 숲 그늘 속에는 해삼 같은 시꺼먼 달팽이들이 허연 진물을 토한 채 땅에 붙어 늘어졌다.

햇살이 따갑고, 땀이 흐르고, 목이 마를수록 성기들은 자꾸 넝쿨 속으로만 들짐승들처럼 파묻혔다. 나무딸기 덤불딸기 머루 다래 오디 손에 닿는 대로 따서 연방 입에 가져가지만 입에 넣으면 눈 녹듯 녹아질 뿐, 떫적지근한 침을 삼키면 그만이었다. 간혹 이에 걸린다는 것이 아직 익지 않은 풋머루 풋다래인데, 딸기 녹은 침물로는 그 쓰고 떫은 것마저 사양 없이 씹어 넘겨졌다. 처음엔 입술이 먼저 거멓게 열매 물이 들었고, 나중엔 온 볼에까지 묻어졌다. 먹을수록 목이 마른 딸기를 계연은 그 새파란 머루 다래 섞인, 둥그런 칡 잎으로, 하나 가득 따서 성기에게 주었다. 성기는 두 손바닥 위에다 그것을 받아서는 고개를 숙여 물을 먹듯 입을 대어 먹었다. 먹고 난 칡 잎은 아무렇게나 넝쿨 위로 던져버린 채 칡 넌출이 담뿍 감겨 있는 다래 넝쿨 위에 비스듬히 등을 대고 누웠다.

계연은 두번째 또 칡 잎의 것을 성기에게 주었다. 성기는 성가

신 듯이 그냥 비스듬히 누운 채 그것을 그대로 입에 들어부어 한 입 가득 물고는 나머지를 그냥 넝쿨 위로 던졌다.

그리고 그는 곧 코를 골기 시작하였다.

세번째 칡 잎에다 딸기 알 머루 알을 골라놓은 계연은, 그러나 성기가 어느덧 잠이 들어 있음을 보자 아까 성기가 하듯 하여 이번엔 제가 먹어치웠다.

"참, 잘도 잔당게."

계연은 혼잣말로 중얼거리며 자기도 다래 넝쿨에 등을 대고 비스듬히 드러누워보았으나 곧 재채기가 났다. 목이 몹시 말랐다. 배도 고팠다.

갑자기 뻐꾸기 소리가 무서워졌다.

"넝쿨 속에는 샘물이 없는가?"

계연은 넝쿨을 헤치고 한참 들어가다 문득, 모과나무 가지에 이리저리 얽히고 주렁주렁 열린 으름 넝쿨을 발견하였다.

"이것이 익어 있음 쓰겄는듸."

계연은 이렇게 중얼거리며 아직도 파아란 오이를 만지듯 딴딴하고 우툴두툴한 으름을 제일 큰 놈으로만 세 개를 골라 따 쥐었다. 그리하여 한나절 동안 무슨 열매든지 손에 닿는 대로 마구 따 입에 넣고는 하던 버릇으로, 부지중 입에 가져가 한 번 답삭 물어 떼었더니 이내 비릿하고 떫직스레한 풀 같은 것이 입에 하나 가득 끼었다.

"아, 풋내 나!"

계연은 입 안의 것을 뱉고 나서 성기 곁으로 갔다. 해는 벌써 점심때도 겨운 듯 갈증과 함께 시장기도 들었다.

"일어나 샘물 찾아가장게."

계연은 성기의 어깨를 흔들었다.

성기는 눈을 떴다.

계연은 당황하여, 쥐고 있던 새파란 으름 두 개를 성기의 코끝에 내밀었다. 성기는 몸을 일으켜 그녀의 그 동그스름한 어깨와 목덜미를 껴안았다. 그러고는 입술이 포개졌다. 그녀의 조그맣고 도톰한 입술에서는 한나절 먹은 딸기 오디 머루 다래 으름 들의 달짝지근한 풋내와 함께, 황토 흙을 찌는 듯한 향긋하고 구수한 고기 냄새가 느껴졌다.

까악까악하고 난데없는 까마귀 한 마리가 그들의 머리 위로 울며 날아갔다.

"칠불은 아직도 멀지라?"

계연은 다래 넝쿨에 걸어두었던 점심을 벗겨 들었다.


화갯골로 들어간 체장수 영감은 보름이 넘도록 돌아오지 않았다. 떠날 때 한 말도 있고 하니, 지리산 속으로 아주 들어간 모양이라고, 옥화와 계연은 생각하고 있었다.

"산중에서 아주 여름을 내시는갑네."

옥화는 가끔 이런 말도 하였다. 그리고 그들은 끈기 있게 이야기책을 들고 앉곤 하였다. 계연의 약간 구성진 전라도 지방 토음은 날이 갈수록 점점 더 맑고 처량한 노래조를 띠어왔다.

그동안 옥화와 계연의 사이에 생긴 새로운 사실이 있다면, 옥화가 계연의 왼쪽 귓바퀴 위에 있는 조그만 사마귀 한 개를 발견한 것쯤이었다.

어느 날 아침, 그녀의 머리를 빗어 땋아주고 있던 옥화는 갑자기 정신을 잃은 사람처럼 참빗 쥔 손을 부들부들 떨고 있었다.

"어머니 왜 그려여?"

계연이 놀라 물었으나 옥화는 그녀의 두 눈만 멀거니 바라보고 있을 따름 말이 없었다.

"어머니 왜 그러시여?"

계연이 또 한번 물었을 때, 옥화는 겨우 정신이 돌아오는 듯, 긴한숨을 내쉬며,

"아무것도 아니다."

하고, 다시 빗질을 시작하는 것이었다.

계연은 속으로 이상한 생각이 들었으나 아무것도 아니라는 옥화에게 다시 더 캐어물을 도리도 없었다.

이튿날 옥화는 악양(岳陽)에 볼 일이 좀 있어 다녀오겠노라면서 아침 일찍 머리를 빗고 떠났다. 성기는 큰 방에서 낮잠을 자고 있었다. 소낙비가 왔다. 계연이가 밖에서 빨래를 걷어 안고 들어오면서,

"어쩔거나, 어머니 비 만나시겠는듸!"

하였다. 그녀의 치맛자락은 바깥의 선선한 비바람을 묻혀다 성기의 자는 낯을 스쳐주었다. 성기는 눈을 뜨는 결로 손을 뻗쳐 그녀의 치맛자락을 거머잡았다.

그녀는 빨래를 안은 채 고개를 획 돌이켜 성기의 얼굴을 가만히

바라보았다. 그녀의 두 볼에 바야흐로 조그만 보조개가 파이려 할 때, 밖에서 인기척이 났다.

"어머니 옷 다 젖겠는듸!"

또 한번 이렇게 말하며, 계연은 마루로 나갔다. 성기는 어느덧 또 코를 골기 시작하였다.

성기가 다시 잠이 깨었을 때는, 손님들이 마루에서 막걸리를 마시고 있었다. 계연은 그들의 치다꺼리를 해주고 있는 모양으로 부엌에서,

"명태랑 풋고추밖엔 안주가 없는듸!"

하는 소리가 났다.

나중 손님들이 돌아간 뒤, 성기는 그녀더러,

"어머니 없을 땐 손님 받지 말라고."

약간 볼멘소리로 이런 말을 하였다.

"허지만 오늘 해 넘김, 이 술은 시어질 것인듸, 그냥 두면 어머니가 오셔서 화내시지 않을 것이요?"

계연은 성기에게 타이르듯이 이렇게 말했다. 조금 뒤 그녀는 다시 웃는 낯으로 성기 곁에 다가서며,

"오빠, 나 면경 하나만 사주시요, 똥그란 놈이 꼭 한 개만 있었음 쓰겠는듸."

하였다. 이튿날이 마침 장날이라, 성기는, 점심을 가지고 온 그녀에게 미리 사두었던 조그만 면경 하나와 찰떡을 꺼내 주었다.

"아이고머니!"

면경과 찰떡을 보자, 계연은 놀란 듯이 소리를 질렀다. 그녀는

그 꽃 같은 두 눈에 웃음을 담뿍 담은 채 몇 번이나 면경을 들여다보곤 하더니, 그것을 품속에 넣고는, 성기가 점심을 먹고 있는 곁에 돌아앉아, 어느덧 짝짝 소리까지 내며, 그것을 먹고 있었다.

성기는 남이 보지 않게 전 앞에 사람 그림자가 얼씬할 때마다 자기의 몸을 이리저리 움직여서 그것을 가려주었다. 딴은 떡뿐 아니라, 참외고 복숭아고 엿이고 유과고 일체 군것을 유달리 좋아하는 그녀의 성미인 듯하였다. 집 앞으로 혹 참외장수나 엿장수가 지나가는 것을 보면 계연은 골무를 깁거나 바늘겨례를 붙이다 말고, 뛰어 일어나, 그것들이 시야에서 사라질 때까지 멀거니 바라보며 서 있곤 하였다.

한번은 성기가 절에서 내려오려니까, 어머니는 어디 갔는지 눈에 띄지 않고, 그녀만이 마루 끝에 걸터앉은 채 이웃 주막의 놈팽이 하나와 더불어 함께 참외를 먹고 있었다. 성기를 보자 좀 무안스러운 듯이 얼굴을 약간 붉히며 곧 일어나 반가운 표정을 지어보였다.

"아, 오빠!"

"......"

그러나 성기는 그러한 그녀를 거들떠도 보지 않고 그대로 자기의 방으로만 들어가버렸다. 계연은 먹던 참외도 마루 끝에 놓은 채 두 눈이 휘둥그레해서 성기의 뒤를 따라왔다.

"오빠 왜?"

"......"

"응 왜 그러여?"

"⋯⋯"

그러나 성기는 아무런 대꾸도 없었다. 그녀가 두 팔을 성기의 어깨 위에 얹어, 그의 목을 껴안으려 했을 때, 성기는 맹렬히 몸을 뒤틀어 그녀의 팔을 뿌리치고는, 돌연히 미친 것처럼 뛰어들어 따귀를 때리기 시작하였다.

처음 그녀는,

"오빠, 오빠!"

하고 찡그린 얼굴로 성기를 쳐다보며 두 손을 내밀어 그의 매질을 막으려 하였으나, 두 찰 세 찰 철썩철썩하고, 그의 손이 그녀의 얼굴에 와 닿자 방구석에 가 얼굴을 쿡 처박은 채 얼마든지 그의 매질에 몸을 맡기듯이 하고 있었다.

이튿날 장에 점심을 가지고 온 계연은 그 적고 도톰한 입술을 꼭 다문 채, 말이 없었으나, 그의 꽃같이 선연한 두 눈엔 어저께의 일에 깊은 적의도 원망도 품어 있지 않는 듯하였다.

그날 밤 그녀가 혼자 강가에 나와 있는 것을 보고, 성기는 그녀의 뒤를 쫓아 나갔다. 하늘엔 별이 파랗게 나 있었으나 나무 그늘은 강가를 칠야같이 뒤덮어 있었다.

"오빠."

계연은 성기가 바로 그녀의 곁에까지 왔을 때, 일어나 성기의 턱 앞으로 바싹 다가들어서며 낮은 목소리로 이렇게 불렀다.

"오빠, 요즘은 어쩌자고 만날 절에만 노 있는 것이여?"

그 몹시도 굴곡이 강렬한 전라도 지방 토음이 이렇게 속삭였다.

그즈음 성기는 장을 보러 오는 날 이외에는 절에서 일절 내려오지를 않았다. 옥화가 악양 명도에게 갔다 소낙비에 젖어 돌아온 뒤부터는, 어쩐지 그와 그녀의 사이를 전과 달리 경계하는 듯한 눈치라, 본래 심장이 약하고 남의 미움받기를 유달리 싫어하는 그는, 그러한 어머니에 대한 노여움도 있고 하여 기어코 절에서 배겨내려 했던 것이었다.

이날 밤만 해도 계연의 물음에, 성기가 무어라고 대답도 채 하기 전에, '계연아 계연아!' 하는, 옥화의 목소리가 또 어느덧 들려오고 있었다. 성기는 콧잔등을 찌푸리며 말을 하려다 말고 입을 다물어버렸다.

'아, 어머니도 어쩌면 저다지 야속할까?'

성기는 갑자기 목이 뿌듯해졌다.

반딧불이 지나갔다. 계연은 돌 위에 걸터앉아, 손으로 여뀌풀을 움켜잡으며 혼잣말같이, 또 무어라 속삭이는 것이었으나, 냇물 소리에 가려 잘 들리지 않았다.

이튿날 아침 일찍이 성기가 방 안으로, 부엌으로, 누구를 찾으려는 듯 기웃기웃하다가 좀 실망한 듯한 낯으로 그냥 절로 올라가고 말았을 때, 그녀는 역시 이 여뀌풀 있는 냇물가에서 걸레를 빨고 있었던 것이다.

사흘 뒤에 성기가 다시 절에서 내려오니까, 체장수 영감은 마루 위에서 막걸리를 마시고 있고, 계연은 고개를 떨어뜨린 채 마루 끝에 걸터앉아 있었다. 머리를 감아 빗고 새 옷——새 옷이래야 전날의 그 황라 적삼을 다시 빨아 다린 것——을 갈아입고, 조그만 보따리 하나를 곁에 두고, 슬픔에 잠겨 있던 계연은, 성기를 보자 그 꽃같이 선연한 두 눈에 갑자기 기쁨을 띠며 허리를 일으켰다. 그러나 바로 그다음 순간, 그 노기를 띤 듯한 도톰한 입술은 분명히 그들 사이에 일어난 어떤 절박하고 불행한 사실을 전하고 있었다.

막걸리 사발을 들어 영감에게 권하고 있던 옥화는 성기를 보자,

"계연이가 시방 떠난단다."

대번에 이렇게 말했다.

옥화의 말을 들으며, 영감은 그날, 성기가 절로 올라가던 날, 저녁때에 돌아왔더라는 것이었다. 그 이튿날이니까, 즉 그저께, 영감은 그녀를 데리고 떠나려고 하는 것을 하루 더 쉬어가라고 만류를 해서, 그래 오늘 아침엔 일찍이 떠난다고 이렇게 막 행장을 차려서 나서는 길이라 하였다.

그러나 이것은 실상 모두 나중 다시 들어서 알게 된 것이었고, 처음은 그저 쇠뭉치로 돌연히 머리를 얻어맞은 것같이 골치가 땡하며, 전신의 피가 어느 한곳으로 쫙 모이는 듯한, 양쪽 귀가 머리 위로 쫑긋이 당겨 올라가는 듯한, 혀가 목구멍 속으로 말려들어가는 듯한, 눈언저리에 퍼런 불이 번쩍번쩍 일어나는 듯한, 어지러움과 노여움과 조마로움이 한데 뭉쳐, 발끝에서 머리끝까지의 그의 전신을 어디로 휩쓸어가는 듯만 하였다. 그는 지금껏 이렇게까지 그녀에게 마음이 가 있어 떨어질 수 없게 되었으리라고는 너무도 뜻밖이었다. 그것이 이제 영원히 헤어지려는 이 순간에 와서야 갑자기 심지에 불을 켜듯 확 타오를 마련이던가, 하는 것이 자꾸만 꿈과 같았다. 자칫하면 체면도 염치도 다 놓고 엉엉

울음이 터질 것만 같이 목이 징징 우는 것을, 그러는 중에서도 이 얼굴을 어머니에게 보여서는 아니 된다는 의식에서, 떨리는 입술을 깨물며, 마루 끝에 궁둥이를 찧듯 털썩 앉아버렸다.

"아들이 참 잘생겼소."

영감은 분명히 성기를 두고 하는 말인 모양이었다. 그러나 성기는 그쪽으로 고개도 돌려보지 않은 채, 그들에게 무슨 적의나 품은 듯이 앉아 있었다.

옥화는 그동안 또 성기에게 역시 그 체장수 영감의 이야기를 전해 들려주고 있는 모양이었다. 지리산 속에서 우연히 옛날 고향 친구의 아들이 된다는 낯선 젊은이 하나를 만났다. 그는 영감의 고향인 여수에서 큰 공장을 경영하는 실업가로, 지리산 유람을 들어왔다가 이야기 끝에 우연히 서로 알게 되었다. 그는 영감에게 함께 고향으로 돌아가 살자고 한다, 영감은 문득 고향 생각도 날 겸 그 청년의 도움으로 어떻게 형편이 좀 펼 것같이도 생각되어 그를 따라 여수로 돌아가기로 결정을 하고 나오는 길이라—, 옥화가 무어라고 한참 하는 이야기는 대개 이러한 의미인 듯하였으나, 조마롭고 어지럽고 노여움으로 이미 두 귀가 멍멍해진 그에게는 다만 벌떼처럼 무엇이 왕왕거릴 뿐, 아무것도 분명히 들리지도 않았다.

"막걸리 맛이 어찌나 좋은지 배가 부르당게."

그동안 마지막 술잔을 들이켜고 난 영감은 부채와 지팡이를 집어 들며 이렇게 말했다.

"여수 쪽으로 가시게 되면 영영 못 보게 되겠구먼요."

옥화도 영감을 따라 일어서며 이렇게 말했다.

"사람 일을 누가 알간듸, 인연 있음 또 볼 터이지."

영감은 커다란 미투리에 발을 끼며 말했다.

"아가, 잘 가거라."

옥화는 계연의 조그만 보따리에다 돈이 든 꽃주머니 하나를 정표로 넣어주며 하직을 하였다.

계연은 애걸하듯 호소하듯 한 붉은 두 눈으로 한참 동안 옥화의 얼굴을 쳐다보고만 있었다.

"또, 오너라."

옥화는 계연의 머리를 쓸어주며 다만 이렇게 말하였고, 그러자 계연은 옥화의 가슴에다 얼굴을 묻으며 엉엉 소리를 내어 울기 시작하였다.

옥화가 그녀의 그 물결같이 흔들리는 동그스름한 어깨를 쓸어주며,

"그만 울어, 아버지가 저기 기다리고 계신다."

하는 음성도 이젠 아주 풀이 죽어 있었다.

"그럼 편히 계시오."

영감은 옥화에게 하직을 하였다.

"할아버지 거기 가 보시고 살기 여의찮거든 여기 와서 우리 한데 삽시다."

옥화는 또 한번 이렇게 당부하는 것이었다.

"오빠 편히 사시오."

계연은 이미 시뻘겋게 된 두 눈으로 성기의 마지막 시선을 찾으

며 하직 인사를 했다.

성기는 계연의 이 말에, 꿈을 깬 듯 마루에서 벌떡 일어나, 계연의 앞으로 당황히 몇 걸음 어뚤어뚤 걸어오다간, 돌연히 다시 정신이 나는 듯, 그 자리에 화석처럼 발이 굳어버린 채, 한참 동안 장승같이 계연의 얼굴만 멍하게 바라보고 있었다.

"오빠, 편히 사시오."

이렇게 두번째 하직을 하는 순간까지도, 계연의 그 시뻘건 두 눈은 역시 성기의 얼굴에서 그 어떤 기적과도 같은 구원만을 기다리는 것이었고, 그러나, 성기는 그 자리에 그냥 주저앉아버릴 뻔하던 것을 겨우 버드나무 가지를 움켜잡을 수 있었을 뿐이었다.

계연의 시뻘겋게 상기한 얼굴은, 옥화와 그의 아버지가 그들을 지켜보고 있다는 것도 잊은 듯이 성기의 얼굴만 일심으로 바라보고 있었으나, 버드나무에 몸을 기댄 성기의 두 눈엔 다만 불꽃이 활활 타오를 뿐, 아무런 새로운 명령도 기적도 나타나지 않았다.

"오빠, 편히 사시오."

하고, 거의 울음이 다 된, 마지막 목소리를 남기고 돌아선 계연의 저만치 가고 있는 항라 적삼을, 고운 햇빛과 늘어진 버들가지와 산울림처럼 울려오는 뻐꾸기 울음 속에, 성기는 우두커니 지켜보고 있을 뿐이었다.

성기가 다시 자리에서 일어나게 된 것은 이듬해 우수(雨水)도 경칩(驚蟄)도 다 지나, 청명(淸明) 무렵의 비가 질금거릴 무렵이었다. 주막 앞에 늘어선 버들가지는 다시 실같이 푸르러지고 살

구 복숭아 진달래 들이, 골목 사이로 산기슭으로 울긋불긋 피고
지고 하는 날이었다.

　아들의 미음상을 차려 들고 들어온 옥화는 성기가 미음 그릇을
비우는 것을 보자 이렇게 물었다.

　"아직도, 너, 강원도 쪽으로 가보고 싶냐?"

　"……."

　성기는 조용히 고개를 돌렸다.

　"여기서 장가들어 나랑 같이 살겠냐?"

　"……."

　성기는 역시 고개를 돌렸다.

　그해 아직 봄이 오기 전, 보는 사람마다, 성기의 회춘을 거의 다
단념하곤 하였을 때 옥화는, 이왕 죽고 말 것이라면, 어미의 맘속
이나 알고 가라고, 그래, 그 체장수 영감은, 서른여섯 해 전 남사
당을 꾸며와 이 화개장터에 하룻밤을 놀고 갔다는 자기의 아버지
임이 틀림이 없었다는 것과, 계연은 그 왼쪽 귓바퀴 위의 사마귀
로 보아 자기의 동생임이 분명하더라는 것을, 통정하노라면서,
자기의 같은 왼쪽 귓바퀴 위의 검정 사마귀까지를 그에게 보여주
었다.

　"나도 처음부터 영감이 '서른여섯 해 전'이라고 했을 때 가슴이
섬뜩하긴 했다. 그렇지만 설마했지 그렇게 남의 간을 뒤집어놀
줄이야 알았나. 하도 아슬해서 이튿날 악양으로 가 명도[2]까지 불
러봤더니, 요것도 남의 속을 빤히 들여다나 보는 듯이 재잘대는
구나, 차라리 망신을 했지."

옥화는 잠깐 말을 그쳤다. 성기는 두 눈에 불을 켜듯 한 형형한 광채를 띠고, 그 어머니의 얼굴을 쳐다보고 있었다.

"차라리 몰랐으면 또 모르지만 한번 알고 나서야 인륜이 있는 디 어쩌겠냐."

그리고 부디 어미 야속타고나 생각지 말라고, 옥화는 아들의 뼈만 남은 손을 눈물로 씻었다.

옥화의 이 마지막 하직같이 하는 통정 이야기에 의외로도 성기는 도로 힘을 얻은 모양이었다. 그 불타는 듯한 형형한 두 눈으로 천장을 한참 바라보고 있던 성기는 무슨 새로운 결심이나 하듯 입살을 지그시 깨물고 있었다.

아버지를 찾아 강원도 쪽으로 가볼 생각도 없다, 집에서 장가들어 살림을 할 생각도 없다, 하는 아들에게 그러나, 옥화는 이제 전과 같이 고지식한 미련을 두는 것도 아니었다.

"그럼 어쩔라냐? 너 좀 대로 해라."

"……"

성기는 아무런 말도 없이 도로 자리에 드러누워버렸다.


그러고 나서 한 달포나 넘어 지난 뒤였다.

성기가 좋아하는 여러 가지 산나물이 화갯골에서 연달아 자꾸 내려오는 이른 여름의 어느 장날 아침이었다. 두릅회에 막걸리 한 사발을 쭉 들이켜고 난 성기는 옥화더러,

"어머니, 나 엿판 하나만 맞춰주."

하였다.

"......"

옥화는 갑자기 무엇으로 머리를 얻어맞은 듯이 성기의 얼굴을 멍하니 바라보고 있었다.

그런 지도 다시 한 보름이나 지나, 뻐꾸기는 또다시 산울림처럼 건드러지게 울고, 늘어진 버들가지엔 햇빛이 젖어 흐르는 아침이었다. 새벽녘에 잠깐 가는 비가 지나가고, 날은 다시 유달리 맑게 갠 화개장터 삼거릿길 위에서, 성기는 그 어머니와 하직을 하고 있었다. 갈아입은 옥양목 고이 적삼에 명주 수건까지 머리에 잘 끈 동여매고 난 성기는, 새로 맞춘 새하얀 나무 엿판을 걸빵해서 느직하게 엉덩이 즈음에다 걸었다. 윗목판에는 새하얀 가락엿이 반나마 들어 있었고, 아랫목판에는 팔다 남은 이야기책 몇 권과 간단한 방물³이 좀 들어 있었다.

그의 발 앞에는, 물과 함께 갈려 길도 세 갈래로 나 있었으나, 화갯골 쪽엔 처음부터 등을 지고 있었고, 동남으로 난 길은 하동, 서남으로 난 길이 구례, 작년 이맘때도 지나 그녀가 울음 섞인 하직을 남기고 체장수 영감과 함께 넘어간 산모퉁이 고갯길은 퍼붓는 햇빛 속에 지금도 환히 장터 위를 굽이돌아 구례 쪽을 향했으나, 성기는 한참 뒤, 몸을 돌렸다. 그리하여 그의 발은 구례 쪽을 등지고 하동 쪽을 향해 천천히 옮겨졌다.

한 걸음, 한 걸음, 발을 옮겨놓을수록 그의 마음은 한결 가벼워져, 멀리 버드나무 사이에서 그의 뒷모양을 바라보고 서 있을 그의 어머니의 주막이 그의 시야에서 완전히 사라져갈 무렵 해서는, 육자배기 가락으로 제법 콧노래까지 흥얼거리며 가고 있는 것이었다.


　*막걸리: 이 지방의 막걸리는 서울의 그것과 달라 청주를 따로 뜨지 않고 전주를 그냥 떠다 거른 것이다.

　**엿장수: 남쪽 지방 엿장수는 긴 나무목판 세 개를 포갠 것을 결방해서 메고 다니는데 제일 위의 것에는 엿이 들고, 둘째 것에는 여러 가지 황화물이 들고, 맨 아래층 목판에는 고물(古物) 따위를 받아 넣는 것이다.

　***엿판: 이러한 엿장수들이 둘 혹은 셋씩 포개어 메고 다니는 엿목판이다.

# 광풍狂風 속에서

1948년 10월 21일 오후, 여수의 거리거리는 아직도, 반란군과 폭도들에 의하여 붉은 피로 물들고 있었다.

윤수(允洙)와 정수(正洙)가 '경찰서'로 끌려갔다는 소식을 윤수들의 사촌동생 되는, 성수(聖洙)에게서 전해 들은 인봉(仁奉)이는 갑자기 온몸의 피가 머리 위로 쫙 모여드는 듯했다. 지금의 '경찰서'라고 한다면, 벌써 이틀이나 적색(赤色) 반란군에 의하여 점령되어 있는, 몸서리나는 '인간 도살장'을 가리키는 말이었기 때문이었다.

"뭐, 어디, 겨, 경찰서로?"

두 눈이 허옇게 뒤집힌 그는 잘 돌아가지도 않는 혀끝으로 겨우 이렇게 되물었다. 그의 너무도 무섭게 이지러진 얼굴에 겁이 질렸던지, 성수는 머리를 숙인 채 고개만 끄덕거려 보였다.

"늬가 봤냐? 잉 성수야. 이리 좀 보랑게, 나를."

인봉이는 그 검붉은 커다란 손으로, 조그만 성수를 때리기라도 할 듯이, 꺼떡 쳐들었다가는, 살며시 그의 어깨 위에 도로 놓으며,

"글시 늬가 봤냐, 늬 눈으로. 그래 윤수가 늬게 일렀지야? 얼른 가서 나한틔 말하라고."

위협이나 하는 듯한 거친 목소리였다.

"윤수 형아들은 저희 중학교 학생들이랑 함께 가는듸 어디서 나를 보기나 했었간듸?"

"그라믄 늬가 혼자서 왔지야, 잉?"

"......"

성수는 역시 머리를 숙인 채 고개만 끄덕여 보였다. 어린 마음에도, 저의 아버지가 그렇게 하는 것이라고 이 자리에서 실토를 할 수는 없다고 생각되었던 것이다. 성수는 그해 겨우 열한 살, 초등학교 사학년밖에 되지 않았다. 그러나 그의 아버지는 '농민조합'을 하고, 큰아버지(인봉이)는 '대동청년단'을 하기 때문에 사이가 좋지 못하다는 것쯤은 잘 알고 있었다. 그것은 그의 아버지가 술만 취하면 큰아버지의 욕을 하고, 또 언제든지 '인민공화국' 세상이 되면 죽여버릴 것이라고 별러오는 것을 여러 번 들었기 때문이었다. 뿐만 아니라 그의 아버지는, 큰아버지의 욕을 하던 끝에는 으레 윤수와 정수들까지 욕을 걸치곤 했던 것이다.

"아비가 글렀응게 자식놈들까지 그 모양이여. 학련(學聯)인가 지랄인가를 만들어갖고 항시 학통(學統) 애들에게 반동을 한당게."

그의 아버지가 이렇게 윤수들의 욕을 할 때마다 성수는 어린 마음에도 무엇인지 언짢은 생각이 들곤 하였다. 그것은 윤수와 정수 두 형(사촌)이 성수 저에게는 조금도 잘못한 것이 없을 뿐 아니라, 길에서 만나더라도 언제나 '성수야' 하고 다정스럽게 불러주곤 하였기 때문이다.

성수는 평소부터 이러한 관계를 대강 알고 있었기 때문에, 오늘도 그의 아버지가 '학통' 애들을 시켜서 윤수 형제를 끌고 가게 한 것을 눈치 채긴 하였지만 지금 그렇다고 해서 그 말을 큰아버지에게 바로 할 수는 없었다.

"윤수 형아도 큰아부지같이 숨어 있었음 좋았을 것인듸."

"그라믄 늬 눈으로 똑똑히 봤지야, 잉?"

인봉이는 암만해도 이 어린 성수의 말이 확실히 믿어지지 않는지 또 한번 이렇게 다지고 나서, 그러나 이번에는 성수의 대답은 기다리지도 않고,

"아이고, 윤수야 윤수야!"

하며, 미친 사람처럼 경찰서 쪽을 향해 뛰어가버렸다.

"큰아부지, 큰아부지 가문 쓰간듸?"

어린 성수가 이렇게 말리는 것도 들리지 않는 듯, 인봉이는 또다시,

"아이고, 우리 정수야! 윤수야!"

하며, 흐느적흐느적 걸어가는 것이다. 인봉이가 경찰서 바로 곁까지 갔을 때였다. 경찰서 마당 위에, 누더기처럼 주검들이 여기저기 쓰러져 있는 것을 보는 순간, 그는 문득 숨이 막히는 듯

"흡, 흡."

하고 치술르는 소리를 내며 길바닥에 주저앉아버렸다. 바로 그때 저쪽에서 분명히 사람의 그림자 같은 것이 어른거렸다. 틀림없이 신봉(信奉)이와 같은 농민조합 패들이었다. 순간, 울음 대신 전신을 휩쓸어오는 것은 까닭 모를 무서움이었다. 아까 아이들이 붙잡혀갔다는 말을 듣고 미친 것처럼 '경찰서'로 뛰어왔을 때는 여기서 신봉이 패들을 만나리라고 예상하지 않았단 말인가. 그렇다. 그때는 그때대로 아이들(윤수와 정수)이 애처로워 다른 것을 헤아리지 못했다면, 지금은 지금대로 무서움에 질려 다른 것을 생각할 겨를이 없었던 것이다.

거기서 그가 어떠한 꼴로 어떻게 해서 자기의 집으로 도망을 쳐왔는지, 또 자기 집에서 어떠한 생각으로 어떻게 해서 사돈 집—신봉이의 처가—뒤란까지 가서, 먹사리 속에 숨었는지 자기 자신도 똑똑히 알 수가 없었다.

그는 먹서리[1] 속에서 사지를 움츠리고 누운 채,

'나는 살았다 나는 살았다.'

하고, 혼자 속으로 다짐을 두어보기도 하였다. 그는 그 속에서 일주야 하고도 다시 반날을 보냈다. 그렇지만, 내가 어쩌다 하필 이 윤규(潤圭)네 집엘 와 숨었을까?

그는 또 혼자 속으로 이렇게 물어보기도 하였다. 윤규라면 바로 신봉이의 처남이니까 어떻게 보면 자기(인봉이)보다도 신봉이와 더욱 가까울지도 모를 일이다. 그럼에도 불구하고 엉겁결에 그의 집으로 뛰어든 것은 평소부터 역시 그를 그만치 믿어왔기 때문이라고 짐작되었다. 해방(8·15의)이 되자 이 동네에서는 남 먼저 정치 운동에 가담했던 것이 신봉이였지만 인봉이나 윤규들은 신봉이의 하는 일이 무엇인지도 똑똑히 모르고 있었던 것이다. 차츰 그것이 '인민위원회'니 '청년동맹'이니 '농민조합'이니 '어민조합'이니 하는 일련의 '공산당 조직체'란 것으로 알려졌을 때는, 인봉이나 윤규네들이 이미 그를 경원하기 시작한 뒤였던 것이다.

특히 인봉이나 신봉이는 바로 친형제임에도 불구하고, 신봉이가 일본에 가서 바람이 들어 돌아온 뒤부터 하는 일도 없이 밤낮 술과 노름으로 세월을 보내지 않으면 그 형(인봉)을 찾아와 트집을 붙이기가 일이었기 때문에 본디부터 사이가 좋지 않던 것이, 이번에는 또 '농민조합'을 한답시고 눈을 부라리며 다니는 것이 몹시 아니꼬웠던 것이다. 인봉이가 결연히 '대동청년단'에 가맹을 하게 된 태반의 이유도 사실은 이 신봉이의 꼴사나운 협박 공갈에 대항하기 위함이었던 것이다. 신봉이가 그 형 인봉이를 극단적으로 미워하며 적대시하기 시작한 것도 이때부터의 일이다.

그러나 본디 마음이 독하지 못한 인봉이는 동생의 그와 같이 착실하지 못한 성격을 미워했을 뿐이요, 형제간에 원수가 된다거나, 특히 아이들(자기의 아이들과 신봉이의 아이들)까지 부모를 따라 원수같이 지내게 할 수는 없다고 생각했기 때문에, 어쩌다 성수나 그 밖의 조카딸년을 만나기나 하면 예와 다름없이 반갑게 맞아주곤 했던 것이다. 그리고 윤수와 정수들에게도 항상 그것을 타이르곤 하였던 것이다.

그러기에 이러한 인봉이의 심정을 잘 알고 있는 윤규는 인봉이

를 보면 항상,

"신봉이 그 사람 내 매부지만 그래서야 어디 쓰겠더라고? 자네 같은 형이라도 만나서 다행이랑게."

하고 장하다는 듯이 인사를 하곤 했던 것이다. 이렇게 윤규가 그의 매부인 신봉이보다 인봉이를 더욱 가까이 생각하는 것은 한 동네에서 옛날부터 친하게 지내는 사이였기 때문만이 아니라, 두 사람이 다 같이 착실한 농사꾼이라는 데서 절로 심정이 통할 수 있기 때문이기도 하였다.

인봉이는 먹서리 속에서 나와, 지그시 땅을 밟고 섰다. 캄캄한 어둠 속, 하늘에는 별빛만 유난히도 푸르게 반짝거렸다.

그는 웬 까닭인지 누를 수 없는 용기가 가슴속에서 솟아오름을 깨달았다. 그는 걸음을 떼어놓았다. 방 안이고, 골목이고, 불빛이라고는 보이는 데가 없었다. 그가 뜰 가운데까지 나왔을 때 비로소 사랑방 앞에 무슨 사람의 그림자 같은 희끄무레한 것이 보였다.

"누구여?"

그 희끄무레한 것이 먼저 이렇게 물었다. 분명히 윤규의 소리였다. 그러나 인봉이는 아무런 대꾸도 없이 그냥 그의 앞으로 저벅저벅 가까이 걸어갔다. 그의 목에서는 아무런 소리도 말도 울려 나오지 않았던 것이다.

"누구여?"

희끄무레한 것은 손에 망치를 든 채 뒤로 몇 걸음 물러서며 이렇게 물었다.

"아, 아, 아니여!"

인봉이의 입에서 처음 나온 소리는 이것이었다. 그러나 다음 순간 그는 윤규의 바로 턱 앞에 바싹 다가서며, 떨리는 목소리로,

"유, 윤규."

하고 불렀다.

윤규는 그의 손을 잡자 말없이 사랑방으로 끌었다. 거기서도 그들은 별로 말을 하지 않았다. 그는 다만 윤규가 떠다 주는 술 한 사발을 받아 마시자, 그 자리에 코를 골며 잠이 들어버렸다.

윤규는 처음, 이 사람이 참변당한 걸 여태 모르고 있지나 않나 하고 의심도 했다. 그리하여 이튿날 새벽 날이 희부옇게 새어올 무렵 어깨를 흔들며,

"자네 집에서 걱정하지는 않겠나?"

하고, 건성으로 한 번 물어보았더니 잠결에 이것도 건성인지 어쩐지,

"아아니여 아아니."

하고, 돌아누워버렸다.

국군이 경찰서와 학교를 완전히 탈환한 뒤까지도 윤규에게는 아직도 어쩌면 공산군 천하가 되어 있거니 하는 의구심이 풀리지 않았다.

"웃녘은 인공 천하가 다 됐다는데, 여기는 또 국군이 우세니 어찌 된 셈판이여?"

윤규는 인봉이와 마주 앉아 술을 마시며 이런 말을 던졌다. 그

러자 인봉이는 시뻘겋게 핏대가 선 두 눈을 들어 윤규의 얼굴을
한참 동안 쳐다보고 있더니

"뭐, 국군이 우세다?"

하고, 물었다.

"경찰서와 학교는 도로 국군이 들었다네."

"……"

인봉이는 상 위에 술잔을 놓으며 아무 말도 없이 자리에서 일어
났다.

"앉으랑게."

윤규는 인봉이의 양복저고리를 잡아 자리에 앉혔다.

"……"

"신봉이, 그 사람…… 내 매부지만……"

윤규는 말하기가 거북한 모양으로 몇 번이나 말을 머뭇거리며
입맛을 다시곤 하였다.

"조카 둘을 주, 죽이고도 부족해서 자, 자네를 찾아다닌당
게……"

"……"

인봉이는 잠자코 적의 가득한 두 눈으로 윤규를 노려보았다. 자
기의 아들 둘이 죽었다니…… 윤규도 사람이 덜되어서 하잘것없
는 소문을 함부로 믿는 모양이여…… 그는 속으로 윤규를 경멸해
주고 싶었다. 일부에 그런 소문이 좀 떠돌기로서니 윤수와 정수
가 정말 죽었을 리는 만무하다고 믿었다. 어느 서슬에 어떻게 해
서든지 반드시 어디 가 살아 있으려니 하고만 믿어졌다.

"아 신봉이 그놈이 형제를 알간듸?"

인봉이의 시뻘건 두 눈에는 점점 광채가 떠돌기 시작하였다.

"그렇지만 무슨 감정이 있을 것이여…… 내 생각 같어서는 5·10 선거 때 자네를 오해한 것 같은듸."

"그때 그놈 잡아넣은 것이 내가 한 짓이간듸."

"그렇게 오해한 것이 아닐까…… 아무려나 그때 대청에서 활약한 것은 사실이닝게."

"결국 제 맘대로 선거를 방해하지 못한 것이 유감이란 말이지…… 흥 그럴 것이여. 그러나 조선 독립이 안 되는가 어디 두고 볼 것이여."

인봉이는 윤규가 붙잡는 것도 뿌리쳐버리고 자리에서 일어나 밖으로 나갔다. 거리에 나온 그는 문득 의기양양해서 경찰서 쪽을 향해 걸어가고 있었다. 많은 사람들이 같은 방향으로 향해 걸어가고 있는 것을 보자 그는 점점 더 의기양양해졌다. 줄을 당겨서 이겼을 때보다도 더 우쭐거리며 걸어갔다. 그는 마침내 신명이 나서 견딜 수 없어 일부러 활개를 휘휘 저으며 엉덩이를 다 흔들어보았다. 그리하여 경찰서 앞까지 와서 높은 깃대 꼭대기에 커다란 태극기가 펄럭이고 있는 것을 보았을 때 갑자기 눈물이 핑 쏟아졌다.

"윤수야."

그는 목이 찢어지도록 고함을 지르며 경찰서 안마당으로 뛰어들어갔다. 그는 거기서 많은 사람들이 피투성이를 에워싸고 있는 가운데 자기의 아내와 당숙의 얼굴을 발견하였다. 그는 맘속으로 이것은 어쩌면 꿈인지도 모른다는 생각이 들었다. 꿈속에서와 같이 그의 아내는 말없이 피투성이로 화하여 누워 있는 윤수의 손목만 자꾸 쓸고 앉아 있었다. 윤수 곁에 가지런히 누워 있는 정수는 그러나 아래턱이 떨어져 나가고 한쪽 눈이 빠져서 얼굴이 반밖에 남아 있지 않았다. 아직도 새하얀 배때기를 드러내놓은 아래 다 낡은 가죽 허리끈과 발목에 걸린 검정빛 운동화가 눈익지 않았던들 그것이 곧 정수라고 믿어질 리는 없었다.

그의 당숙은 인봉이가 곁에 오는 것을 차라리 피하려는 듯이 비실비실 달아나려 하였다. 아내의 눈물 젖은 새까만 눈초리가 그의 시선에 비쳤을 때, 그는 돌연히 꿈을 깨는 듯하였다. 그는 언제처럼 또,

"왜애—"

하고 송아지가 우는 듯한 소리를 내며, 피투성이 곁에 펄썩 주저앉아버렸다. 그의 온 얼굴이 갑자기 늙은 할머니처럼 마르고 비틀어지기 시작하였다. 그 마르고 비틀어진 얼굴이 고약한 소리를 내기 시작하였다.

"우, 우, 우, 우……"

처음 이러한 소리가 들려왔다. 그는 정수의 발목을 쥐어보며,

"어이구 이것들아 이것들아 이것들아. 어, 어이구 이것들아 이것들아."

목이 메어질 듯이 느껴 울었다.

윤규가 와서 인봉이의 어깨를 두드렸다. 인봉이는 어느덧 할머니와 같이 마르고 비틀어진 얼굴을 돌려 윤규를 쳐다보며,

"어, 어이구 이것들아 이것들아 이것들아…… 어, 어이구 이것
들아 이것들아……"
하고 미친 것처럼 자꾸 울기만 하였다.

　윤규와 인봉이의 당숙이 인부를 마련하여 시체를 운반하기로
하였다. 한 쌍의 들것이 앞뒤로 늘어서서 마을 어귀에 들어갈 때
까지 할머니처럼 마르고 비틀어진 인봉이는 그냥 잉잉 울며 따라
올 뿐이었다.

　들것이 마을 어귀에 들어섰을 때 우연히 저쪽에서 사람 한 떼가
우우 몰려가고 있음을 발견하였다.

　그 한 떼의 사람들 속에는 인봉이와 같이 '대청'에서 일하던
친구들도 섞여 있었다. 뿐만 아니라 이번에는 인봉이와 함께 아
들──그의 아들은 순경질을 하고 다녔던 것이다──을 참혹하게
잃은 박생원도 섞여 있었다. 한 삼십여 명 되었다.

　인봉이는 어느덧, 자기도 모르게 들것 뒤를 따라가다 말고, 그
한 떼의 사람들 속으로 섞여버렸다.

　'가자, 가자, 가자!'

　인봉이는 갑자기 힘이 나기 시작하였다. 무엇이 아주 분명해진
것 같았다.

　'그렇다, 신봉이 놈을 찾아 죽이자!'

　그는 이렇게 중얼거리며 혼자서 우쭐대고 걸었다.

　만약 눈앞에 신봉이가 있다면 그저 단숨에 찢어서 죽여버릴 것
같았다.

　'가자, 가자, 가자!'

이번에는 제법 소리를 내어 외치며 걸었다.

인봉이가 도중에서 만난 이 한 떼의 사람들은 처음 이종석의 집을 향해 몰려갔다. 이종석은 신봉이와 마찬가지로 농민조합 출신의 남로당원으로 이번에 반란군의 앞잡이가 되어 경관과 학생과 양민들을 학살하는 데 특히 활약한 사람 중의 한 사람이다.

그들은 처음 이종석이나 신봉이의 집을 습격하려 했던 것은 아니었다. '대청원' 몇 사람이 국군에 협력하여 이번 학살 사건에 활약한 악질들을 붙잡으러 동네로 나온 것이었다. 그것이 도중에서 한 사람 두 사람 늘게 되어 어느덧 자기 자신들도 모르는 사이에 일종의 군중심리로 휩쓸리고 말았다.

"그놈을 죽여라!"

"빨갱이는 씨도 남기지 말고 죽여야 한당게……"

그들은 이렇게 외치며 이종석의 집을 휩쓸었다. 이종석은 집 안에 없었다.

처음 툇마루 앞에서 붙잡힌 것이 이종석의 딸, 열세 살 난 학생이었다. 군중들은 그녀가 피투성이로 완전히 늘어진 것을 본 뒤에야 물러섰다. 또 한 패는 세간을 있는 대로 다 부숴놓았다.

"이번에는 신봉이다!"

"신봉이다!"

이렇게 외치며 몰려가는 군중들 속에서도 인봉이는 가장 살기가 등등하여 있었다.

군중은 자꾸 늘어서 그들이 신봉이 집의 대문을 박차고 들어갔을 때는 백여 명이나 되어 있었다.

"씨도 남기지 말자!"

"사내고 계집애고 허리를 꺾어 분질르랑게."

그들은 점점 흥분하여 눈마다 불이 켜지고 입술은 숨이 막힌 사람들처럼 시꺼멓게 되어 있었다.

신봉이의 집이 점점 가까워왔다.

"이놈의 집엔 씨도 남겨주지 마라!"

"불을 놔서 깨끗이 해준당게!"

"불을 놓자!"

그들은 각각 제멋대로 지껄이며 신봉이의 집 앞까지 왔다. 이미 황혼이었다. 선두에 서 오던 인봉이가 갑자기 송아지의 울음소리 같은 그,

"왜애―"

하는 소리를 지르며 날듯이 뜰을 건너 큰 방으로 뛰어들었다.

군중은 물밀듯이 와아하고 온 집안을 휩쓸었다.

신봉이는 역시 이미 피해버린 뒤였다.

큰 방은 비어 있었다.

뒷방 문을 차고 뒤란으로 뛰어나갔다. 뒤란에도 없었다.

그때 앞마당에서는

"불이야!"

하는 소리가 들렸다. 동시에

"와아!"

하는 군중들의 아우성 소리도 들렸다.

"아이고오!"

하는 여자의 비명 소리가 들렸다. 세간 깨지는 소리도 들렸다. 인봉이는 바람같이 뒤란을 한 바퀴 획 돌았다. 바로 그때였다. 그의 핏덩어리같이 시뻘겋게 된 두 눈에는 분명히 어린 조카 성수의 앞머리가 비쳤다. 성수는 뒤란에 쌓아놓은 짚둥치 사이에 몸을 감추려고 마악 짚단을 끌어안으려 하고 있었다.

열한 살 난 성수.

인봉이는 그것이 성수가 아닐 것이라고 자신을 속이려 해보았다.

'성수 아니여.'

인봉이는 이렇게 속으로 타이르며 그 앞을 그대로 지나쳐버렸다. 아니 지나치려 하였다.

그것은 모두 한순간, 아니 한찰나의 일이었다. 그는 그 앞을 지나치려다 암만해도 그것이 성수임을 속일 수 없었다. 바로 그 순간 저쪽 모퉁이에서 사람 소리가 났다.

"죽여라! 죽여라!"

정정하고도 우렁찬 박생원의 목소리였다.

"씨도 없애라, 씨도!"

날렵하고도 과감한 '대청' 동지의 목소리였다.

그들은 뒤란으로 휩쓸어 들고 있었다. 그의 손에 들었던 장작개비는, 그러나 성수의 앞머리 위로 내리지 않고 짚둥치 위에 던져졌다. 그는 그 억센 팔로 성수를 옆에 낀 채 짚둥치를 밟고 뒷담을 뛰어 넘었다.

"저놈 잡아라!"

"저놈 저놈!"

뒤에서 박생원과 대청 동지의 호통하는 소리가 들렸다.

"저놈 달아난다!"

"저놈 잡아라!"

호통 소리는 그의 뒤통수를 찌를 듯이 따라왔다.

인봉이는 흡사 꿈속에서 악마에게나 쫓기듯이 숨이 끊어지도록 어두운 골목을 달음질쳤다.

골목이 두 번 꺾이자 인제는 뒤를 쫓던 사람들의 목소리와 그림자가 잠시 끊어지게 되었다. 그는 잠깐 발을 멈추어 숨을 돌린 뒤 이번에는 성수를 등에다 업었다.

"꼭 붙잡어!"

그러고는 또 어두운 골목으로 자꾸 달아나기 시작하였다. 지금 성수를 업고 달아나는 자기는 분명히 신봉이요, 자기의 뒤를 쫓아 따라오는 박생원과 대청 동지들이 흡사 자기 자신인 것 같았다.

그러므로 지금 성수를 업고 달아나는 신봉이 자기는 뒤에 오는 사람들에게 붙잡히면 마땅히 죽어야 할 것만 같았다. 그러자 저쪽 어두운 골목 속에서 또 박생원과 대청 동지들의 호통 소리가 들리는 듯하였다.

"어디로 갔어, 어디로?"

"이로 가보랑게!"

그리고,

"와— 아—"

하는 군중의 아우성 소리도 들리는 듯하였다.

"꼭 잡으랑게!"

인봉이는 또 한번 자기가 사람을 죽이고 달아나는 무서운 죄인 같은 착각을 일으키며 어두운 골목에서 골목으로 자꾸만 달아나고 있는 것이었다.

화랑의 후예

\* 이 작품은 『조선중앙일보』, 1935년도 신춘문에 당선작이다. 『조선중앙일보』,
1935년 1월 1일부터 10일까지 연재되었다. 여기서는 창작집 『무녀도』(1947)에
수록된 것을 텍스트로 삼는다.

**1** 차마(車馬) 수레와 말.

**2** 기미꾼(期米꾼) 쌀투기꾼.

**3** 육효(六爻) 『주역』에서 말하는 64괘의 하나하나를 이루고 있는 여섯 가지 획.

**4** 인당 관상에서 양쪽 눈썹 사이.

**5** 준두 코끝.

**6** 관골 광대뼈.

**7** 관관저구(關關雎鳩) 재하지주(在河之洲) 요조숙녀(窈窕淑女) 군자호구(君子好逑) 『시
경(詩經)』「주남(周南)」의 맨 처음에 실려 있는 작품. 이원섭은 이 구절을 다음과
같이 번역했다. "운다 운다 징경이 / 섬 가에서 징경이. / 아리따운 아가씨 / 사나이
의 좋은 짝."

**8** 음문(淫文) 음란한 글.

**9** 식록(食祿) 녹봉.

**10** 천량(錢糧) 재물과 양식.

**11** 청룡(靑龍)이 농주(弄珠) 푸른 용이 여의주를 얻어 희롱하다.

**12** 항에아다마[禿頭] 대머리를 뜻하는 일본말.

**13** 홍로일점설(紅爐一點雪) 빨갛게 달아오른 화로 위에 떨어진 한 점 눈.

**14** 궐자 '그'를 낮잡아 이르는 말.


## 산화

* 이 작품은『동아일보』, 1936년도 신춘문예 당선작이다.『동아일보』, 1936년 1월 4일부터 18일까지 연재되었다. 김동리는 해방 후 이 작품을 창작집『무녀도』에 수록할 때, 대폭적인 수정을 행한다. 여기서는 창작집『무녀도』(1947)에 수록된 것을 텍스트로 삼는다.

**1** 산고(産故) 아이 낳기를 치르는 일.

**2** 오그랑바가지 덜 여문 박으로 만들어 오그라진 바가지.

**3** 오예물(汚穢物) 지저분하고 더러운 물건.

**4** 천신 철 따라 새로 난 과실이나 농산물을 먼저 신위(神位)에 올리는 일.

**5** 치잠 어린 누에.

**6** 병잠 병든 누에.

**7** 고음(膏飮) '곰'을 한자를 빌려서 쓴 말. '곰'은 고기나 생선을 진한 국물이 나오도록 푹 삶은 국을 말한다.

**8** 수삽(羞澁)한 듯이 수줍고 부끄러운 듯이.

**9** 사령(使令) 관아에서 심부름하는 사람.

**10** 요오 요식(料食). 몫몫으로 나눈 밥에서 한 몫이 되는 분량의 밥.

**11** 법령(法令) 양쪽 광대뼈와 코 사이에서부터 입가를 지나 내려오는 굽은 선.


## 바위

* 이 작품은『신동아』, 1936년 5월호에 처음 발표되었다. 여기서는 창작집『무녀도』(1947)에 수록된 것을 텍스트로 삼는다. 김동리는 노년기에 이르러 이 작품을 대폭 개작한 바 있다. 개작본은『독서생활』, 1976년 1월호에 발표되었다.

**1** 무룩이 수두룩이.

**2** 비상(砒霜) 비석(砒石)을 승화시켜서 만든 맹독성의 결정체.

**3 하까마(袴)** 아랫도리에 입는 주름 잡힌 치마 같은 의복.

## 무녀도

* 이 작품은『중앙』, 1936년 5월호에 처음 발표되었다. 김동리는 해방 후 이 작품을 그의 첫 창작집『무녀도』(1947)에 수록하면서 대대적인 개작을 행한다. 그리고 이 작품은 김동리의 다섯번째 창작집인『등신불』(1963)에 다시 수록되는데, 이때에도 역시 상당한 정도의 개작이 행해진다. 여기서는 창작집『등신불』에 수록된 것을 텍스트로 삼는다.

**1 쾌자(快子)** 옛 전투복의 한 가지.

**2 탁방나다** 집안의 재물이 죄다 없어지다. 방나다.

**3 패랭이** 갓의 일종으로 신분이 낮은 사람이나 상제가 썼다.

**4 여민촌(黎民村)** 서민들이 모여 사는 마을.

**5 화랑이** 광대와 비슷한 놀이꾼의 패. 옷을 잘 꾸며 입고 가무와 행락을 주로 하던 무리로 대개 무당의 남편이었다.

**6 초로(草露)인생** 풀잎에 맺힌 이슬처럼 덧없는 인생.

**7 조왕(竈王)** 부엌에 있으면서 길흉을 판단하는 신.

**8 청수(清水)** 맑은 물.

**9 당산(堂山)** 토지나 마을의 수호신을 제사 지내는 곳.

**10 관묘(關廟)** 관우(關羽)를 신으로 섬기는 사당.

**11 조사(助事)** 목사를 도와서 전도하는 교직(教職). 또는 그 직을 맡은 사람.

**12 전물상(奠物床)** 무당이 굿을 할 때 음식을 차려놓은 상.

## 황토기

* 이 작품은『문장』, 1939년 5월호에 처음 발표되었다. 김동리는 해방 후 이 작품을 그의 두번째 창작집『황토기』(1949)에 수록하면서 대대적인 개작을 행한다. 그리고 1959년에『황토기』를 다시 간행하면서 또 한번 상당한 수정을 가한다. 여기서는 1959년판『황토기』에 수록된 것을 텍스트로 삼는다.

**1 성냥간** 대장간.

**2 이경(二更)** 밤 9시~11시.

**3 산근(山根)** 콧마루와 두 눈썹 사이.

**4 유록(黝綠)** 검은빛을 띤 녹색.

## 찔레꽃

* 이 작품은『문장』, 1939년 7월호(임시 증간호)에 처음 발표되었다. 여기서는 창
  작집『황토기』(1949)에 수록된 것을 텍스트로 삼는다.

**1 천측(天測)** 하늘이 정한 법칙.

**2 확** 절구의 아가리에서부터 밑바닥까지의 구멍.

## 동구 앞길

* 이 작품은『문장』, 1940년 2월호에 처음 발표되었다. 여기서는 창작집『무녀도』
  (1947)에 수록된 것을 텍스트로 삼는다.

**1 인줄** 금줄.

**2 철환(鐵丸)** 철로 만든 탄환.

## 혼구

* 이 작품은『인문평론』, 1940년 2월호에 처음 발표되었다. 여기서는 창작집『무녀
  도』(1947)에 수록된 것을 텍스트로 삼는다. 제목의 '혼구'는 '황혼 무렵의 거리'
  를 의미한다.

**1 로오진 센세이** 노인 선생(老人先生).

**2 다바꼬 센세이** 담배 선생.

**3 후미끼리〔踏切〕** 철도 건널목.

**4** 원문에는 없는 문장이었으나 명백히 잘못된 경우로 한 행("……")을 새로 넣어
  바로잡습니다.

**5** 이 문장 다음에 한 행("네.")이 더 있었으나 이 역시 잘못된 경우로 "네."를 삭제
  함으로써 오류를 바로잡습니다.

**6 군노(軍奴)** 군아(軍衙)에 소속된 종.

**7 불악무식** 불학무식(不學無識).

**8 통정(通情)** 자기 사정을 남에게 털어놓고 말함.

**9 가시끼리〔貸切〕** 대절. 전세(專貰). 여기서는 '대절한 차'의 뜻.

**10** 쓰마기도꾸 아내 위독〔妻危篤〕.

**11** 고뿌 컵.


### 혈거부족

* 이 작품은『백민』, 1947년 3월호에 처음 발표되었다. 여기서는 창작집『황토기』
  (1949)에 수록된 것을 텍스트로 삼는다.

**1** 상제(喪制) 거상중(居喪中)에 있는 사람.

**2** 어혈(瘀血) 타박상을 입은 곳에 피가 제대로 돌지 못하여 한곳에 맺혀 있는 증세.

**3** 식자(識字) 글이나 글자를 아는 것.

**4** 소상(小祥) 사람이 죽은 지 일 년 만에 지내는 제사.

**5** 갑증(甲繒) 품질이 좋은 비단.

**6** 가역(家役) 집을 짓거나 고치는 일.

**7** 과동 월동.

**8** 시재 현재.

**9** 선약(仙藥) 장생불사의 영약(靈藥).


### 달

* 이 작품은『문화』, 1947년 4월호에 처음 발표되었다. 여기서는 창작집『황토기』
  (1949)에 수록된 것을 텍스트로 삼는다.

**1** 칠야(漆夜) 매우 캄캄한 밤.

**2** 마장 이(里)와 같은 의미의 거리 단위.


### 역마

* 이 작품은『백민』, 1948년 1월호에 처음 발표되었으며, 그후 창작집『실존무』
  (1955)에 수록되면서 다소의 개작이 이루어졌다. 여기서는 창작집『실존무』에
  수록된 것을 텍스트로 삼는다.

**1** 황화물장수 잡화(雜貨) 행상(行商).

**2** 명도(明圖) 점의 일종. 어려서 죽은 계집아이의 귀신을 통해서 모든 것을 알아낸
  다고 한다.

**3 방물** 여자에게 필요한 화장품, 바느질 기구, 패물 등의 물건.

## 광풍 속에서

* 이 작품은『백민』, 1949년 3월호에 '형제'라는 제목으로 발표되었다. 창작집『실
  존무』(1958)에 수록될 때 제목이 '광풍 속에서'로 바뀌었다. 여기서는 창작집
  『실존무』에 수록된 것을 텍스트로 삼는다.

**1 멱서리** 짚으로 날을 촘촘히 결어서 만든 그릇의 하나. 주로 곡식을 담는 데 쓴다.

# 세 개의 계열체: 전통, 현실
# 그리고 예술

이동하

## 1

김동리는 1935년 「화랑의 후예」가 『조선중앙일보』 신춘문예에 당선된 것을 계기로 문단에 등장한 이후 1979년 마지막 단편 「만자동경(曼字銅鏡)」을 발표하기까지 만 44년 동안——1982년에 장편 『사반의 십자가』를 대대적으로 개작하는 작업을 수행한 것까지 포함한다면 만 47년 동안——우리 소설 문학의 현장을 지키며 왕성한 창작 활동을 전개해왔다. 그 긴 기간 김동리가 발표한 작품은 소설에만 한정되지 않으며 시, 수필, 평론 등의 영역까지도 두루 아우르지만, 양적인 측면에서나 질적인 측면에서나 그 무게중심은 항상 압도적으로 소설 쪽에 있어왔다고 말하지 않을 수 없다.

이러한 김동리의 소설 문학은 그 최초의 출발 단계에서부터 마지막 단계에 이르기까지, 그리고 더 나아가서는 그의 문학 활동이 종결된 이후에까지도, 일관되게 높은 관심의 대상이 되어왔다. 그의 소설 문학에 주어진 그 '높은 관심'의 구체적인 성격은 시대의 추이에 따라서 일정한 변모를 보여왔지만, 그리고 그 관심의 결과로 씌어진 글들을 읽어보면 그 속에는 찬사와 비난이 두루 포함되어 있다는 사실을 알 수 있지만, 어쨌든 그가 '높은 관심의 대상'이라는 위치에서 멀어진 적은 아직까지 별로 없었던 것으로 보인다. 이것은 그만큼 그의 소설 세계가 강렬한 개성을 지니고 있으며 또한 풍부한 문제성을 함축하고 있다는 사실을 증명하는 것에 다름 아닐 터이다.

김동리의 문학적 이력 가운데 가장 이른 단계에 해당하는 해방 이전의 시기를 보면, 그의 작품 세계는 '원시적 생명의 탐구' '한국적 전통에 대한 새로운 접근' 등의 개념으로 집약할 수 있는 새로운 문학의 흐름을 개척한 그 시기 신세대의 작업 가운데 특히 소설 부문에서 가장 풍부한 성과를 창출한 사례로 인정받았던 것으로 보인다. 그랬던 만큼 그의 작품들은 등단 초기부터 상당한 주목을 모으기에 모자람이 없었던 셈이다. 그가 당시 신세대를 대표하여 이른바 세대 논쟁의 일선에 나서게 된 데에도 그 심층에는 이러한 사정이 작용하고 있었던 것으로 보인다.

그러다가 해방 직후의 시기로 넘어오면서 김동리의 문학 활동은 좌/우익의 대결장에서 우익 측의 입장을 대표하는 것으로 자리매김되며, 그의 소설 작품들도 이 같은 작가의 위상에 걸맞은 것으로 채워진다. 자연히 그의 문학에 주어지는 '관심'의 성격 역시 그가 문학적 우익의 대표자라는 사실과 뗄 수 없는 관계로 맺어지는 양상을 보인다. 좌익 측의 논자에게서는 비난의 화살이 집중되는 반면 우익 측의 논자에게서는 일방적인 찬탄의 대상으로 부각되는 현상이 나타나는 것이다.

그후, 분단이 고착되고, 남북한이 각각 독자적인 정치 체제를 확립하기에 이르면서, 김동리의 문학은 남한 문학계의 주류 속에 자리를 잡게 된다. 이른바 순수문학의 간판을 내건 이 주류파는 얼마 동안 남한의 문학계에서 거의 독점적인 권위를 누리게 되거니와 그 핵심에 김동리의 소설이 있었던 것이다. 하지만 독점적인 권위의 시대는 길지 않았다. 1950년대 후반에는 전후 세대의 도전이, 1960년대에는 참여파의 도전이, 1970년대부터는 민중-민족문학 진영의 도전이 서로 자리를 바꿔가며 연이어 밀려닥치게 되는 것이다. 그런데, 이들 도전하는 세력과 그 도전에 맞서는 세력이 자웅을 겨루는 논쟁의 현장에는, 언제나 김동리가 '도전에 맞서는 세력'의 맹장으로 그 모습을 나타내곤 했다. 또한 그의 소설 창작도, 비록 양적으로는 젊은 시절에 비해 다소 줄어든 감이 있지만, 그런 가운데서도 그 작품들의 구체적인 면모에서는, 이러한 그의 활동과 연관되어, 줄기차게 '강렬한 개성'과 '풍부한 문제성'을 유지하였다. 당연히 그의 문학은 여전히 좋은 의미로든 나쁜 의미로든 높은 관심의 대상이 될 수밖에 없었다.

그렇다면, 작가가 그의 창작 경력을 마감하고 뒤이어 이 세상을 떠난 지도 한참이 지난 오늘의 상황은 어떠한가? 오늘의 시점에서도 여전히 그의 소설 세계는 높은 관심의 대상으로 남아 있다. 이것은 우선 그의 소설들 가운데 상당수가 시대의 변화를 뛰어넘어 수많은 독자들의 주목을 끌어당길 만한 힘을 지니고 있다는 사실에 연유할 것이다. 그리고 이와 더불어, 우리 시대의 한 가지 특수한 사정이 여기에 힘을 보태고 있다는 점도 간과할 수 없다. 그 특수한 사정이란, 근대, 반근대, 탈근대 등의 개념을 둘러싼 모색과 토론이 오늘날 수많은 문학인들의 관심을 모으고 있다는 사정이다. 김동리의 소설 세계는 근대, 반근대, 탈근대 등의 개념을 둘러싼 모색과 토론의 현장에서 활발하게 논의될 만한 요소들을 상당히 풍부하게 지니고 있는 것이다.

## 2

이 책은 반세기 가까운 기간에 걸쳐 전개된 김동리의 소설 세계 가운데 비교적 초기에 해당하는 시기의 대표적인 단편들을 모아 놓은 선집 성격을 띤다. 좀더 구체적으로 말하자면, 1935년부터 1949년까지의 시기에 김동리가 발표한 작품들 중 각별한 주목을 받을 만하다고 판단되는 12편의 단편이 이 책에 모여 있다.

이 책에 수록된 12편의 단편들을 두루 읽어보면, 그 작품들이 두 계열체로 크게 구분된다는 사실을 금방 알 수 있다. 「바위」 「무녀도」 「황토기」 「달」 「역마」 등 다섯 편의 작품이 하나의 계열 체를 이루며, 나머지 일곱 편의 작품이 또 다른 하나의 계열체를 이루는 것이다. 편의상 전자의 계열체를 계열체 (가)로, 후자의 작품들을 계열체 (나)로 각각 명명하고서 논의를 계속해보자.

계열체 (가)에 속하는 작품들은, 한국적 전통의 세계라고 일컬어질 수 있는 영역을 집중적으로 탐구하고 있는 것들이다. 이 작품들에서 탐구되고 있는 한국적 전통의 세계는, 좀더 구체적으로 말하자면, 민중의 삶 속에 뿌리를 내리고 있는 토착적 전통의 세계다. 거기에서 진하게 느껴지는 것은, 한국인들의 정신 세계 속에서 유교나 불교보다도 더 깊은 심층을 형성하고 있는 무교(巫敎)의 분위기다. 이러한 무교적 분위기는 경우에 따라서는 주물 신앙(呪物信仰,「바위」의 경우), 풍수 신앙(「황토기」의 경우), 사주(四柱)에 대한 믿음(「역마」의 경우) 등을 직접적으로 부각시키는 가운데에서 전개되기도 한다. 한데, 그 같은 경우이든 그렇지 않은 경우이든, 이 계열에 드는 작품들을 읽을 때 강렬하게 떠오르는 말을 하나만 고르라고 한다면, 그것은 '운명'이라고 할 수 있다. 이 '운명'이라는 말에는 다분히 비극적인 정조가 곧잘 동반된다. 작품을 구체적으로 들어서 말하자면, 이 책에 실려 있는 계열체 (가)의 작품들 중에서는,「역마」를 제외한 나머지 네 편의 경우가 모두 그러하다. 하지만「역마」의 경우이든 그 작품을 제외한 나머지 네 편의 경우이든, 작가의 정신을 집중적으로 반영하고 있는 주인공들은, 그 운명에 저항하기보다는 그것에 순응하고 더 나아가 동화되는 방향을 선택한다.

이 계열체 (가)에 속하는 작품들을 이야기하면서 한 가지 더 언급해야 할 것은, 그 중「무녀도」한 편을 제외하고는 모두 시대적인 배경이 불분명하다는 점이다. 이처럼 대부분의 경우에 시대적인 배경이 불분명하다는 이야기는, 바꾸어서 표현하자면, 이 작품들 속에서 전개되고 있는 내용이 어떤 시대에 일어나도 별 상관이 없다는 이야기에 다름 아니다. 그것은 이 작품들 속에서 다루고 있는 것이 시대의 변화를 초월해 있거나 아니면 시대의 변화에서 비켜나 있는 인간의 보편적 · 근원적 운명을 똑바로 가리키고 있는 것이기 때문이다. 그런가 하면 「무녀도」의 경우는 비록 '기독교가 경주 지방에 처음 들어오던 무렵'으로 시대적 배경이 분명하게 드러나 있기는 하지만, 이 작품에서도 사실은 인간의 보편적 · 근원적 운명에 대한 관심이 압도적인 지위를 차지하고 있기 때문에, 시대적 배경의 문제가 커다란 비중을 차지하는 유형의 소설들과는 확실하게 구별되며, 그러니만큼, 이 작품을 계열체 (가)에 소속시키는 것은 별로 어색한 느낌을 주지 않는다.

그러면, 계열체 (나)에 속하는 작품들의 경우는 어떠한가? 이 부류에 드는 작품들은, 모두 구체적인 당대의 현실 문제에서 소재를 구해오고 있다는 점에서 상호 공통성을 지니며, 계열체 (가)에 속하는 작품들과 뚜렷이 구별된다. 몇 가지만 예를 들어보자면, 「산화」에서는 지주/소작인의 대립이라는 계급 문제가, 「찔레꽃」에서는 간도로 이민 가는 문제가, 「혼구」에서는 배금주의의 풍조 속에서 고민하는 지식인의 문제가, 「혈거부족」에서는 해방 직후에 제기된, 간도로 갔던 사람들의 귀환이라는 문제가, 그리고 「광풍 속에서」에서는 좌/우익의 유혈 투쟁이라는 문제가 정면으로 취급된다.

이처럼 당대의 구체적인 현실 문제를 직접적으로 다루고 있기 때문에, 이 작품들을 지배하고 있는 분위기는 계열체 (가)에 속하는 작품들의 경우와 달리 무교적인 색채를 진하게 띠지도 않으며, 시대의 변화를 초월한 인간의 보편적·근원적 운명 같은 것을 강력하게 환기시키지도 않는다. 그보다는 좀더 일상적이고 역사적인 삶의 세계가 펼쳐지는 것이다. 그리고 특히 이들 중에서도 해방 후에 씌어진 「혈거부족」이라든지 「광풍 속에서」 같은 작품들에서는 작가의 정치적인 입장——반공주의적 우익 입장——이 노골적으로 나타나기도 한다.

그렇기는 하지만, 계열체 (나)의 작품들이라고 해서, 계열체 (가)에 속하는 작품들과 다르게 이질적인 면모만을 보이는 것은 아니다. 그 작품들에도 역시 민중의 삶 속에 뿌리내리고 있는 토착적 전통 세계에 대한 작가의 적극적인 관심이 줄기차게 나타나는 것을 확인할 수 있다. 「화랑의 후예」 「찔레꽃」 「혈거부족」 같은 작품에 이 점이 특히 선명하게 드러난다. 바로 이런 점에서 그 작품들은 계열체 (가)에 속하는 작품들과 분명한 닮은꼴이다. 하지만, 그 같은 두 계열체간의 유사성은, 두 계열체의 구분 자체를 무효화할 만큼 비중이 큰 것은 아니다.

이상에서 보아온 것처럼 이 책에 수록된 초기의 단편들을 보면 김동리의 문학 세계는 두 개의 계열체로 구분되는 모습을 처음부터 선명하게 드러내온 것으로 파악된다.

그런데 사실 김동리의 초기 문학 세계에는 위의 두 계열체 외에도 한 가지 계열체가 더 있었다. 그것을 우리는 계열체 (다)라고 부를 수 있을 법하거니와 이것은 「솔거」(나중에 「불화(佛畵)」로 개제), 「잉여설(剩餘說)」(나중에 「정원」으로 개제), 「완미설(玩味

說)」등 세 편의 연작으로 이루어져 있는 계열체다. 계열체 (다)
의 작품들은 당대의 현실 세계를 구체적인 배경으로 삼고 있다는
점에서 계열체 (가)와 구별된다. 하지만 당대의 현실 세계를 배경
으로 삼고 있기는 하되 현실 속의 어떤 구체적인 문제를 취급한
것이 아니라는 점에서 계열체 (나)와도 구별된다. 그렇다면 김동
리가 계열체 (다)의 작품들에서 실제로 추구했던 바는 무엇인가?
그것은 바로 예술가소설의 세계다. 예술의 의미는 무엇이며 예술
가의 길은 어떤 것인가라는 거창하고도 미묘한 문제를 김동리는
이 계열의 작품들에서 다루고자 했던 것이다. 하지만 계열체 (다)
의 작품들은 어느 것이든 문학적으로 볼 때 계열체 (가)의 작품들
이나 계열체 (나)의 작품들만큼 우수한 성과를 낳지 못한 것으로
판단되기 때문에, 이 책에는 포함되지 못했다. 그리고 김동리 자
신도 이 계열체의 작품들에서 시도했던 작업을 그후까지 지속하
지 않고 일찌감치 포기한 것으로 보인다.

계열체 (다)를 일단 고려에서 제외하고 보면 김동리의 초기 문
학에서 뚜렷한 의의를 지니는 것은 계열체 (가)와 계열체 (나)로
압축되거니와 이 두 계열체는 김동리의 후기 문학에서까지도 계
속 평행선을 그리며 병존하는 양상을 보인다. 단편의 경우도 그
러하며, 장편의 경우 역시 그러하다. 장편의 경우만 잠깐 구체적
으로 언급해보자면, 계열체 (가)의 흐름은 고대의 이스라엘을 배
경으로 한『사반의 십자가』라든지 고대의 중국을 배경으로 한
『춘추(春秋)』같은 작품으로 이어지며, 계열체 (나)의 흐름은 현
대의 한국 사회를 배경으로 한『해방』『이곳에 던져지다』『해풍

(海風)』등의 작품으로 이어지는데, 이 두 장편군(長篇群)은 서로 완전한 평행선을 그릴 따름이다. 김동리 자신 이러한 '평행선 그리기 현상'에 다소의 문제가 있다는 느낌을 가진 듯, 후기에 이르면 그러한 현상에서 벗어나 양자의 종합을 이루고자 하는 시도를 몇몇 단편(예를 들면 「유혼설(遊魂說)」이라든지 「윤사월」 「까치 소리」 같은 작품)에서 보여준 바 있지만, 「까치 소리」 정도를 제외하면 그 시도는 뚜렷한 성과를 이루지 못한 것으로 판단된다.

## 3

　김동리의 문학 세계를 이야기해보라고 하면 대부분의 사람들은 계열체 (가)에 속하는 작품들을 우선적으로 거론하게 마련이거니와 이런 현상은 자연스러운 것으로 긍정될 수 있다. 실제로 김동리 문학의 두드러지게 개성적인 측면을 담고 있는 것이 계열체 (가)에 속하는 작품들이기 때문에 우선 그러하다. 이 부류에 속하는 작품들 가운데 다수가 문학적으로 우수한 경지를 보여주고 있기 때문에 또한 그러하다.

　물론 이러한 지적은 계열체 (나)에 속하는 작품들에 개성적인 면모가 부재한다거나, 그 작품들 가운데 다수가 문학적으로 평범한 수준밖에 보여주지 못한다는 의미를 담고 있는 것은 아니다. 계열체 (나)에 속하는 작품들에서도 일반적으로 우리는 이 작가 고유의 색채를 느낄 수 있으며, 또한 그 작품들 가운데에도 만만치 않은 문학적 수준에 도달한 사례가 여럿 있다. 그렇기는 하지만, 개성의 강도 면에서나, 의심할 바 없는 문학적 성공을 이룩한 것으로 평가될 만한 작품의 비율 면에서나, 계열체 (가) 쪽이 상대적인 우위를 점하고 있다는 사실은 부정할 수 없다.

사정이 이러하다면, 이 책에 수록된 열두 편의 작품 중 계열체 (가) 쪽이 다섯 편, 계열체 (나) 쪽이 일곱 편으로 후자 쪽이 다수를 점하는 것은 어떤 연유에서인가라는 질문이 나올 수도 있을 법하다. 그러나 이 질문에 답하기는 쉬운 일이다. 작품 전체의 절대적인 수에서 워낙 계열체 (나) 쪽이 많은 것이다. 이 점은 김동리 창작 활동의 초기에서나 후기에서나 항상 그러하였다. 김동리 스스로, 자신의 독보적인 영역이 계열체 (가) 쪽임을 젊은 시절부터 분명히 인식하고 있었고, 그 자연스러운 결과로 계열체 (가) 쪽의 창작에 남다른 열의를 쏟아붓곤 했지만, 주제나 소재의 성격상 계열체 (가) 쪽의 작품은 원래 다산(多産)을 거부하는 것이었으며, 그러니만큼 작품의 절대적인 수에서는 계열체 (나) 쪽이 언제나 우위를 점하게 될 수밖에 없었던 것이다.

그 점은 차치하고, 김동리의 성공적인 작품들을 읽어보면, 그것이 계열체 (가)에 속하는 작품이건 계열체 (나)에 속하는 작품이건 상관없이, 그 작품들은 몇 가지 뚜렷한 문학적 덕목들을 갖추고 있음을 확인할 수 있다. 이 책에 수록된 작품들 가운데에서는 「산화」 「혈거부족」 「달」 「광풍 속에서」 정도가 비교적 평범한 수준에 머무르고 있을 뿐(이러한 평가에 대하여도 물론 독자에 따라서는 이의가 있을 수 있다) 나머지는 논란의 여지가 별로 없는 성공작으로 인정될 만하다고 여겨지거니와 그 작품들을 두루 통독해보면, '몇 가지 뚜렷한 문학적 덕목들'의 실체가 선명하게 포착되는 것이다.

우선 그 작품들은 예외 없이 탁월한 문체의 매력을 과시한다. 엄밀한 묘사적 정확성과 풍부한 서정적 환기력을 아울러 갖춘 김동리 문체의 매력은 「무녀도」와 「역마」 같은 작품의 곳곳에서 특히 매혹적인 아름다움을 뿜어내고 있거니와 그밖의 여러 작품들에서도 일관되게 높은 수준을 유지한다. 그런가 하면 빈틈없는 구성의 묘미라는 측면에서도 이 책에 수록된 김동리의 성공적인 작품들은 소설미학의 전범(典範)으로 인정받을 만한 경지에 도달해 있거나 적어도 접근해 있다. 또한 「화랑의 후예」의 황진사, 「무녀도」의 모화, 「황토기」의 억쇠와 득보 같은 사례에서 대표적으로 확인되듯, '인상적인 인물상을 창조한다'는 과제를 수행하는 데도 김동리의 성공적인 작품들은 곧잘 전범의 수준을 보여주곤 한다. 이런 모든 점들을 '뚜렷한 문학적 덕목'으로 인정하는 데 우리는 인색할 필요가 없다.

그러나 만약 김동리의 성공적인 작품들에서 발견되는 덕목이 방금 얘기된 것들 정도만으로 그쳤다면 그 작품들은 문학사적으로 그렇게 큰 비중을 차지하지 못했을 것이다. 그런데 다행스럽게도 김동리의 성공적인 작품들에는 방금 언급한 덕목들과 나란히, 또 다른 중요한 덕목이 존재한다. 그것은 바로 인간에 대한 작가의 깊이 있는 통찰이 그 작품들에서 빛나고 있다는 점이다. 그 통찰의 초점은 인간의 사회적·일상적인 측면에 맞추어져 있을 때도 없지 않지만 더 많은 경우 인간의 근원적·본능적 측면에 맞추어져 있으며 이 후자의 영역에서 그 통찰의 광채도 더욱 선명하게 살아나는 경향이 있다. 김동리의 성공적인 소설들이 「바위」나 「무녀도」 「황토기」 같은 사례에서 잘 드러나듯 '신비롭다'는 말로 표현되어야 적절할 것 같은 종류의 인상을 종종 강렬하게 전달하곤 한다는 사실이나, 그 소설들에 대한 연구의 상당 부분이 정신분석의 방법 또는 신화학의 방법을 동원하여 이루어지곤 한다는 사실은 모두 이런 점과 밀접한 관련을 맺고 있다.

김동리는 그의 성공적인 작품들에 이러한 덕목들을 부여하면서, 그 작품들을 통하여, 한국적 전통 세계에 대한 탐구를 집중적으로(계열체 (가)에 속하는 작품들의 경우), 또는 부분적으로(계열체 (나)에 속하는 작품들의 경우) 수행했다. 그런데 이러한 탐구를 수행하면서 김동리가 보여주는 한국적 전통 세계에 대한 시각은 사랑과 혐오의 공존 또는 상호 갈등이라는 면모를 지닌다. 즉 결코 단선적인 것이 아니고, 복합적인 것이다. 그렇기 때문에 그것은 소박하지 않으며, 깊이가 있다. 김동리의 문학이 오늘날 근대, 반근대, 탈근대 등의 개념을 둘러싼 모색과 토론의 현장에서 각별한 주목의 대상으로 부각될 수 있는 이유의 일부는 바로 여기에 있다. 그리고 한 가지 덧붙여서 말해둘 것은, 이때 김동리가 보여주는 공존 또는 상호 갈등이 '긴장된' 공존 또는 상호 갈등이라는 점이다. 김동리 문학이 독자들의 마음속에 남기는 파문의 크기는 대체로 보아 그 긴장의 강도에 비례한다고 말할 수 있다.

## 작가 연보

**1913년(1세)** 음력 11월 24일 경북 경주시 성건동 186번지에서 김임수
와 허임순의 5남매(3남 2녀) 중 막내로 출생.

**1924년(12세)** 이 무렵 경주 제일교회 부속 계남소학교에 입학.

**1928년(16세)** 대구 계성중학교 입학. 부친 별세.

**1930년(18세)** 서울 경신중학교 3학년으로 편입학.

**1931년(19세)** 경신중학교 중퇴. 향리에서 독서에 전념.

**1934년(22세)** 『조선일보』 신춘문예에 시 「백로」 입선.

**1935년(23세)** 『조선중앙일보』 신춘문예에 소설 「화랑의 후예」 당선.

**1936년(24세)** 『동아일보』 신춘문예에 소설 「산화」 당선. 이때부터 활
발하게 소설을 발표하기 시작.

**1937년(25세)** 서정주, 오장환, 김달진 등과 함께 『시인부락』 동인으로
활동. 경남 사천의 다솔사 부설 광명학원에서 교편을 잡음.

**1939년(27세)** 유진오를 상대로 하여 세대논쟁을 전개.

**1942년(30세)** 광명학원이 일제 당국의 손에 폐쇄됨.

**1943년(31세)** 징용을 피해 사천에 있는 양곡배급소의 서기로 취직.

**1945년(33세)** 사천에서 해방을 맞음. 사천청년회 회장이 됨.

**1946년(34세)** 좌익의 문학가동맹에 맞서서 곽종원, 박두진, 박목월, 서정주, 조연현, 조지훈 등과 청년문학가협회를 결성하고 회장이 됨.

**1947년(35세)**『경향신문』문화부장이 됨.

**1948년(36세)** 김동석, 김병규 등의 좌익 문학평론가들을 상대로 논쟁을 전개.『민국일보』편집국장이 됨.

**1949년(37세)** 한국문학가협회의 소설분과 위원장이 됨.『문예』주간이 됨.

**1950년(38세)** 6·25가 발발하자 피난을 가지 못하고 서울에 은신.

**1951년(39세)** 한국문총 사무국장이 됨. 문총구국대 부대장이 됨. 모친 별세.

**1952년(40세)** 한국문학가협회 부위원장이 됨.

**1953년(41세)** 서라벌예술대학 문예창작과 교수가 됨.

**1954년(42세)** 예술원 회원이 됨. 한국 유네스코 위원이 됨.

**1955년(43세)** 자유문학상을 받음.

**1956년(44세)** 아세아자유문학상을 받음.

**1958년(46세)** 예술원 문학부문 작품상을 받음.

**1961년(49세)** 한국문인협회 부이사장이 됨.

**1965년(53세)** 민족문화중앙협의회 부이사장, 민족문화추진위원회 이사가 됨.

**1967년(55세)** 3·1문화상 예술부문 본상을 받음.

**1968년(56세)** 국민훈장 동백장을 받음. 『월간문학』 창간.

**1970년(58세)** 한국문인협회 이사장이 됨. 서울시문화상 문학부문 본
　　　　　　　상을 받음. 국민훈장 모란장을 받음.

**1972년(60세)** 서라벌예술대학장이 됨. 한일문화교류협회장이 됨.

**1973년(61세)** 중앙대학교 예술대학장이 됨. 명예문학박사 학위를 받
　　　　　　　음. 『한국문학』 창간.

**1979년(67세)** 한국소설가협회장이 됨. 중앙대학교 정년 퇴임.

**1980년(68세)** 대한민국예술원 부회장이 됨.

**1981년(69세)** 대한민국예술원 회장이 됨.

**1983년(71세)** 5·16 민족문학상을 받음. 한국문인협회 이사장이 됨.
　　　　　　　대한민국예술원 원로회원으로 추대됨.

**1989년(77세)** 한국문인협회 명예회장이 됨.

**1990년(78세)** 7월 30일 뇌졸중으로 쓰러짐.

**1995년(83세)** 6월 17일 별세.


\* 기존의 연보에서는 대부분 김동리의 학력을 '1920년 계남소학교
입학, 1926년 계성중학교 입학, 1928년 경신중학교로 편입학'으로 기
록하고 있으나 이는 오류임을 김정숙이 밝혀낸 바 있다. 김정숙, 『김
동리 삶과 문학』(집문당, 1996), pp. 107~24 참조.

# 작품 목록

## 1. 단편소설(신문, 잡지 발표)

| 작품명 | 발표지 | 발표 연월일 |
|---|---|---|
| 「화랑의 후예」 | 조선중앙일보 | 1935. 1. 1~10 |
| 「산화」 | 동아일보 | 1936. 1. 4~18 |
| 「바위」 | 『신동아』 | 1936. 5 |
| 「무녀도」 | 『중앙』 | 1936. 5 |
| 「술」 | 『조광』 | 1936. 8 |
| 「산제(山祭)」 | 『중앙』 | 1936. 9 |
| 「팥죽」 | 『조선문학』 | 1936. 11 |
| 「허덜풀네」 | 『풍림』 | 1936. 12 |
| 「어머니」 | 〃 | 1937. 1 |
| 「솔거」 | 『조광』 | 1937. 8 |
| 「생일」 | 〃 | 1938. 12 |
| 「잉여설(剩餘說)」 | 조선일보 | 1938. 12. 8~24 |
| 「황토기」 | 『문장』 | 1939. 5 |
| 「찔레꽃」 | 〃 | 1939. 7 |

| 작품명 | 발표지 | 발표 연월일 |
|---|---|---|
| 「두꺼비」 | 『조광』 | 1939. 8 |
| 「회계」 | 『삼천리』 | 1939. 10 |
| 「완미설(玩味說)」 | 『문장』 | 1939. 11 |
| 「동구 앞길」 | 〃 | 1940. 2 |
| 「혼구(昏衢)」 | 『인문평론』 | 1940. 2 |
| 「소녀」(전문 삭제) | 〃 | 1940. 7 |
| 「오누이」 | 『여성』 | 1940. 8 |
| 「다음 항구」 | 『문장』 | 1940. 9 |
| 「소년」 | 〃 | 1941. 2 |
| 「윤회설(輪廻說)」 | 서울신문 | 1946. 6. 6~26 |
| 「지연기(紙鳶記)」 | 동아일보 | 1946. 12. 1~19 |
| 「미수(未遂)」 | 『백민』 | 1946. 12 |
| 「혈거부족」 | 〃 | 1947. 3 |
| 「달」 | 『문화』 | 1947. 4 |
| 「이맛살」 | 〃 | 1947. 10 |
| 「상철이」 | 『백민』 | 1947. 11 |
| 「역마」 | 〃 | 1948. 1 |
| 「어머니와 그 아들들」 | 『삼천리』 | 1948. 8 |
| 「개를 위하여」 | 『백민』 | 1948. 10 |
| 「형제」 | 〃 | 1949. 3 |
| 「심정」 | 『학풍』 | 1949. 3 |
| 「유서방」 | 『대조』 | 1949. 3, 4 |
| 「인간동의」 | 『문예』 | 1950. 5 |
| 「귀환장정」 | 『신조』 | 1951. 6 |
| 「마리아의 회태」 | 『청춘』 | 1954. 임시호 |
| 「홍남철수」 | 『현대문학』 | 1955. 1 |
| 「청자」 | 『신태양』 | 1955. 2 |
| 「밀다원시대」 | 『현대문학』 | 1955. 4 |
| 「용」 | 『새벽』 | 1955. 5 |
| 「실존무(實存舞)」 | 『문학과 예술』 | 1955. 6 |

| 작품명 | 발표지 | 발표 연월일 |
|---|---|---|
| 「아가(雅歌)」 | 『신태양』 | 1957. 4 |
| 「목공 요셉」 | 『사상계』 | 1957. 7 |
| 「강유기(江遊記)」 | 『사조』 | 1958. 10 |
| 「고우(故友)」 | 『신태양』 | 1958. 10 |
| 「자매」 | 『자유공론』 | 1958. 12 |
| 「등신불」 | 『사상계』 | 1961. 11 |
| 「부활」 | 〃 | 1962. 11 |
| 「천사」 | 『현대문학』 | 1964. 4 |
| 「늪」 | 『문학춘추』 | 1964. 9 |
| 「심장 비 맞다」 | 『신동아』 | 1964. 9 |
| 「유혼설(遊魂說)」 | 『사상계』 | 1964. 11 |
| 「송추에서」 | 『현대문학』 | 1966. 1 |
| 「상정(常情)」 | 『자유공론』 | 1966. 4 |
| 「윤사월」 | 『문학』 | 1966. 7 |
| 「백설가(白雪歌)」 | 『신동아』 | 1966. 7 |
| 「까치 소리」 | 『현대문학』 | 1966. 10 |
| 「석노인」 | 〃 | 1967. 5 |
| 「감람수풀」 | 『신동아』 | 1967. 9 |
| 「꽃피는 아침」 | 『월간중앙』 | 1968. 4 |
| 「눈 오는 오후」 | 〃 | 1969. 4 |
| 「선도산」 | 『한국문학』 | 1976. 10 |
| 「꽃이 지는 이야기」 | 『문학사상』 | 1976. 10 |
| 「이별 있는 풍경」 | 〃 | 1977. 8 |
| 「저승새」 | 『한국문학』 | 1977. 12 |
| 「참외」 | 『문학사상』 | 1978. 10 |
| 「우물 속의 얼굴」 | 『한국문학』 | 1979. 6 |
| 「만자동경(卍字銅鏡)」 | 『문학사상』 | 1979. 10 |

## 2. 장편소설(연재 및 잡지 발표)

| 작품명(참고) | 발표지 | 발표 연월일 |
|---|---|---|
| 『해방』 | 동아일보 | 1949. 9. 1~<br>1950. 2. 16 |
| 『사반의 십자가』 | 『현대문학』 | 1955. 11~1957. 4 |
| 『춘추(春秋)』 | 평화신문 | 1956. 4~1957. 2 |
| 『자유의 기수』 | 자유신문 | 1959. 7~1960. 4 |
| 『이곳에 던져지다』 | 한국일보 | 1960. 10. 1~<br>1961. 5. 23 |
| 『비 오는 동산』 | 『여원』 | 1961. 1~12 |
| 『해풍(海風)』 | 국제신문 | 1963 |
| 『아도(阿刀)』<br>(잡지 폐간으로 미완) | 『지성』 | 1971. 12~1972. 6 |
| 『을화』 | 『문학사상』 | 1978. 4 |

## 3. 단행본

• 소설집

| 작품명 | 발행처 | 발표 연월일 |
|---|---|---|
| 『무녀도』 | 을유문화사 | 1947 |
| 『황토기』 | 수선사 | 1949 |
| 『귀환장정』 | 수도문화사 | 1951 |
| 『실존무』 | 인간사 | 1958 |
| 『등신불』 | 정음사 | 1963 |
| 『김동리 대표작 선집 1』 | 삼성출판사 | 1967 |
| 『까치 소리』 | 일지사 | 1973 |
| 『김동리 역사소설』 | 지소림 | 1977 |
| 『꽃이 지는 이야기』 | 태창문화사 | 1978 |

• 장편소설

| 작품명(참고) | 발행처 | 발표 연월일 |
|---|---|---|
| 『사반의 십자가』 | 일신사 | 1958 |
| 『김동리 대표작 선집 2』<br>(사반의 십자가, 애정의 윤리) | 삼성출판사 | 1967 |
| 『김동리 대표작 선집 3』<br>(해풍, 비 오는 동산) | 〃 | 1967 |
| 『김동리 대표작 선집 4』<br>(자유의 역사) | 〃 | 1967 |
| 『김동리 대표작 선집 5』<br>(춘추) | 〃 | 1967 |
| 『이곳에 던져지다』 | 선일문화사 | 1974 |
| 『을화』 | 문학사상사 | 1978 |
| 『사반의 십자가』(개정판) | 홍성사 | 1982 |

# 참고 문헌

  김동리의 생애에 대한 연구는 김정숙의『김동리 삶과 문학』(집문당,
1996)에서 상당히 충실하게 이루어져 있으며, 김윤식의 김동리 평전 3
부작인『김동리와 그의 시대』(민음사, 1995),『해방 공간 문단의 내면
풍경』(민음사, 1996),『사반과의 대화』(민음사, 1997)도 유익한 자료로
활용될 수 있다. 김윤식의 평전 3부작은 근대성의 개념과 관련하여 김
동리 문학을 천착해 들어간 성과로서도 의미가 있다.

  천이두의「허구와 현실」(유주현 편,『동리 문학이 한국 문학에 미친
영향』, 중앙대학교 문예창작학과, 1979)은 김동리의 문학이 두 계열체
로 나뉜다는 사실을 일찍이 논증한 글로서 중요하다.

 「무녀도」「황토기」「역마」 등을 비롯한 김동리의 대표적 작품들에
대한 구조 분석을 시도한 작업으로는 최시한의「현대소설의 구조시학
적 연구」(서강대학교 대학원, 1980)가 탁월하다. 이밖에 인칭(人稱)의
문제에 초점을 맞춘 김종구의「김동리 일인칭 단편소설 서술상황 연

구」(유기룡 편,『김동리 문학 연구』, 살림, 1995), 담론 구조의 측면에서 김동리 소설에 접근한 우한용의 「김동리 소설의 담론 특성」(같은 책) 등이 주목된다.

정신분석학의 방법론을 동원하여 김동리의 소설 세계를 해명하고자 한 시도 가운데에서 특별히 인상적인 것은 정상균의 「김동리」(『한국 현대 서사문학사 연구』, 새문사, 1994)와 유선혜의 「김동리 단편소설 연구」(서강대학교 대학원, 1995)다. 한편 양선규의 「심리학으로서의 인물」(『한국 현대소설의 무의식』, 국학자료원, 1998)은 주로 융의 분석심리학 이론에 입각하여 「무녀도」를 비롯한 김동리의 주요 작품들을 규명한 논문으로 주목된다.

신화비평의 방법론을 원용하여 김동리의 소설 세계를 천착한 것으로는 김병욱의 「영원회귀의 문학」(『서라벌문학 8집: 동리 문학 연구』, 1973)이라든지 김상일의 「동리 문학의 성역(聖域)」(『동리 문학이 한국 문학에 미친 영향』, 1979), 장양수의 「샤머니즘: 인간 구원의 길」(『한국 예장인(藝匠人)소설론』, 한국문화사, 2000) 같은 글이 있다.

진정석의 「김동리 문학 연구」(서울대학교 대학원, 1993)는 김동리 문학을 낭만주의의 개념으로 설명하고 있는 논문이다. 한편 김철의 「김동리와 파시즘」(『국문학을 넘어서』, 국학자료원, 2000)은 파시즘의 개념을 동원하여 김동리 문학에 대한 새로운 조명을 시도한 작업이다.

김윤식은 「전통지향성의 한계」(『한국근대작가론고』, 일지사, 1974)에서 전통지향성의 개념으로 김동리 문학을 설명한 바 있으며, 이동하는 「한국 문학의 전통지향적 보수주의 연구」(서울대학교 대학원, 1989)에서 이를 계승하고 확충하는 가운데 정신사적 연구의 심화를 시도하였다. 김동리 문학을 반근대주의의 개념으로 설명한 이찬의 「김동리 문학 연구」(고려대학교 대학원, 1999)도 이와 관련하여 주목할 필요가 있다.

사회적 · 역사적 현실의 문제와 관련하여 김동리의 소설을 분석하고 평가한 글로는 염무웅의 「집착과 변모」(『한국 문학의 반성』, 민음사, 1976), 이보영의 「식민지적 조건의 극복 · 5」(『식민지 시대 문학론』, 필그림, 1984), 유종호의 「현실주의의 승리」(『문학의 즐거움』, 민음사, 1995) 등이 대표적이다.

# 한국문학전집을 펴내며

오늘의 한국 문학은 다양한 경험과 자산에서 비롯된 것이지만, 그중에서도 우리 앞선 세대의 문학 작품에서 가장 큰 유산을 물려받고 있다. 그럼에도 우리는 가끔 우리의 문학 유산을 잊거나 도외시한다. 마치 그것 없이는 살아갈 수 없는 소중한 물을 쉽게 잊고 사는 것처럼 그동안 우리는 우리가 이루어놓은 자산들을 너무 쉽게 잊어버리고 있었는지도 모르겠다. 인기 있는 외국 작품들이 거의 동시에 번역 출판되고, 새로운 기획과 번역으로 전 세계의 문학 작품들이 짜임새 있게 출판되고 있는 요즈음, 정작 한국 문학 작품들을 체계적으로 정리하지 못하고 있었다는 점을 최근에 우리는 깊이 반성하게 되었다. 그리고 이러한 때늦은 반성을 곧바로 '한국문학전집'을 기획하는 힘으로 전환하였다.

오늘의 시점에서 '한국문학전집'을 기획한다는 것은, 우선 그동안 양적으로나 질적으로 괄목할 만한 수준에 이른 한국 문학 연구 수준을 반영하는 새로운 시각이 전제되어야 할 것이다. 그리고 '우리 것을 지키자'는 순진한 의도에서가 아니라, 한국 문학이 바로 세계 문학이 되는 질적 확장을 위해, 세계 문학 속에서의 한국 문학의 정체성을 찾는 일을 간과해서는 안 될 것이다.

이번 기획에서 우리가 가장 크게 신경 썼던 점은 크게 두 가지이다. 하나는, 그동안 거의 관습적으로 굳어져왔던 작품에 대한 천편일률적인 평가를 피하고 그동안의 평가에 대한 비판적 평가와 더불어 새로운 평가로 인한 숨은 작품의 발굴이었다. 그리하여 한국 문학사를 시기별로 구분하여 축적된 연구 성과들 위에서 나름대로 중요한 작품들을 선별하는 목록 작업에 가장 큰 공을 들였다. 나머지 하나는, 그동안 여러 상이한 판본의 난립으로 인해 원전 텍스트가 침해되고 있는 심각한 상황을 고려하여 각각의 작가에게 가장 뛰어난 연구자들을 초빙하여 혼신을 다해 원전 텍스트를 확정하였다는 점이다.

장구한 우리 문학사의 주옥같은 작품들을 한자리에 모아, 세대를 넘고 시대를 넘어 그 이름과 위상에 값할 수 있는 대표적인 한국문학전집을 내놓는다. 이번에 출간되는 한국문학전집은 변화된 상황과 가치를 반영하는 내실 있고 권위를 갖춘 내용으로 꾸며질 것이며, 우리 문학의 정본 전집으로서 자리매김해 한국 문학의 전통을 계승하고 발전시키는 데 기여하고자 한다. 이 기획이 한국 문학의 자산들을 온전하게 되살려, 끊임없이 현재성을 가지는 살아 있는 작품들로, 항상 독자들의 옆에 있게 되기를 기대한다.

(주)문학과지성사

## 01 감자 김동인 단편선

최시한(숙명여대) 책임 편집

**수록 작품** 약한 자의 슬픔 / 배따라기 / 태형 / 눈을 겨우 뜰 때 / 감자 / 광염 소나타 / 배회 / 발가락이 닮았다 / 붉은 산 / 광화사 / 김연실전 / 곰네

극단적인 상황과 비극적 운명에 빠진 인물 군상들을 냉정하게 서술해낸 한국 근대 단편 문학의 선구자 김동인의 대표 단편 12편 수록. 인간과 환경에 대한 근대적 인식을 빼어난 문체와 서술로 형상화한 김동인의 주옥같은 작품들을 만날 수 있다.

## 02 탈출기 최서해 단편선

곽근(동국대) 책임 편집

**수록 작품** 고국 / 탈출기 / 박돌의 죽음 / 기아와 살육 / 큰물 진 뒤 / 백금 / 해돋이 / 그믐밤 / 전아사 / 홍염 / 갈등 / 먼동이 틀 때 / 무명초

식민 치하 빈궁 문학을 대표하는 최서해의 단편 13편 수록. 식민 치하의 참담한 사회적 현실을 사실적으로 전해주는 작품들. 우리 민족의 궁핍한 현실에 맞선 인물들의 저항 정신과 민족 감정의 감동과 울림을 전한다.

## 03 삼대 염상섭 장편소설

정호웅(홍익대) 책임 편집

우리 소설 가운데 서울말을 가장 풍부하게 살려 쓴 작품이자, 복합성 · 중층성의 세계를 구축하여 한국 근대 장편소설의 대표작으로 꼽히는 염상섭의 「삼대」. 1930년대 서울의 중산층 가족사를 통해 들여다본 우리 근대의 자화상이다.

## 04 레디메이드 인생 채만식 단편선

한형구(서울시립대) 책임 편집

**수록 작품** 논 이야기 / 레디메이드 인생 / 미스터 방 / 민족의 죄인 / 치숙 / 낙조 / 쑥국새 / 당랑의 전설

역설과 반어의 작가 채만식의 대표 단편 8편 수록. 1920~30년대의 자본주의적 현실 원리와 민중의 삶을 풍자적으로 포착하는 데 탁월했던 채만식. 사실주의와 풍자의 절묘한 조합으로 완성한 단편 문학의 묘미를 즐길 수 있다.

## 05 비 오는 길 최명익 단편선

신형기(연세대) 책임 편집

**수록 작품** 폐어인 / 비 오는 길 / 무성격자 / 역설 / 봄과 신작로 / 심문 / 장삼이사 / 맥령

시대를 앞섰던 모더니스트 최명익의 대표 단편 8편 수록. 병과 죽음으로 고통받는 인물 군상들을 통해 자신이 예감한 황폐한 현대의 징후를 소설화한 작가 최명익. 너무나 현대적이어서, 당시에는 제대로 평가받을 수 없었던 탁월한 단편소설들을 만난다.

## 06 사하촌 김정한 단편선

강진호 (성신여대) 책임 편집

**수록 작품** 그물 / 사하촌 / 항진기 / 추산당과 곁사람들 / 모래톱 이야기 / 제3병동 / 수라도 / 인간단지 / 위치 / 오끼나와에서 온 편지 / 슬픈 해후

리얼리즘 문학과 민족 문학을 대표하는 김정한의 대표 단편 11편 수록. 민중들의 삶을 통해 누구보다 먼저 '근대화의 문제'를 문학적으로 제기하고 예리하게 포착한 작가 김정한의 진면목을 본다.

## 07 무녀도 김동리 단편선

이동하 (서울시립대) 책임 편집

**수록 작품** 화랑의 후예 / 산화 / 바위 / 무녀도 / 황토기 / 찔레꽃 / 동구 앞길 / 혼구 / 혈거부족 / 달 / 역마 / 광풍 속에서

한국적이고 토착적인 전통 세계의 소설화에 앞장선 김동리의 초기 대표작 12편 수록. 민중의 삶 속에 뿌리 내린 토착적 전통의 세계를 정확한 묘사와 풍부한 서정으로 형상화했던 김동리 문학 세계를 엿본다.

## 08 독 짓는 늙은이 황순원 단편선

박혜경 (인하대) 책임 편집

**수록 작품** 소나기 / 별 / 겨울 개나리 / 산골 아이 / 목넘이마을의 개 / 황소들 / 집 / 사마귀 / 소리 / 닭제 / 학 / 필묵장수 / 뿌리 / 내 고향 사람들 / 원색오뚝이 / 곡예사 / 독 짓는 늙은이 / 황노인 / 늪 / 허수아비

한국 산문 문체의 모범으로 평가되는 황순원의 대표 단편 20편 수록. 엄격한 지적 절제와 미학적 균형으로 함축적인 소설 미학을 완성시킨 작가 황순원. 극적인 사건 전개 대신 정적이고 서정적인 울림의 미학으로 깊은 감동을 전한다.

## 09 만세전 염상섭 중편선

김경수 (서강대) 책임 편집

**수록 작품** 만세전 / 해바라기 / 미해결 / 두 출발

한국 근대 소설의 기념비적 작품인 「만세전」, 조선 최초의 여류화가인 나혜석의 삶을 소설화한 「해바라기」, 그리고 식민지 조선의 현실을 담아내고 나름의 저항의식을 형상화하기 위한 소설적 수련의 과정을 단적으로 보여주는 「미해결」과 「두 출발」 수록. 장편소설의 작가로만 알려진 염상섭의 독특한 소설 미학의 세계를 감상한다.

## 10 천변풍경 박태원 장편소설

장수익 (한남대) 책임 편집

모더니스트 박태원이 펼쳐 보이는 1930년대 서울의 파노라마식 풍경화. 근대 자본주의 사회의 이데올로기와 일상성에 대한 비판에 몰두하던 박태원 초기 작품의 모더니즘 경향과 리얼리즘 미학의 경계를 넘나드는 역작. 식민지라는 파행적 상황에서 기형적으로 실현되던 근대화의 양상을 기층 민중의 생활에 초점을 맞춰 본격화한 작품이다.

## 11 태평천하 채만식 장편소설

이주형(경북대) 책임 편집

부정적인 상황들이 난무하는 시대 현실을 독자적인 문학적 기법과 비판의식으로 그려냄으로써 '문학적 미'를 추구했던 채만식의 대표작. 판소리 사설의 반어, 자기 폭로, 비유, 과장, 희화화 등의 표현법에 사투리까지 섞은 요설로, 창을 듣는 듯한 느낌과 재미를 선사하는 작품. 세태풍자소설의 장을 열었던 채만식이 쓴 가족사소설의 전형에 해당한다.

## 12 비 오는 날 손창섭 단편선

조현일(홍익대) 책임 편집

**수록 작품** 공휴일 / 사연기 / 비 오는 날 / 생활적 / 혈서 / 피해자 / 미해결의 장 / 인간동물원초 / 유실몽 / 설중행 / 광야 / 희생 / 잉여인간 / 신의 희작

가장 문제적인 전후 소설가 손창섭의 대표 단편 14작품 수록. 병적이고 불구적인 인간 군상들을 통해 전후 사회 현실에서의 '절망'의 표현에 주력했던 손창섭. 전쟁 그리고 전쟁 이후의 비일상적 사태를 가장 근원적인 차원에서 표현한 빼어난 작품들을 선별했다.

## 13 등신불 김동리 단편선

이동하(서울시립대) 책임 편집

**수록 작품** 인간동의 / 흥남철수 / 밀다원시대 / 용 / 목공 요셉 / 등신불 / 송추에서 / 까치 소리 / 저승새

「무녀도」의 작가 김동리가 1950년대 이후에 내놓은 단편 9편 수록. 전기 작품에 이어서 탁월한 문제의 매력, 빈틈없는 구성의 묘미, 인상적인 인물상의 창조, 인간에 대한 깊이 있는 통찰이라는 김동리 단편의 미학을 다시 한 번 경험할 수 있는 기회이다.

## 14 동백꽃 김유정 단편선

유인순(강원대) 책임 편집

**수록 작품** 심청 / 산골 나그네 / 총각과 맹꽁이 / 소낙비 / 솥 / 만무방 / 노다지 / 금 / 금 따는 콩밭 / 떡 / 산골 · 봄 · 봄 / 안해 / 봄과 따라지 / 따라지 / 가을 / 두꺼비 / 동백꽃 / 야맹 / 옥토끼 / 정조 / 땡볕 / 형

고단한 삶을 살아가는 순박한 촌부에서 사기꾼에 이르기까지 다양한 삶의 모습을 문학 속에 그대로 재현한 김유정의 주옥같은 단편 23편 수록. 인물의 토속성과 해학성, 생생한 삶의 언어와 우리 소리, 그 속에 충만한 생명감을 불어넣은 김유정 문학의 정수를 맛본다.

## 15 소설가 구보씨의 일일 박태원 단편선

천정환(성균관대) 책임 편집

**수록 작품** 수염 / 낙조 / 소설가 구보씨의 일일 / 애욕 / 길은 어둡고 / 거리 / 방란장 주인 / 비량 / 진통 / 성탄제 / 골목 안 / 음우 / 재운

한국 소설사상 가장 두드러진 모더니즘 작품으로 인정받는 「소설가 구보씨의 일일」을 비롯한 박태원의 대표 단편 13편 수록. 한글로 씌어진 가장 파격적이고 실험적인 작품으로 주목 받은 박태원. 서울 주변부 중산층의 삶이라는 자기만의 튼실한 현실 공간을 구축하여 새로운 소설 기법과 예술가소설로서의 보편성을 획득한 작품들이다.

### 16 날개 이상 단편선

김주현(경북대) 책임 편집

**수록 작품** 12월 12일 / 지도의 암실 / 지팡이 역사 / 황소와 도깨비 / 공포의 기록 / 지주회시 /
동해 / 날개 / 봉별기 / 실화 / 종생기

근대와 맞닥뜨린 당대 식민지 조선의 기념비요 자화상 역할을 하는 이상의 대표 단편
11편 수록. '천재'와 '광인'이라는 꼬리표와 함께 전위적이고 해체적인 글쓰기로 한국
의 모더니즘 문학사를 개척한 작가 이상. 자유연상, 내적 독백 등의 실험적 구성과 문제
로 식민지 근대와 그것에 촉발된 당대인의 내면을 예리하게 포착해낸 이상의 문제작들
을 한데 모았다.

### 17 흙 이광수 장편소설

이경훈(연세대) 책임 편집

한국 최초의 근대 장편소설 『무정』을 발표하면서 한국 소설 문학의 역사를 새롭게 쓴
이광수. 『흙』은 이광수의 계몽 사상이 가장 짙게 깔린 작품으로 심훈의 『상록수』와
함께 한국 농촌계몽소설의 전위에 속한다. 한국 근대 문학사상 가장 많이 연구되고
있는 작가의 대표작답게 『흙』은 민족주의, 계몽주의, 농민문학, 친일문학, 등장인물
론, 작가론, 문학사 등의 학문적·비평적 논의의 중심에 있는 작품이다.

### 18 상록수 심훈 장편소설

박헌호(성균관대) 책임 편집

이광수의 장편 『흙』과 더불어 한국 농촌계몽소설의 쌍벽을 이루는 『상록수』. 심훈의
문명(文名)을 크게 떨치게 한 대표작이다. 1930년대 당시 지식인의 관념적 농촌 운동
과 일제의 경제 침탈사를 고발·비판함으로써, 문학이 취할 수 있는 현실 정세에 대
한 직접적인 대응 그리고 극복의 상상력이란 두 가지 요소를 나름의 한계 속에서 실
천해냈고, 대중적으로도 큰 호응을 불러일으킨 작품이다.

### 19 무정 이광수 장편소설

김철(연세대) 책임 편집

20세기 이래 한국인이 가장 많이 읽고 가장 자주 출간돼온 작품, 그리고 근현대 문학
가운데 가장 많이 연구의 대상이 된 작가 이광수의 대표작 『무정』. 씌어진 지 한 세기
가 가까워이도록 여전히 읽히고 있고 또 학문적 논쟁의 중심에 서 있는 『무정』을 책
임 편집자의 교정을 충실하게 반영한 최고의 선본(善本)으로 만난다.

### 20 고향 이기영 장편소설

이상경(KAIST) 책임 편집

'프로문학의 정점'이자 우리 근대 문학사의 리얼리즘의 확립을 결정적으로 보여주는
이기영의 『고향』. 이기영은 1920년대 중반 원터라는 충청도의 한 농촌 마을을 배경
으로 봉건 사회의 잔재를 지닌 채 식민지 자본주의화가 진행되어가는 우리 근대 초기
를 뛰어난 관찰로 묘사한다. 일제 식민 치하 근대화에 대한 문학적·비판적 성찰과 지
식인의 고뇌를 반영한 수작이다.

## 21 까마귀 이태준 단편선

김윤식(명지대) 책임 편집

**수록 작품** 불우 선생/달밤/까마귀/장마/복덕방/패강랭/농군/밤길/토끼 이야기/해방 전후

'한국 근대소설의 완성자' '단편문학'의 명수. 이태준은 우리 근대 문학의 전개 과정에서 결코 간과할 수 없는 역할을 담당했던 작가 가운데 한 사람이다. 문학의 자율성과 예술성을 상실하지 않으면서도 현실 문제에 각별한 관심을 보여주었던 그의 단편은 한국소설사에서 1930년대를 대표하는 것으로 인정받고 있다.

## 22 두 파산 염상섭 단편선

김경수(서강대) 책임 편집

**수록 작품** 표본실의 청개구리/암야/제야/E선생/윤전기/숙박기/해방의 아들/양과자갑/두 파산/절곡/얼룩진 시대 풍경

한국 근대사를 증언하고 있는 횡보 염상섭의 단편소설 11편 수록. 지식인 망국민으로서의 허무적인 자기 진단, 구체적인 사회 인식, 해방 후와 전후 시기에 대한 사실적 증언과 문제 제기를 포함한 대표작들을 통해 횡보의 단편 미학을 감상한다.

## 23 카인의 후예 황순원 소설선

김종회(경희대) 책임 편집

**수록 작품** 카인의 후예/너와 나만의 시간/나무들 비탈에 서다

인간의 정신적 순수성과 고귀한 존엄성을 문학의 제일 원칙으로 삼았던 작가 황순원. 그의 대표작 가운데 독자들의 가장 많은 사랑을 받은 장편소설들을 모았다. 한국전쟁을 온몸으로 체득하면서 특유의 절제되고 간결한 문장으로 예술적 서사성을 완성한 황순원은 단편에서와 마찬가지로 변함없는 감동의 세계를 열어놓는다.

## 24 소년의 비애 이광수 단편선

김영민(연세대) 책임 편집

**수록 작품** 무정/소년의 비애/어린 벗에게/방황/가실/거룩한 죽음/무명/꿈

한국 근대소설사와 이광수 개인의 문학 세계에서 중요한 의미를 갖는 단편 8편 수록. 이광수가 우리말로 쓴 최초의 창작 단편 「무정」, 당시 사회의 인습과 제도를 비판한 「소년의 비애」, 우리나라 최초의 서간체 소설인 「어린 벗에게」, 지식인의 내면적 갈등과 자아 탐구의 과정을 담은 「방황」, 춘원의 옥중 체험을 바탕으로 쓰여진 「무명」 등 한국 근대문학의 장르와 소재, 주제 탐구 면에서 꼼꼼히 고찰해야 할 작품들이다.

## 25 불꽃 선우휘 단편선

이익성(충북대) 책임 편집

**수록 작품** 테러리스트/불꽃/거울/오리와 계급장/단독강화/깃발 없는 기수/망향

8·15 해방과 분단, 6·25전쟁으로 이어지는 한국 근현대사의 열병을 깊이 있게 고찰한 선우휘의 대표작 7편 수록. 평판작 「불꽃」과 「깃발 없는 기수」를 비롯해 한국 근현대사의 역동성과 이를 바라보는 냉철한 작가의식이 빚어낸 수작들을 한데 모았다.

### 26 맥 김남천 단편선

채호석(한국외대) 책임 편집

**수록 작품** 공장 신문 / 공우회 / 남편 그의 동지 / 물 / 남매 / 소년행 / 처를 때리고 / 무자리 / 녹성당 / 길 위에서 / 경영 / 맥 / 등불 / 꿀

카프와 명맥을 같이하며 창작과 비평에서 두드러진 족적을 남긴 작가 김남천. 1930년대 초, 예술운동의 볼셰비키화론 주장과 궤를 같이하는 「공장 신문」 「공우회」, 카프 해산 직후 그의 고발문학론을 담은 「처를 때리고」 「소년행」 「남매」, 전향문학의 백미로 꼽히는 「경영」 「맥」 등 그의 치열했던 문학 세계의 변화를 일별할 수 있는 대표작 14편 수록.

### 27 인간 문제 강경애 장편소설

최원식(인하대) 책임 편집

한국 근대 여성문학의 제일선에 위치하는 강경애의 대표작. 일제 치하의 1930년대 조선, 자본가와 농민·노동자의 대립 구조 속에서 농민과 도시노동자가 현실의 문제를 해결하고자 하는 주체로 성장하는 과정과 그들의 조직적 투쟁을 현실성 있게 그려낸 작품. 이기영의 『고향』과 더불어 우리 근대 소설사에서 리얼리즘 소설의 수작으로 꼽힌다.

### 28 민촌 이기영 단편선

조남현(서울대) 책임 편집

**수록 작품** 농부 정도룡 / 민촌 / 아사 / 호외 / 해후 / 종이 뜨는 사람들 / 부역 / 김군과 나와 그의 아내 / 변절자의 아내 / 서화 / 맥추 / 수석 / 봉황산

카프와 프로문학의 대표 작가 이기영. 그가 발표한 수십 편의 단편소설들 가운데 사회사나 사상운동사로서의 자료적 가치가 높으면서 또 소설 양식으로서의 구조미를 제대로 보여주는 14편을 선별했다.

### 29 혈의 누 이인직 소설선

권영민(서울대) 책임 편집

**수록 작품** 혈의 누 / 귀의 성 / 은세계

급진적이고 충동적인 한국 근대의 풍경 속에 신소설이라는 새로운 서사 양식을 창조해낸 이인직. 책임 편집자의 꼼꼼한 텍스트 확정과 자세한 비평적 해설을 통해, 신소설의 서사 구조와 그 담론적 특성을 밝히고 당시 개화·계몽 시대를 대표하는 서사 양식에 내재화된 일본적 식민주의 담론을 꼬집는다.

### 30 추월색 이해조 안국선 최찬식 소설선

권영민(서울대) 책임 편집

**수록 작품** 금수회의록 / 자유종 / 구마검 / 추월색

개화·계몽시대의 대표적인 신소설 작가 3인의 대표작. 여성과 신교육으로 집약되는 토론의 모습을 서사 방식으로 활용한 「자유종」, 구시대적 인습을 신랄하게 비판한 「구마검」, 가장 대중적인 신소설 가운데 하나로 꼽히는 「추월색」, 그리고 '꿈'이라는 우화적 공간을 설정하여 현실 비판의 풍자적 색채가 강한 「금수회의록」까지 당대의 사회적 풍속과 세태의 변화를 민감하게 반영한 작품들을 수록했다.

### 31 젊은 느티나무 강신재 소설선

김미현(이화여대) 책임 편집

**수록 작품** 안개 / 해방촌 가는 길 / 절벽 / 젊은 느티나무 / 양관 / 황량한 날의 동화 / 파도 / 이브 변신 / 강물이 있는 풍경 / 점액질

1950, 60년대를 대표하는 여성 작가 강신재의 중단편 10편을 엄선했다. 특유의 서정적인 문체와 관조적 시선, 지적인 분석력으로 '비누 냄새' 나는 풋풋한 사랑 이야기에서 끈끈한 '점액질'의 어두운 욕망에 이르기까지, 운명의 폭력성과 존재론적 한계를 줄기차게 탐문한 강신재 소설의 여정을 한눈에 볼 수 있는 기회다.

### 32 오발탄 이범선 단편선

김외곤(서원대) 책임 편집

**수록 작품** 일요일 / 학마을 사람들 / 사망 보류 / 몸 전체로 / 갈매기 / 오발탄 / 자살당한 개 / 살모사 / 천당 간 사나이 / 청대문집 개 / 표구된 휴지 / 고장난 문 / 두메의 어벙이 / 미친 녀석

손창섭·장용학 등과 함께 대표적인 전후 작가로 꼽히는 이범선의 대표작 14편 수록. 한국 현대사의 비극에 대한 묘사를 바탕으로 하면서도 잃어버린 고향, 동양적 이상향에 대한 동경을 담았던 초기작들과 전후의 물질적 궁핍상을 전통적 사실주의에 기초해 그리면서 현실 비판적 성격을 강하게 드러낸 문제작들을 고루 수록했다.

### 33 메밀꽃 필 무렵 이효석 단편선

서준섭(강원대) 책임 편집

**수록 작품** 도시와 유령 / 깨뜨려지는 홍등 / 마작철학 / 프레류드 / 돈 / 계절 / 산 / 들 / 석류 / 메밀꽃 필 무렵 / 삽화 / 개살구 / 장미 병들다 / 공상구락부 / 해바라기 / 여수 / 하얼빈산협 / 풀잎 / 낙엽을 태우면서

근대 작가의 문화적 정체성이 끊임없이 흔들렸던 식민지 시대, 경성제대 출신의 지식인 작가로서 그 문화적 혼란기를 소설 언어를 통해 구성하고 지속적으로 모색했던 이효석의 대표작 20편 수록.

### 34 운수 좋은 날 현진건 중단편선

김동식(인하대) 책임 편집

**수록 작품** 희생화 / 빈처 / 술 권하는 사회 / 유린 / 피아노 / 할머니의 죽음 / 우편국에서 / 까막잡기 / 그리운 흘긴 눈 / 운수 좋은 날 / 발 / 불 / B사감과 러브 레터 / 사립정신병원장 / 고향 / 동정 / 정조와 약가 / 신문지와 철창 / 서투른 도적 / 연애의 청산 / 타락자

한국 근대 단편소설의 형식적 미학을 구축하고 근대적 사실주의 문학의 머릿돌을 놓은 작가 현진건의 대표작 21편 수록. 서구 중심의 근대성과 조선 사회의 식민성 사이에서 방황하는 지식인의 내면 풍경뿐만 아니라, 식민지 조선의 일상을 예리하게 관찰함으로써 '조선의 얼굴'을 담아낸 작가 현진건의 면모를 두루 살폈다.

### 35 사랑 이광수 장편소설

한승옥(숭실대) 책임 편집

춘원의 첫 전작 장편소설. 신문 연재물의 제약에서 벗어나 좀더 자유롭고 솔직한 그의 인생관이 담겨 있다. 이른바 그의 어떤 장편소설보다도 나아간 자유 연애, 사랑에 관한 작가의 생각을 엿볼 수 있는 작품. 작가의 나이 지천명에 이르러 불교와 『주역』 등 동양고전에 심취하여 우주의 철리와 종교적 깨달음에 가닿은 시점에서 집필된, 춘원의 모든 것.

### 36 화수분 전영택 중단편선

김만수(인하대) 책임 편집

**수록 작품** 천치? 천재? / 운명 / 생명의 봄 / 독약을 마시는 여인 / 화수분 / 후회 / 여자도 사람인가 / 하늘을 바라보는 여인 / 소 / 김탄실과 그 아들 / 금붕어 / 차돌멩이 / 크리스마스 전야의 풍경 / 말 없는 사람

1920년대 초반 자연주의, 사실주의적 색채가 강한 작품 세계로 주목받았던 작가 전영택의 대표작선. 이들 작품에서 작가는, 일제 초기의 만세운동, 일제 강점기하의 극심한 궁핍, 해방 직후의 사회적 혼돈, 산업화 초창기의 사회적 퇴폐상에 대한 자신의 경험을 소박한 형식 속에 담고 있다.

### 37 유예 오상원 중단편선

한수영(동아대) 책임 편집

**수록 작품** 황선지대 / 유예 / 균열 / 죽어살이 / 모반 / 부동기 / 보수 / 현실 / 훈장 / 실기

한국 전후 세대 문학의 대표 작가 오상원의 주요작 10편을 묶었다. '실존'과 '행동'에 초점을 맞춘 그의 작품은, 한결같이 극한 상황에 처한 인간 존재의 의미를 묻는 데 천착하면서 효과적인 주제 전달을 위해 낯설고 다양한 소설적 실험을 보여준다.

### 38 제1과 제1장 이무영 단편선

전영태(중앙대) 책임 편집

**수록 작품** 제1과 제1장 / 흙의 노예 / 문 서방 / 농부전 초 / 청개구리 / 모우지도 / 유모 / 용자소전 / 이단자 / B녀의 소묘 / O형의 인간 / 들메 / 며느리

한국 농민문학의 선구자로 평가받는 이무영의 주요 단편 13편 수록. 이들 작품에서 작가는, 농민을 계몽의 대상이 아닌, 흙을 일구는 그들의 삶을 통해서 진실한 깨달음을 얻는 자족적 대상으로 바라본다. 이무영의 농민소설은 인간을 향한 긍정적 시선과 삶의 부조리한 면을 파헤치는 지식인의 냉엄한 비판 의식이 공존하고 있다.

### 39 꺼삐딴 리 전광용 단편선

김종욱(세종대) 책임 편집

**수록 작품** 흑산도 / 진개권 / 지충 / 해도초 / GMC / 사수 / 크라운장 / 충매화 / 초혼곡 / 면허장 / 꺼삐딴 리 / 곽 서방 / 남궁 박사 / 죽음의 자세 / 세끼미

1950년대 전후 사회와 60년대의 척박한 삶의 리얼리티를 '구도의 치밀성'과 '묘사의 정확성'을 통해 형상화한 작가 전광용의 대표 단편 15편 모음집. 휴머니즘적 주제 의식, 전통적인 서사 형식, 객관적이고 냉철한 묘사 태도, 짧고 건조한 문체 등으로 집약되는 전광용의 작품 세계를 한눈에 살필 수 있는 계기.

### 40 과도기 한설야 단편선

서경석(한양대) 책임 편집

**수록 작품** 동경 / 그릇된 동경 / 합숙소의 밤 / 과도기 / 씨름 / 사방공사 / 교차선 / 추수 후 / 태양 / 임금 / 딸 / 철로 교차점 / 부역 / 산촌 / 이녕 / 모자 / 혈로

식민지 시대 신경향파·카프 계열 작가로서 사회주의 리얼리즘 문학을 추구한 작가 한설야의 문학적 특징을 잘 드러내는 단편 17편을 수록했다. 시대적 대세에 편승하며 작품의 경향을 바꾸었던 다른 카프 작가들과는 달리 한설야는, 주체적인 노동자로서의 삶을 택한 「과도기」의 '창선'이 그러하듯, 이 주제를 자신의 평생 과제로 삼아 창작에 몰두했다.

## 41 사랑손님과 어머니 주요섭 중단편선

장영우(동국대) 책임 편집

**수록 작품** 추운 밤/인력거꾼/살인/첫사랑 값/개밥/사랑손님과 어머니/아네모네의 마담/북소리 두둥둥/봉천역 식당/낙랑고분의 비밀

주요섭이 남녀 간의 애정 문제를 주로 다룬 통속 작가로 인식되어온 것은 교정되어야 마땅하다. 그는 빈민 계층의 고단하고 무망(無望)한 삶을 사실적으로 재현하는 데 탁월한 기량을 보였으며, 날카로운 현실인식과 객관적 묘사의 한 전범을 보여주었고 환상성을 수용함으로써 보다 탄력적인 소설미학을 실험하기도 하였다.

## 42 탁류 채만식 장편소설

우찬제(서강대) 책임 편집

채만식은 시대의 어둠을 문학의 빛으로 밝히며 일제 강점기와 해방기의 우리 소설사를 빛낸 작가다. 그는 작품활동 전반에 걸쳐 열정적인 창작열과 리얼리즘 정신으로 당대의 현실상을 매우 예리하게 형상화했다. 특히 『탁류』는 여주인공 봉의 기구한 운명의 족적을 금강 물이 점점 탁해지는 현상에 비유하면서 타락한 당대의 세계상을 여실하게 드러내주고 있다.

## 43 벙어리 삼룡이 나도향 중단편선

우찬제(서강대) 책임 편집

**수록 작품** 젊은이의 시절/별을 안거든 우지나 말걸/옛날 꿈은 창백하더이다/여이발사/행랑자식/벙어리 삼룡이/물레방아/꿈/뽕/지형근/청춘

위험한 시대에 매우 불안하게 살았던 작가. 그러나 나도향은 불안에 강박되기보다 불안한 자유의 상태를 즐기는 방식으로 소설을 택한 작가였다. 낭만적 환멸의 풍경이나 낭만적 동경의 형식 등은 불안에 대한 나도향 식 문학적 향유의 풍경으로 다가온다.

## 44 잔등 허준 중단편선

권성우(숙명여대) 책임 편집

**수록 작품** 탁류/습작실에서/잔등/속습작실에서/평대저울

한국 근대소설사에서 허준만큼 진보적 지식인의 진지한 자기 성찰을 깊이 형상화한 작가는 없었다. 혁명의 연성을 기꺼이 인정하면서도 혁명과 해방으로 인해 궁지와 비참에 몰린 사람들에 대해 깊은 연민과 따뜻한 공감의 눈길을 던진 그의 대표작 다섯 편을 한데 모았다.

## 45 한국 현대희곡선
김우진 김명순 유치진 함세덕 오영진 차범석 최인훈 이현화 이강백

이상우(고려대) 책임 편집

**수록 작품** 산돼지/두 애인/토막/산허구리/살아 있는 이중생 각하/불모지/옛날 옛적에 훠어이 훠이/카덴자/봄날

한국 현대희곡 100년사를 대표하는 작품 아홉 편. 1920년대부터 1980년대까지 각 시기의 시대 정신과 연극 경향을 대표할 만한 희곡들을 골고루 선별하였고, 사실주의 희곡과 비사실주의희곡의 균형을 맞추어 안배하였다.

## 46 혼명에서 백신애 중단편선

서영인 책임 편집

**수록 작품** 나의 어머니/꺼래이/복선이/채색교/적빈/낙오/악부자/정현수/학사/호도/어느 전원의 풍경—일명·법률/광인수기/소독부/일여인/혼명에서/아름다운 노을

일제강점기 한국문학을 대표하는 여성 작가이자 사회운동가인 백신애의 주요 작품 16편을 묶었다. 극심한 가난과 봉건적 인습의 굴레에 갇힌 여성들의 비극, 또는 그로부터 벗어나고자 하는 의지를 섬세한 필치와 치열한 문제의식으로 그려냈다. 그의 소설을 통해 '봉건적 가족제도와 여성의 욕망'이라는 해묵은 주제가 오늘날에도 여전히 풀리지 않는 과제로 존재하고 있음을 알게 된다.

## 47 근대여성작가선

김명순 나혜석 김일엽 이선희 임순득

이상경(KAIST) 책임 편집

**수록 작품** 의심의 소녀/선례/돌아다볼 때/탄실이와 주영이/경희/현숙/어머니와 딸/청상의 생활—희생된 일생/자각/계산서/매소부/탕자/일요일/이름 짓기/딸과 어머니와

일제강점기 한국문학을 대표하는 여성 작가들의 주요 작품 15편을 한 권에 묶었다. 근대 여성의 목소리로서 여성문학은 봉건적 가부장제에서 벗어나고자 개인으로서 여성의 자유로운 선택을 가로막는 온갖 질곡에 저항해왔다. 여성이 봉건적 공동체를 벗어나 개성을 찾아 나서는 길은 많은 경우 가출, 자살, 일탈 등으로 귀결되었지만, 그럼에도 여성 자신의 힘을 믿으면서 공동체의 인습에 저항하고 새로운 공동체를 지향하는 노력이 있었다. 여기에 식민지라는 조건 속에서 민족의 해방은 더 큰 과제이기도 했다. 이 책에 실린 여성 작가의 작품들은 신여성의 이러한 꿈과 현실, 한계를 여실히 드러내 보여준다.

## 48 불신시대 박경리 중단편선

강지희(한신대) 책임 편집

**수록 작품** 계산/흑흑백백/암흑시대/불신시대/벽지/환상의 시기/약으로도 못 고치는 병

여성의 전쟁 수난사를 가장 탁월하게 그려낸 작가 박경리의 대표 중단편 7편 수록. 고독과 절망의 시대를 살아내면서도 현실과 타협하지 못하는 결벽성으로 인간의 존엄을 고민했던 작가의 흔적이 역력한 수작들이 담겼다.